Amoureuse d'un pompier

*

Une si belle surprise

AMALIE BERLIN

Amoureuse d'un pompier

Traduction française de
ELISA MARTREUIL

BLANCHE

HARLEQUIN

Collection : Blanche

Ce roman a déjà été publié en 2019

Titre original :
RESCUED BY HER RIVAL

HARPERCOLLINS FRANCE
83-85, boulevard Vincent-Auriol, 75646 PARIS CEDEX 13
Service Clients — www.harlequin.fr
ISBN 978-2-2805-0562-8 — ISSN 0223-5056

Édité par HarperCollins France.
Composition et mise en pages Nord Compo.
Imprimé en avril 2024 par CPI Black Print (Barcelone)
en utilisant 100% d'électricité renouvelable.
Dépôt légal : mai 2024.

FSC www.fsc.org
MIXTE
Papier issu de sources responsables
FSC® C159065

Pour limiter l'empreinte environnementale de ses livres, HarperCollins France s'engage à n'utiliser que du papier fabriqué à partir de bois provenant de forêts gérées durablement et de manière responsable.

1

Comme le reste des stagiaires, le pompier et élève parachutiste Lauren Autry gagna au pas de course le grand terrain de sport d'un ancien camp militaire. En prévision de la saison des incendies, tous les printemps depuis les années 1950, l'Office des Forêts transformait ce site en centre de formation et de remise à niveau pour les nouvelles recrues comme pour les pompiers parachutistes expérimentés. Les participants suivaient un entraînement intensif. À l'issue de celui-ci n'étaient retenus que les meilleurs, ceux jugés capables, tant au niveau physique que psychique, d'être largués au milieu des flammes dans des zones isolées et accidentées.

Deux ans plus tôt, la candidature de Lauren avait été refusée. Depuis, elle s'était employée à combler ses lacunes : elle s'était entraînée plus intensivement que jamais, repoussant des limites personnelles déjà démentes, suivant toutes les formations théoriques et pratiques imaginables, même celles qui n'étaient pas exigées. Malheureusement, son travail et des contraintes familiales ne lui avaient pas permis de suivre le cours de parachutisme qu'elle avait visé. Mais tant pis. Elle apprendrait à sauter ici, puisque cela n'entrait pas dans les conditions d'admission au stage.

Bref, si elle avait trouvé un moyen de grandir de quelques centimètres, tout aurait été parfait. Si elle intégrait une brigade de pompiers parachutistes — non, *quand* elle en intégrerait une — plus personne ne pourrait l'attaquer sur ses capacités, sa taille ou sa force physique. Et surtout pas ses frères et son père qui, comme leurs ancêtres depuis des générations, servaient au même endroit, dans une caserne de San Francisco fondée au XIXe siècle.

Finies les questions insidieuses qu'elle essuyait depuis son entrée, six ans plus tôt, dans le corps des sapeurs-pompiers.

Finies les perpétuelles remises en cause de son choix professionnel que son échec d'il y avait deux ans avait multipliées.

Plus personne pour guetter le moment où son projet de vie avorterait.

Cette année, elle avait franchi l'étape de sélection dirigée par le capitaine Treadwell, celui-là même qui l'avait éliminée la fois précédente au profit d'un Marine.

Rien de tout cela n'avait plus d'importance à présent. Elle était là. Son rêve se réalisait.

La petite troupe s'arrêta sur la zone herbeuse du terrain. Lauren, noyée au milieu d'une masse d'immenses gaillards baraqués, ne voyait rien de ce qui se passait alentour.

Qu'à cela ne tienne. Elle se plia en deux et se faufila jusqu'au premier rang où elle découvrit — spectacle quelque peu décevant — trois hommes d'un certain âge, bloc-notes en main, en train de bavarder tranquillement pendant que tout le monde attendait. Mais qu'attendait-on au juste ? Elle n'avait pourtant qu'une envie : commencer le test, faire ses preuves, démontrer à Treadwell qu'il avait fait une erreur en lui préférant ce type, la dernière fois.

Enfin, les trois gradés se décidèrent à faire l'appel et répartirent les stagiaires en trois groupes. À en croire les badges jaunes autour de Lauren, elle avait été placée parmi les bleus. Normal après tout.

Son groupe fut dirigé vers la piste cendrée, c'était là qu'ils recevraient les consignes.

En premier, le test d'endurance, auquel elle se préparait assidûment depuis deux ans. Deux kilomètres et demi minimum. Une rigolade ! Elle commença à s'échauffer, par habitude plus que par nécessité.

— Ellison ! Vous êtes en retard !

Ellison...

Elle sursauta.

Beck Ellison. Son ennemi juré, ce dont il n'avait probablement même pas conscience...

C'était le petit veinard qui lui avait soufflé sa place, elle avait cherché son profil sur Internet après ce camouflet. En fait, elle n'avait trouvé que des renseignements louangeurs de ses camarades sur ses faits d'armes et des articles tout aussi élogieux de journaux spécialisés pour les pompiers. Chaque récit de ses exploits l'avait agacée un peu plus.

On le surnommait « Charmeur de fumée » ! N'importe quoi !

Cela dit, quitte à être battue, autant que ce soit par quelqu'un d'exceptionnel. *Si* elle devait être battue.

Mais que fabriquait-il ici ? Serait-il venu leur apprendre à devenir « charmeurs de fumée », eux aussi ?

De la ligne de départ où elle se trouvait, elle vit un homme de haute taille, les cheveux en bataille, les rejoindre au petit trot. Incroyable ! Pas de coupe en brosse comme les autres mais des boucles noires qui voletaient dans la brise. Seule sa condition physique trahissait son passé d'ancien Marine.

Tout aussi incroyable, il portait un badge jaune ! Il ne venait donc pas comme instructeur mais pour courir avec eux. Avec les débutants ! Pourtant, il avait réussi son stage, deux ans auparavant. Quel besoin avait-il de venir frimer au milieu d'eux ?

Elle reprit, mâchoires serrées, sa position sur la ligne. Il ne s'agissait pas d'une compétition, elle le savait bien. Mais... Comment dire ? Elle voulait être meilleure que lui. Aujourd'hui et tous les jours pendant les six semaines à venir.

— Aurions-nous contrarié vos projets de grasse matinée ? demanda Treadwell, narquois, au nouveau venu.

Ellison ne répondit pas. Il se contenta de poser un objet noir à côté de la piste et se prépara à prendre le départ.

Avec les bleus !

N'y pense plus et concentre-toi !

Elle chercherait une explication à sa présence plus tard. Quand elle l'aurait écrasé. Il avait peut-être des jambes plus longues qu'elle, mais les siennes étaient plus rapides.

Au coup de sifflet du capitaine elle s'élança, libérant enfin l'énergie qui s'était accumulée en elle pendant les soixante-trois minutes de présentation du stage. Tout se mit en place. Tandis qu'elle filait dans le couloir central de la piste en terre, l'inquiétude qui pesait sur elle depuis des jours s'envola d'un coup.

Le crissement régulier de ses semelles sur les gravillons de la piste lui apportait force et sérénité. Elle se sentait aux commandes de son destin et capable de surmonter le petit mensonge qu'elle avait fait lors de son inscription...

En quelques secondes, le groupe autour d'elle s'était éclairci et, avant même que ses poumons commencent à la brûler, elle n'entendit plus ni à côté ni derrière elle le martèlement des chaussures de ses seize compagnons.

Alors lui revint qu'il s'agissait d'une course d'endurance, pas de vitesse. On n'attendait pas d'elle qu'elle dépasse Ellison ou qui que ce soit d'autre mais qu'elle tienne le plus longtemps possible. Pour arriver sans encombre à la fin de la journée, elle devait s'économiser.

Elle s'obligea à ralentir.

On leur demandait six tours minimum. Elle en ferait davantage pour montrer qu'elle en était capable. Elle n'irait pas plus vite, mais courrait plus longtemps que les autres. Plus longtemps qu'Ellison.

Arrivée au troisième tour, elle céda à la tentation de regarder derrière elle. Qui la suivait au plus près et progressait à un rythme plus régulier ? Ellison bien sûr ! Il était plus grand et, avec ses longues jambes, il n'avait aucun mérite à suivre sa cadence.

Peu importait.

Au quatrième tour, ses poumons commencèrent à piquer.

Au sixième, elle se serait bien arrêtée, elle en avait le droit, d'autant qu'elle aurait terminé première. Mais elle devait se montrer supérieure à Ellison.

Au septième il l'avait rattrapée et, lorsqu'elle se risqua à lui jeter un coup d'œil, il lui rendit son regard avec un sourcil levé qui disait trois choses.

« Je te connais. »

« Je me rappelle que tu as l'esprit de compétition. »

« Je continue à penser que tu te comportes comme une imbécile. »

Un instant, elle s'imagina avec délectation en train de décocher un coup de pied dans les côtes de ce type ébouriffé et arrogant pour l'envoyer mordre la poussière. Mais comme elle était d'un naturel pacifique, elle se concentra de nouveau sur la piste et continua à courir.

Huit tours. Tous les autres avaient déjà jeté l'éponge.

Quand donc allait-il s'arrêter ? Rêvait-elle ou se livraient-ils bel et bien à une compétition, à présent ?

Huit et demi...

Un coup de sifflet strident de Treadwell mit fin à l'épreuve. Lauren parcourut encore quelques mètres sur sa lancée avant de s'immobiliser, les mains sur les genoux, haletante, son polo collé au dos par la sueur, ses jambes nues transformées en toile émeri par les gravillons qu'elle avait projetés pendant la course. Elle n'aurait pas dû poursuivre au-delà du septième tour.

— Ce n'est pas une compétition, Autry.

Arrêté à quelques couloirs du sien, Ellison était essoufflé lui aussi. La transpiration sculptait ses boucles, qu'elle admirait bien malgré elle. Évidemment ! L'effort l'embellissait encore. Bref ! Là n'était pas la question.

Pas une compétition ? Alors, pourquoi lui avait-il collé aux talons dans son entreprise ridicule ?

— Tu parles ! fit-elle.

Elle se redressa, un peu consolée d'avoir été supplantée la fois précédente par un rival de valeur, et gagna lentement le centre du terrain où Treadwell avait rassemblé sa troupe.

Oublie Ellison et prépare-toi à l'épreuve suivante.

Beck suivit Lauren en respirant plus rapidement que ne fonctionnaient ses cellules grises. Pendant toute la semaine précédente, il avait essayé de déterminer quelle direction donner à sa vie. Il avait espéré qu'une fois sa décision prise son cerveau embrumé s'éclaircirait et qu'il saurait s'il possédait encore la motivation pour répondre à ce qu'il avait toujours considéré comme sa vocation.

Hélas ! Une seule chose lui apparaissait nettement aujourd'hui : la boussole qui guidait sa vie était cassée. Qui plus était, il venait, bien malgré lui, d'irriter cette jeune femme qu'il avait croisée deux ans plus tôt. D'ailleurs, elle avait dû être sacrément surprise de le retrouver parmi les bleus.

Elle semblait en forme. Peut-être un peu plus aguerrie, ce qui lui permettrait de prendre du recul, de mieux contrôler ses réactions et d'opter pour de meilleures solutions dans des situations critiques. Mais son agacement trahissait une incontestable fragilité psychologique. Celle-là même qu'il avait constatée au stage précédent, lorsqu'elle avait manqué éclater en sanglots en apprenant qu'elle n'était pas admise. Elle avait aussitôt déclaré à Treadwell qu'elle ne s'avouait pas vaincue et qu'elle reviendrait l'année suivante. C'est-à-dire l'an dernier. Avait-elle été de nouveau recalée ? Après tout, il s'en moquait. Qu'elle gère son émotivité. Il avait d'autres chats à fouetter.

Avant de rejoindre le groupe, il récupéra la radio qu'il avait laissée sur la ligne de départ et enfonça un des écouteurs dans une oreille pour suivre l'évolution de l'incendie de forêt qu'il surveillait depuis la veille. À cause de la sécheresse des six derniers mois, la saison des feux avait démarré en avance et avec des incendies particulièrement violents. Les stagiaires allaient vraisemblablement être appelés en renfort. Ce qui, avec un peu de chance, lui fournirait l'occasion de regagner l'estime de Treadwell.

La radio grésilla et... rien d'autre. La chance n'était pas avec lui. Comme depuis un certain temps.

En fait, depuis la dernière campagne, où son manque d'esprit d'équipe lui avait joué des tours. Il avait toujours préféré travailler seul au prétexte que, n'ayant personne de qui se soucier, il pouvait davantage se concentrer. Cela n'avait pas posé de problème jusqu'à l'année précédente. Une erreur de sa part et l'opinion du capitaine sur lui avait changé du tout au tout. Ce revirement l'avait déstabilisé.

Il espérait que sa participation au stage lui ferait retrouver ses repères, ce à quoi il n'était pas parvenu après les quatre mois passés en solitaire à soigner sa forêt comme garde forestier.

Si le capitaine n'avait pas entraîné les débutants tous les ans, peut-être l'occasion de se racheter ne se serait-elle jamais présentée. Or il n'envisageait pas d'exercer un autre métier que celui qu'il avait choisi. Il allait donc devoir obéir à tous les ordres de Treadwell pendant les prochaines semaines. Porter son badge jaune. Accepter les critiques.

Au même titre qu'Autry.

Autry qui se tenait droite et raide comme un soldat pendant la revue et fixait son attention sur le capitaine avec une acuité de laser. Pourtant, rien de ce que Treadwell expliquait sur les exigences physiques requises ne devait être nouveau pour elle.

Sentant qu'il l'observait, elle se tourna vers lui et, bras croisés sur la poitrine, l'affronta d'un regard revêche. Elle était visiblement toujours fâchée.

Grand bien lui fasse ! Les grésillements de sa radio attirèrent soudain son attention.

Le temps qu'il penche la tête vers le poste, Lauren l'avait rejoint !

— Alors comme ça, ils t'ont collé avec les bleus ?

Seul le rose de ses joues témoignait à présent des efforts qu'elle venait de fournir.

— Faut croire, fit-il en marmonnant avant d'augmenter le volume de son oreillette car un jingle annonçait l'imminence d'une alerte.

Il aurait sans doute dû lui demander ce qui lui était arrivé l'année précédente mais il n'avait aucune envie d'entamer une conversation avec elle et de s'exposer à des questions de sa part.

— Qu'est-ce que tu écoutes ?

— Des bulletins.

— Sur quoi ?

Pour toute réponse, il fixa son regard au loin d'un air important, et enfonça un peu plus l'écouteur dans son oreille. Si des renforts étaient appelés pour combattre ce feu au nord du camp, il irait avec Treadwell car, bleu ou pas, il appartenait toujours à sa caserne. Son badge jaune n'était qu'une pénitence.

Lauren renonça à l'importuner avec d'autres questions. Elle ne manquait pas de personnes avec qui discuter et ignorait que l'annonce était depuis longtemps terminée. Beck n'écoutait plus que du silence.

Treadwell reconduisit les trois groupes et affecta celui des débutants à la barre de traction. Beck, un peu à l'écart, observa Lauren qui serrait des mains, souriait, liait connaissance, bref se mettait en frais avec l'équipe. Elle avait visiblement recouvré sa bonne humeur. Elle semblait même réjouie. Pourtant, ce qui les attendait — pompes, tractions et autres abdominaux... — n'avait rien de très joyeux.

Il l'entendit dire :

— Ellison n'est pas un débutant. Il s'est qualifié il y a deux ans. Je suppose qu'on l'a mis avec nous pour lui faire payer son retard.

Beck retint le « Faux ! » qui lui venait aux lèvres.

— Ellison ! appela Treadwell, lui épargnant les mondanités.

Après avoir posé sa radio par terre, il se dirigea vers la barre sous le regard du capitaine.

Treadwell se mit à compter ses tractions. Dès que Beck eut atteint le nombre imposé, il se laissa tomber à terre et entama la série d'abdominaux, puis de pompes, se contentant toujours du minimum requis.

— Je me ménage pour la suite, dit-il devant le regard surpris de son supérieur.

Les muscles vibrants, il ramassa sa radio et alla prendre une boisson dans la glacière avant de s'asseoir sur l'herbe pour regarder la prestation des autres tout en guettant le prochain bulletin.

Mais la radio demeurait silencieuse.

Il vit Lauren se mettre en dernière position. Elle apprendrait bientôt que, pour survivre à la formation, il fallait essayer de passer dans les premiers, saisir toutes les occasions de se reposer plutôt que de perdre son énergie à frimer.

Après tout, tant mieux pour lui. Si elle terminait trop vite, elle reviendrait le harceler avec ses questions et son enthousiasme de novice.

2

Beck bondit sur ses pieds. La radio venait de réclamer des renforts. Enfin ! Il allait s'échapper de ce stage !

Il se dirigea vers Treadwell qui, bloc-notes en main, évaluait les performances d'un stagiaire.

Beck avait pensé que Lauren serait venue bavarder avec lui après son passage à la barre. Mais Treadwell l'avait obligée à arrêter ses tractions dans les limites du raisonnable et elle était allée bouder dans l'herbe, son front habituellement si lisse froncé au-dessus de ses jolis yeux verts.

Jolis ? Hé ! Reprends-toi, mon vieux !

C'est vrai qu'ils étaient d'une beauté étrange et saisissante, avec leur iris vert pâle bordé d'un anneau plus foncé. Peu importait. S'il commençait à être fasciné par des yeux, il devait s'en aller, et vite. Il avait passé trop de temps seul dans les bois, perdu dans ses pensées.

Cela dit, dans la forêt, personne ne le serinait sur l'absurdité d'espérer changer grâce à quelques semaines de stage. Les gens consultaient pendant des années pour se défaire des habitudes et des façons de penser acquises au cours de leur vie. Mais une thérapie, ce n'était pas pour lui, merci bien.

— Capitaine ! dit-il en agitant sa radio pour signaler l'arrivée de l'alerte.

Treadwell hocha la tête et ordonna à la recrue de cesser ses pompes. Depuis deux ans, il avait appris à interpréter la concision de Beck, lequel appréciait en retour son supérieur pour cela. En fait, il l'appréciait tout court.

Sa première année d'exercice, à l'époque où tout lui réussissait, les gradés se fiaient à son flair. Ils le laissaient s'éloigner du groupe pendant un incendie et tenaient compte de ses conclusions une fois qu'il avait confirmé son intuition.

Où était passé ce sixième sens ? Il ne pouvait qu'espérer que l'hiver le lui avait rendu, car il vivait mal la perte de l'estime de Treadwell.

Bloc-notes toujours en main, ce dernier vint à la rencontre de Beck. Dans la cinquantaine, l'homme était costaud et vraisemblablement en aussi bonne condition physique qu'au début de sa carrière.

— Que réclament-ils ?

— Nous et deux autres unités. Quarante-cinq minutes de vol. Kolinski prépare l'équipement et s'assure que l'avion est prêt à partir.

Treadwell approuva de la tête mais, au lieu de se retourner pour donner leur après-midi aux nouvelles recrues, il fixa Beck et déclara :

— Pas vous.

— C'est un gros incendie. Vous aurez besoin de moi.

— Non. Pas dans les circonstances actuelles.

Beck aurait volontiers argué que personne dans la brigade ne décryptait un feu comme lui, s'il avait été certain de posséder encore ce don. S'il n'avait pas commis d'erreur l'année précédente et pas été piégé par les flammes. Aussi tint-il sa langue, malgré son envie de répliquer.

Treadwell lui tendit le bloc-notes.

— Vous êtes sûr ? Je suis encore bon sur le terrain, dit Beck malgré tout.

— Vous n'en faites qu'à votre tête. C'est le premier jour. Prouvez-moi que je me suis trompé et nous discuterons.

Pourquoi ne savait-il pas obéir à des ordres dont il avait la conviction qu'ils étaient mauvais ? Au moins ce stage de mise à l'épreuve, aussi humiliant qu'il fût, lui permettrait de faire le point.

Beck n’ajoutant rien, Treadwell se tourna vers Autry et lui fit signe d’approcher. Comme le reste du groupe, elle avait observé les deux hommes. Elle sortit de sa bouderie et accourut.

— Tous les deux, vous allez diriger la fin de la séance de sport, dit Treadwell avant d’ajouter à l’intention de Lauren :

— Un incendie s’est déclaré et Ellison a déjà trop dépensé d’énergie pour être opérationnel à cent pour cent ce matin.

— Je suis en pleine forme, dit encore Beck à qui la perspective de s’occuper des bleus répugnait davantage encore qu’un affrontement avec son chef.

Treadwell lui décocha un regard appuyé que Beck sut interpréter : mis à l’épreuve ou puni, peu importait, il était hors circuit pour le moment ; Treadwell essayait juste de lui sauver la face devant Lauren.

Beck aurait aisément accepté une blessure d’amour-propre si cela lui avait permis de monter au front au lieu de traîner, un bloc-notes à la main, à noter des bleus pendant que ses collègues affrontaient le danger.

Treadwell lui donna une bonne tape sur l’épaule et, avant qu’Autry ne pose une des nombreuses questions qu’il voyait tourbillonner dans ses étranges yeux verts, il précisa ses ordres :

— Gérez la fin de l’entraînement de la matinée. Ensuite, à la place du cours sur les protocoles d’intervention qui ne pourra être dispensé, la plupart des formateurs étant en opération, Ellison organisera une séance de questions-réponses sur le métier et les leçons qu’il a tirées de ses deux premières années d’exercice. Après, quartier libre pour le reste de la journée. Mais attention : tout le monde devra être sur le terrain de sport demain matin avant la sirène.

Autry semblait perplexe, mais elle opina, se tourna vers Beck, et il lut sur son visage ce qu’il ne voulait pas savoir : elle avait deviné à quel point la décision de Treadwell lui pesait.

— De quoi veux-tu que je me charge ? demanda-t-elle.

De tout !

Il lui tendit aussitôt le bloc-notes et lui fit signe de le suivre. Plus vite ils commenceraient, plus vite ils en auraient fini.

— Trois équipes ont été demandées pour combattre un incendie. Treadwell nous a mandatés pour le remplacer. Après l'entraînement de ce matin, déjeuner et ensuite cross de huit kilomètres dans les bois.

Autry toussota et compléta :

— Et avant, séance de questions-réponses en salle.

D'un imperceptible froncement de sourcils, elle le défia de la contredire. Il ne pouvait pas lui reprocher de respecter les ordres, bien sûr. Mais le résultat, c'était qu'il ne pourrait pas se dérober et se verrait contraint de parler en public.

— Limitée à cinq questions, précisa-t-il.

« Si ça te fait plaisir… » sembla lui dire le haussement de sourcils de Lauren, qu'il ignora.

S'il n'avait tenu qu'à lui, il aurait laissé Autry assurer la séance toute seule, mais s'il voulait remonter dans l'estime de Treadwell…

D'un signe de tête, il ordonna au stagiaire qui attendait toujours par terre de poursuivre et compta en silence le nombre de mouvements.

Après le déjeuner, Lauren et les autres débutants gagnèrent comme prévu le terrain de sport. Mais pas d'Ellison en vue. Probablement traînait-il les pieds à la perspective de la séance de questions-réponses.

Durant l'entraînement de la fin de matinée, il avait à peine décroché quelques mots, et seulement pour compter à voix haute ou appeler « suivant ! ». Il s'était montré plus bavard deux ans auparavant.

Enfin, bavard, façon de parler pour quelqu'un qui ne s'exprimait que par monosyllabes, grognements réprobateurs et mimiques agacées. Mais c'était déjà plus qu'aujourd'hui. Comment expliquer ce mutisme qu'on réservait en général aux gens qui vous avaient blessé ? Elle ne lui avait rien fait !

À moins que…

La trouvait-il tellement nulle qu'il ne comprenait pas qu'on lui ait donné une seconde chance ? Ce ne serait pas la première fois qu'elle serait confrontée à ce genre de mépris.

Les femmes pompiers n'étaient pas monnaie courante. En outre, avec le nom qu'elle portait, les gens s'attendaient à ce qu'elle soit exceptionnelle, ce que son échec deux ans plus tôt avait démenti. Elle avait pourtant fait ses preuves : elle avait intégré la caserne « familiale » à sa sortie du lycée — son père renâclait à la voir partir dans une autre unité où elle aurait échappé à son emprise — et pendant six ans elle avait acquis de haute lutte le droit d'être soldat du feu.

À 13 heures tapantes, Ellison arriva au petit trot, le visage fermé, la posture quasiment agressive. Au point que personne n'osa poser de questions, jusqu'à ce que Lauren finisse par lever la main, plus pour voler à son secours que pour le mettre en difficulté. Et aussi parce qu'elle refusait de se laisser intimider par un garde forestier grincheux.

— Cela fait deux ans que vous intervenez comme pompier parachutiste. Vous êtes-vous déjà trouvé dans des situations critiques ? Pourriez-vous nous parler de votre expérience chez les Marines ?

Il mit une éternité à répondre, avec une extrême économie de mots et à la première partie de la question seulement. Comme une autre main se levait, Lauren ne le poussa pas dans ses retranchements.

« Où avait-il vu l'incendie le plus impressionnant ? »

« Que faisait-il pendant la saison morte ? »

Garde forestier. Il débroussaillait les forêts et creusait des tranchées.

« Quelle était la plus grosse erreur à éviter sur le terrain ? »

« Quel était le conseil le plus utile qu'il pouvait donner à un débutant ? »

Sur cette dernière question, il vacilla. Il ouvrit et ferma la bouche au moins trois fois, hésitant, pour finalement débiter une recommandation dont il ne semblait pas croire un traître mot :

— Votre équipe est votre atout principal. Soyez solidaires. Veillez sur vos camarades. Obéissez aux ordres.

Là-dessus, cinq questions ayant été posées, il mit fin à la séance et envoya tous les stagiaires courir. Lauren qui, elle, avait très bien retenu les ordres du capitaine, alla prendre ses bagages dans le coffre de sa voiture et, au retour, s'arrêta à côté de Beck qui était installé dans l'herbe, appuyé sur ses bras.

— L'esprit d'équipe, tu disais ?

Il feignit de ne pas avoir entendu, les yeux perdus dans le vide.

— Tu ne cours pas ? demanda-t-il.

— Ce n'était pas prévu, me semble-t-il.

— C'est un exercice important.

Bien sûr ! Elle n'avait jamais remis cela en question. Cette première semaine ne s'appelait pas « la semaine en enfer » pour rien. Chacun d'eux était censé la terminer en meilleure condition physique qu'au départ et on n'améliorait pas sa forme en se prélassant au soleil comme Beck.

— Je ne le conteste pas. Je vais y aller, d'ailleurs. Mais je veux d'abord déposer mes affaires dans une baraque.

— Les chambres n'ont pas encore été attribuées, à cause de l'intervention en urgence.

Quel esprit de contradiction ! Il cherchait en permanence le conflit. Probablement parce que sa présence l'insupportait bel et bien.

Dans ce cas, histoire de l'agacer un peu plus, elle allait lui tenir compagnie sur l'herbe où il était confortablement assis, ses belles jambes vigoureuses étalées devant lui. Il était puissant mais loin d'être corpulent. En fait, il était si mince que ses muscles se dessinaient sous la peau duveteuse de ses membres.

Depuis la dernière fois, il avait quelque peu perdu de son aspect militaire. Il avait laissé pousser ses cheveux. Il portait d'amples vêtements en coton, blancs et gris. Ni kaki ni verts. Et ses longs séjours en forêt avaient estompé son bronzage.

Ces détails l'adoucissaient. Du moins pour ce qui concernait son apparence physique. Dans son comportement, il était nettement plus dur. Pourtant, à en juger par la façon dont il se tenait à l'écart des autres, il devait être terriblement fragile.

— Et alors ? Tu crois vraiment que le capitaine n'a pas l'intention de nous faire tous dormir dans un lit ?

— L'organisation est assez spéciale ici.

Dans un haussement d'épaules, elle changea de sujet.

— C'est quoi, ton plan à toi ?

— Camionnette, répondit-il en levant enfin les yeux vers elle.

— Tu bégayais quand tu étais gosse ? Tu avais tendance à déformer les mots ? Tu souffres d'un syndrome Samson à l'envers ? Ton vocabulaire diminue-t-il au fur et à mesure que tes cheveux allongent ?

— C'est quoi ce délire ?

— Tu étais plus bavard la dernière fois que nous nous sommes croisés, même si tu n'étais pas vraiment une pie jacasse. Tu as eu un traumatisme ?

En le voyant pâlir, elle regretta sa question et perdit toute envie de le mettre en boîte. Quelque chose de grave lui était de toute évidence arrivé. Et il avait été renvoyé chez les bleus.

En tout cas, il n'y avait pas eu de morts parmi les pompiers, elle en aurait entendu parler. Ils étaient si bien entraînés et préparés que les accidents mortels étaient rarissimes.

— Non.

Il mentait sacrément mal.

Devant cette dérobade manifeste, elle avait le choix entre plusieurs options. Après quelques hésitations et pour éviter un affrontement, elle feignit de le croire et continua sur le mode de la plaisanterie afin de lui laisser une échappatoire… En espérant qu'il ait le sens de l'humour.

— Tu as couché avec la fille de Treadwell, alors ? demanda-t-elle en lui lançant un regard faussement effaré par-dessus ses bagages.

— Non !

Il avait répondu avec une telle véhémence que ses joues avaient repris un peu de couleur.

— Il n'a pas de fille.

— Bon. Alors, c'est autre chose. Je n'ai jamais rencontré quelqu'un d'aussi peu bavard.

— Qu'est-ce que tu veux que ça me fasse ?

Elle leva les yeux au ciel et secoua la tête.

— OK, monsieur Aimable. Moi, je vais m'installer, puis faire le cross dans la forêt avec mon sac chargé comme pour une marche commando. Et comme il est clair que ta jovialité ne t'attirera pas beaucoup d'amis, je t'invite à prendre l'autre chambre de la baraque, à moins que tu ne préfères te réveiller avec un torticolis dans ta camionnette. Si tu ne veux pas salir un lit, il y a le canapé. Ou le sol.

Deux choses tracassaient Lauren : la perspective de la course commando, où elle craignait de ne pas se montrer à la hauteur, et surtout son mensonge lors de sa candidature au stage. Elle avait rempli son dossier en anticipant sur l'avenir, attestant avoir suivi une formation de parachutiste et sauté plusieurs fois. Malheureusement, la vie et des problèmes familiaux l'avaient empêchée de respecter son programme. Après son admission, des mois plus tard, elle n'avait pas su comment revenir sur ses déclarations. Elle se trouvait dans une situation d'autant plus ridicule que cette compétence n'était pas obligatoire pour intégrer le stage.

Allez ! Va courir ! Cela t'évitera de penser au reste.

— Ne te charge pas d'un sac, dit Beck en se levant. C'est un parcours difficile.

— Tu crois que je vais tomber ?

— Tu voulais des conseils, non ? Ne prends pas de risques inutiles, dit-il tandis qu'il brossait de sa main les brins d'herbe collés à ses fesses — si fermes ! — et à ses jambes — si musclées ! Si tu te plantes dès maintenant, tu devras attendre encore un an avant d'espérer revenir.

Oui, elle avait voulu des conseils. Elle en voulait toujours. Et ceux qu'il venait de lui donner semblaient sincères — pour une fois il avait terminé ses phrases, spontanément — mais ils résonnaient comme une attaque voilée. Comment prendre ce « dès maintenant » ? Elle se hérissa de colère mais se sentit en même temps soulagée : les critiques implicites de cet Ellison lui retiraient beaucoup de son charme.

— Avec mon entraînement, un parcours dans les bois ne me fait pas peur.

— Sur un terrain accidenté, dit-il en insistant.

Sur cet avertissement et après quelques étirements, il partit au petit trot vers le parcours de cross où il avait envoyé les autres un peu plus tôt.

OK ! Il continuait à douter de ses capacités et il ne répondait pas à son invitation ? Grand bien lui fasse ! Qu'il dorme dans sa camionnette !

En se dépêchant, elle pourrait le rattraper après avoir déposé ses affaires dans une baraque. Il verrait alors qu'elle avait le pied sûr. Hors de question qu'elle tombe. Ni aujourd'hui. Ni demain. Ni « dès maintenant ».

Et elle ne désespérait pas de le faire trébucher pour lui ôter de sa superbe.

3

Sur le sentier qui serpentait à travers la forêt, seuls les accidents de terrain interrompaient le rythme régulier de la course de Beck.

À quelques mètres devant lui se trouvait le seul attrait de ce stage : le chêne à tan planté parmi les conifères près de la borne indiquant le milieu du parcours. Lors de son premier stage, il s'était pris d'affection pour ce vieil arbre noueux qu'il en était venu à appeler « vénérable vieillard » comme s'il s'agissait d'un être humain.

Comme l'arbre du jardin dans lequel il avait grandi, ses branches s'évasaient à moins d'un mètre du sol, en une main à six doigts dressés vers le ciel qui offrait un siège confortable, dans un cadre paisible et ombragé agrémenté par le chant des oiseaux. Là, Beck pouvait tout oublier et en particulier les raisons de sa présence dans ce camp.

Treadwell le prenait pour un imbécile doublé d'un entêté ou, au mieux, pour un individualiste qui ne s'intéressait pas à l'équipe. Pourtant, s'il avait enfreint les consignes, c'était toujours pour sauver des vies, grâce aux indices qu'il avait remarqués.

Ou *pensait* avoir remarqués. Là résidait peut-être le problème.

Il grimpa au creux de l'arbre et, adossé à la plus grosse branche, la tête renversée vers les taches de ciel crépusculaire qui apparaissaient à travers le feuillage, se mit à rêvasser.

Sans sa fascination pour le feu, il serait volontiers devenu garde forestier à plein temps. Dans ce domaine-là, il aurait su quels conseils donner aux recrues !

Soudain, un bruit de course dangereusement rapide sur ce terrain le tira de sa torpeur. Inutile de regarder pour savoir qui c'était. Lauren s'était donnée à fond pour le rattraper et y serait parvenue même sans la pause qu'il s'était accordée.

Elle s'arrêta en dérapant et Beck baissa la tête… à temps pour la voir trébucher sur une racine. Dans un mouvement réflexe, il sauta de son perchoir pour la retenir, mais elle était hors de portée. De toute façon, après quelques pas chancelants, elle réussit à reprendre son équilibre.

— Ça va ? demanda-t-il en lui prenant la main pour l'aider à se stabiliser.

À ce contact, une onde électrique le traversa et il se raidit. Elle, de son côté, se figea, les yeux écarquillés. Ils restèrent à se regarder, leurs mains jointes comme s'ils avaient voulu se saluer et avaient oublié comment procéder.

De nouveau et malgré la lumière déclinante, il fut frappé par la couleur éclatante et étrangement familière de ses yeux. En outre, avec ses joues rosies par sa course effrénée, elle était diablement jolie. Beaucoup plus que dans son souvenir.

— Très bien, répondit-elle en baissant la tête vers leurs mains.

Il suivit son regard et, s'apercevant qu'il était en train de caresser le pouce de Lauren avec le sien, il la lâcha et recula, cherchant désespérément que dire après ce moment étrange.

Elle le devança.

— Tu ne cours pas ?

Elle avait le souffle court. À cause de ses efforts ou d'autre chose.

— Je ferai mes deux tours quand j'aurai fini ici.

— Il commence à être tard.

— Pas de souci. J'ai déjà effectué ce parcours dans le noir.

— Cette année ?

Il dut admettre à contrecœur qu'elle avait marqué un point.

— OK, je viens avec toi. Mais tu as bien compris qu'il ne s'agit pas d'une compétition ?

— Oui.

— Tu n'en donnais pas l'impression, à l'instant.

— J'essayais de te rattraper, pas de gagner.

« Tu parles ! » se dit-il à part lui en démarrant sans prévenir. Mais il ne la distança pas longtemps.

— Pourquoi lèves-tu les yeux au ciel ? demanda-t-elle.

— Parce que je n'arrive visiblement pas à te mettre dans la tête que nous ne faisons pas la course. Ni maintenant ni en opération. Durer, se battre, ça c'est important. Pas d'arriver en premier.

— Je sais. Je suis pompier depuis six ans et j'ai été élevée par des soldats du feu. Par des générations d'entre eux, en fait. Je ne suis pas idiote.

— Peut-être, il n'empêche que rien dans ton comportement ne montre que tu as compris. Travaille à t'améliorer, pas à essayer d'impressionner tout le monde.

Là-dessus il se perdit dans ses pensées. Il regrettait de s'être arrêté à son arbre ce soir. Au lieu de faire le vide dans sa tête comme il l'avait espéré, il avait fantasmé sur Lauren et ses yeux verts lumineux. Alors surgit dans son esprit l'image d'une pierre verte chatoyante rainée de veines plus sombres. Celle du pendentif de sa mère. Celle, soigneusement polie, des boules avec lesquelles elle méditait et celle, brute, des petits cristaux qu'elle disséminait dans différents recoins de la maison.

De la malachite. Le mot lui revint de Dieu savait où. Une gemme aux vertus médicinales.

— Tu t'inquiètes pour ceux qui sont partis en intervention, c'est pour ça que tu es d'aussi méchante humeur ?

Nom d'un chien ! Si la conversation prenait cette direction, il allait devoir semer Autry.

Il ne répondit pas.

— Je ne peux qu'interpréter ce silence comme un oui.

— Non. Les règles de sécurité sont très strictes, et ils sont toujours très prudents.

C'était à cause de lui que les bonnes statistiques concernant le faible nombre de morts en intervention avaient failli déraper. Mais inutile qu'Autry le sache.

— Mais ce doit être frustrant de rester avec les débutants quand tes collègues sont sur le terrain.

Elle allait poser la question fatale. Il le pressentait. Et dès qu'il lui donnerait une bribe d'information, elle le harcèlerait pour en savoir davantage. Jusqu'à ce qu'elle le force à avoir avec Treadwell la conversation à laquelle il renâclait.

Aussi, autant pour la faire taire que pour terminer l'épreuve au plus vite, il accéléra. Elle suivit, mais cessa de le cuisiner. Ses foulées devinrent plus lourdes, plus laborieuses. Et ce fut lui qui reprit finalement la conversation.

— C'est vrai. Je devrais être avec eux.

— Les incendies se produisent de plus en plus tôt tous les ans. Un ordre d'intervention risquait de tomber alors que tu étais en stage ici.

— Où veux-tu en venir ?

— Tu ne peux pas tout faire. Qu'est-ce que tu as ? Pourquoi tu ricanes ?

— C'est toi qui dis ça ? Toi qui veux être la meilleure dans tous les domaines ?

Elle ne répondit rien mais secoua la tête avec un regard meurtrier vers lui.

— Qu'est-ce que tu as ? demanda-t-il à son tour.

— Tu ne comprends pas. Je suis obligée d'être la meilleure.

Après cet aveu, imitant la tactique de Beck, elle força l'allure.

— N'importe quoi ! répondit-il en la rattrapant.

Plus ils s'affrontaient, plus la cadence augmentait.

— D'accord, il n'y a pas beaucoup de femmes chez les pompiers, dit-il, mais elles sont traitées comme les hommes.

Ce qu'il croyait vraiment.

— Tu le leur as demandé ? lança-t-elle sans ralentir.

— Demandé quoi ?

— Si c'est ce qu'elles vivent effectivement ?

Il s'arrêta. Lauren avait-elle été victime de discrimination ?

Dans une élégante glissade, elle cessa à son tour de courir, et se tourna vers lui.

— Nous ne sommes pas censés faire de pauses, dit-elle.

— Nous n'étions pas obligés de faire ce cross, riposta-t-il, brûlant de lui demander des explications et y rechignant tout à la fois.

Dans un haussement d'épaules, elle mit ses mains sur ses

hanches en respirant à grandes goulées rapides et attendit qu'il réponde à sa question.

— Je ne les fréquente pas.

Ni ces femmes ni personne d'autre. Pour autant qu'il s'en souvienne, il n'avait jamais autant parlé qu'aujourd'hui avec un être humain.

— Du coup, je ne leur ai pas demandé.

— C'est bien ce que je disais. Comment peux-tu savoir ce qu'elles ressentent sans leur poser la question et sans passer de temps avec elles ?

Elle venait de marquer un autre point.

— Je ne le sais pas, finit-il par concéder, pour éviter une vérité plus pathétique encore.

Elle le dévisagea une bonne seconde, hocha la tête et dit :

— L'offre d'un canapé ou d'un lit tient toujours.

— Pourquoi ?

— Parce que ça tombe sous le sens, asséna-t-elle avant de se remettre en route en le laissant réfléchir quelques mètres derrière elle à ce qu'il allait décider.

Une collègue lui offrait, par solidarité, un endroit où dormir. En la prenant au mot, il apporterait la preuve à ses supérieurs qu'il s'efforçait de s'intégrer à la communauté. Il aurait donc tout intérêt à accepter. A priori. Car il se rappelait comme le simple contact de leurs mains l'avait troublé. Alors, s'il logeait avec celle qui lui était soudain apparue comme une femme et plus seulement comme une collègue, ne donnerait-il pas raison à Treadwell de le prendre pour un imbécile ?

Comme ils franchissaient la ligne d'arrivée, Beck, soudain peu désireux de quitter Lauren, la retint par le bras... et oublia sur-le-champ ce qu'il voulait lui dire. Sa peau était si chaude, si douce, si ferme !

À ce contact, pourtant furtif, elle s'arrêta net. Elle se tourna lentement vers lui et s'avança d'un pas, envahissant son espace vital.

Autour d'eux, tout était paisible. Alors, dans la nuit embaumée par les chèvrefeuilles qui commençait à les envelopper et la lumière des réverbères qui s'allumaient peu à peu, il vit ses incroyables yeux verts braqués sur lui.

Il brûlait d'envie de la toucher de nouveau mais se força à s'écarter.

— Si quelqu'un s'en prend à toi parce que tu es une femme, préviens-moi.

Là-dessus, avant même de voir la surprise éclairer le visage de Lauren, il partit au pas de course vers les douches, loin des peaux dorées comme du miel et des regards verts pénétrants.

Hors de question qu'il accepte sa proposition de loger avec elle. Pour lui qui était habitué à vivre à la dure, dormir à la belle étoile dans un sac de couchage était presque un luxe.

Le lendemain matin, Beck se réveilla dans sa camionnette avec mal au cou et la tête farcie de pensées importunes. C'était la première fois qu'il rêvait d'une femme depuis... depuis... Il n'aurait su le dire.

Oh ! rien de torride. Ils avaient tout simplement joué aux cartes sous le porche de chez lui en buvant de la bière et elle l'avait regardé par-dessus ses cartes — rouges — avec une lueur espiègle dans ses yeux rendus plus verts encore par la proximité.

Il y avait quelque chose de charmant dans ce tableau pourtant d'un ennui confondant. Des cartes à jouer... De la bière... On pouvait imaginer mieux ! Il aurait préféré une scène d'amour débridé avec elle.

Bref... Il se leva tôt et arriva sur le terrain de sport couvert de rosée et d'un voile de brume au moment où le soleil se levait.

— Tiens !

Son cou lui interdisant tout mouvement de rotation, Beck tourna d'un bloc son buste vers la voix. Lauren, fraîche comme une rose, portait dans chaque main un gobelet en carton fumant. Elle lui en tendit un.

— Je me suis dit que tu n'aurais pas de cafetière dans ton coffre. Il est noir, mais j'ai du sucre dans ma poche.

— C'est parfait. On s'habitue aux conditions de vie spartiates.

Dans mon régiment, les hommes engrangeaient des grains de café contre leur lèvre inférieure quand ils montaient la garde. Quand tu es épuisé et que la menace de la cour martiale est suspendue au-dessus de ta tête, rester éveillé est...

Elle lui sourit et, dans la lumière de l'aube, il vit... de la malachite. Magnifique. Lauren n'était pas d'une beauté exceptionnelle, mais ses yeux...

Il but une gorgée de café.

Parle. Pose-lui une question. Arrête de cogiter.

— Evidemment, tu ne peux pas comprendre. Tu n'as pas fait l'armée.

— Tuuut ! hurla la sirène qui appelait les recrues pour la séance de sport.

Lauren sursauta et renversa une partie de sa boisson.

— J'aurais dû te prévenir, dit Beck en la regardant pester et secouer sa main dégoulinante. C'est comme ça tous les matins. Faudra t'y faire.

— Je vais m'acheter un gobelet de bébé, fit-elle en s'essuyant la main sur la cuisse.

Ainsi, en plus d'être jolie, elle était drôle et capable d'autodérision. Voilà qui était inattendu et loin de l'image de dure à cuire qu'elle affichait !

Il s'apprêtait à faire un commentaire quand, entendant du bruit derrière lui, il se retourna. Les autres stagiaires arrivaient mais en nettement moins grand nombre que la veille. Les équipes en intervention n'étaient donc pas rentrées. En dehors de Treadwell qu'il vit sortir du bâtiment principal.

— Il a toujours cette allure après un incendie ? murmura Lauren à Beck.

Treadwell offrait effectivement un spectacle saisissant, avec ses épis collés de sueur qui se dressaient sur sa tête, signe qu'il avait porté pendant des heures un casque soumis à une forte chaleur. Mais, plus inquiétant selon Beck, l'homme solide et énergique de la veille donnait l'impression que le moindre souffle d'air le mettrait à terre. Aussi se dirigea-t-il vers le capitaine pour l'intercepter avant qu'il rejoigne le groupe.

— Tout le monde va bien ?

C'était une façon détournée de prendre de ses nouvelles.

— J'ai dû déléguer à Kolinski, répondit le capitaine en secouant la tête. Je n'ai jamais vu un pareil sinistre aussi tôt dans la saison.

— Je peux vous remplacer ce matin, si vous voulez dormir un peu, proposa Beck rebondissant sur le non-dit de la réponse.

Le capitaine lui sourit pour la première fois depuis longtemps et Beck s'en trouva ragaillardi.

— Ça va aller pour ce matin. En revanche, cet après-midi, je vous remets tous entre les mains des autres formateurs. Vous allez commencer la tour d'entraînement.

— Déjà ? Vous n'attendez pas la deuxième semaine, comme d'habitude ?

— Je veux que tout le monde soit opérationnel le plus rapidement possible.

Traduction : il serait peut-être amené à envoyer quelques bleus sur le terrain plus tôt que prévu. Le feu devait être particulièrement méchant.

Au loin, vers le nord, Beck aperçut en effet une brume de fumée estomper les roses et les bleus de l'aube.

Alors que Treadwell s'éloignait vers les stagiaires, Beck regarda Autry, qui semblait toujours soucieuse. Après une brève hésitation, il revint vers elle.

— Incendie dévastateur.

— Avons-nous eu des pertes ?

« Nous ». Elle pensait déjà collectif alors même qu'elle ne connaissait personne. Et il avait entendu l'angoisse dans sa voix. La même qui l'étreignait lui-même, mais que lui savait tenir à distance pour continuer à prendre les bonnes décisions. Et elle, en était-elle capable ? Impossible de le savoir pour le moment.

— Il l'aurait dit, s'il y en avait eu. Au fait, tour d'entraînement cet après-midi.

— Quoi ?

La voix soudain suraiguë de Lauren interpella Beck.

— Ça te pose un problème ?

— Nous n'avons pas encore fait la marche commando, dit-elle posément pour tenter de faire oublier sa première réaction.

Mais la panique persistait dans son regard. Aurait-elle peur de sauter ? Un sacré handicap !

Non, il devait y avoir une autre explication.

— C'est le changement de programme qui te perturbe ?

Elle toussota et avala le reste de son café.

— Non, pas du tout.

Pas dupe, il n'insista cependant pas.

— Je parie que la marche tiendra lieu d'entraînement sportif ce matin, dit-il.

Ils se turent car Treadwell annonçait le programme : portage de blessé autour du terrain.

— J'ai perdu ! dit Beck dans un souffle.

Comme le capitaine demandait avec qui ils souhaitaient faire l'exercice, Lauren leva la main et les désigna tous les deux, Beck et elle.

— Ellison et Autry. Je note.

— Tu veux que je te porte ? demanda Beck.

— Non. C'est moi qui vais te porter. Comment veux-tu soulever qui que ce soit avec un torticolis ?

— Je n'ai pas besoin qu'on me porte.

— La ferme, Beck !

Elle l'avait appelé par son prénom ! Et loin d'en être agacé, il se surprit à sourire.

— Dis donc, tu sais t'imposer, Lauren.

— Je veux, oui ! J'ai grandi dans une famille de pompiers. Uniquement des hommes qui, en plus, sont opposés à mon choix de carrière. Papa est le capitaine de la caserne où sont également affectés mes trois frères aînés. Je m'étonne que tu ne le saches pas.

— C'est toi qui sembles obsédée par moi.

Elle pâlit avant de le pousser suffisamment fort de la main pour le faire légèrement vaciller.

— La ferme ! dit-elle de nouveau. Je ne suis pas obsédée. Je me souviens de toi, c'est tout. Les gens ne tarissaient pas d'éloges sur toi pendant que moi, j'avais l'impression que l'univers entier ricanait sur mon compte.

— Ah bon... Je ne sais pas de quoi tu parles, mais peu importe.

Il ne taquinait pas les gens. Ne blaguait pas. Ne flirtait pas. Mince ! C'était pourtant ce qu'il était en train de faire. Il flirtait avec Lauren ! De quoi parlaient-ils donc avant qu'il s'aventure sur cette voie peu familière ?

Ah oui ! La famille de Lauren.

— Pourquoi devrais-je être au courant de ta situation familiale ? demanda-t-il.

Signal du regroupement sur la piste, un coup de sifflet impérieux de Treadwell les interrompit.

— « Autry » est quasiment un nom de légende chez les pompiers. Mais peut-être n'a-t-elle pas atteint les gardes forestiers ?

À cet instant, il regretta presque de ne pas prêter attention à ce genre de choses. Le père et les frères de Lauren avaient sans doute largement contribué à faire d'elle cette petite boule d'énergie animée d'un incroyable esprit de compétition.

Il espérait quand même qu'elle n'avait pas présumé de ses forces en se proposant pour le porter.

— Je suis plus lourd que je n'en ai l'air, tu sais.

— Voyons déjà si tu es capable d'aller jusqu'à la piste, Iron Man. Je t'y rejoins.

— Si tu n'arrives pas au bout, on est tous les deux fichus.

Elle se retourna et planta son regard dans le sien.

— Fais-moi confiance.

C'était plus facile à dire qu'à faire. Mais après tout, c'était elle qui risquait gros. Lui, était déjà pompier parachutiste. En outre, ne montrait-il pas à Treadwell son esprit d'équipe en acceptant la situation humiliante d'être porté par une femme qui, de surcroît, faisait trente centimètres et trente kilos de moins que lui ?

Quoi qu'il en soit, quelques instants plus tard ils se trouvaient tous les deux sur la piste.

— Un tour, Ellison, ordonna Treadwell. Ne la laisse pas tomber.

— C'est moi qui porte, rectifia Lauren.

Le capitaine les scruta tour à tour, avec toujours ce même air las.

— Je lui ai dit que j'étais lourd.

— Et moi, je lui ai dit de me faire confiance, riposta-t-elle avant de tourner lentement les yeux vers deux stagiaires qui ricanaient à trois couloirs de là.

Soudain, elle comprit qu'ils riaient à ses dépens parce que elle, une femme, se proposait de porter un homme. En plein dans le sujet qu'elle avait évoqué avec Beck la veille au soir.

Ce dernier eut un peu honte : lui aussi avait émis des doutes. Et pour être franc, il continuait à mettre en question sa décision. Mais il avait accepté de lui accorder sa confiance.

En outre, sa promesse de la veille l'obligeait à intervenir contre ces deux odieux crétins.

Il s'élança, ignorant la douleur qui irradiait dans son cou, et ne s'arrêta qu'une fois torse contre torse avec celui qui avait ri le plus fort.

— Il y a un problème ?

L'homme, torse bombé, soutint son regard dans une attitude provocatrice mais, que ce soit à cause de l'ancienneté de Beck ou de la profondeur du mépris qu'il affichait, recula finalement et se contenta de lancer :

— Elle est vraiment petite. Je parie une caisse de bières qu'elle ne fera pas un tour de piste avec vous dans les bras.

— Oui, elle est plus petite que toi mais probablement plus résistante, répondit Beck sans lâcher la pression mais sans envenimer non plus la situation. Et on ne parie jamais contre un membre de son équipe, abruti.

— Ça suffit tous les deux, dit Treadwell d'une voix lasse mais avec suffisamment d'autorité pour que les deux hommes se séparent. Porteurs, prenez votre blessé pour un tour de piste.

Puis il ajouta, à l'adresse de Lauren :

— Ne le lâchez pas, aussi pénible qu'il soit.

Beck s'interrogea. Avait-il vraiment contrarié Lauren ? Elle le regardait avec des yeux éberlués. Pourtant il lui avait promis qu'il la défendrait si quelqu'un lui donnait du fil à retordre.

Il n'eut pas le temps de résoudre la question. Elle lui saisit un poignet, lui planta sans ménagement son épaule dans le ventre et commença à le soulever. Elle vacilla... Mais, dans un grognement rageur, réussit à se redresser.

Il fut tenté de s'assurer qu'elle voulait réellement continuer. Pour être mis dans le même sac que l'imbécile qui s'était moqué d'elle ? Hors de question !

Comme elle l'avait « jeté » sur son épaule, il avait le visage à hauteur de ses fesses à elle, une vue imprenable même.

À cette distance, rien ne lui échappait de ce spectacle réjouissant. Et surtout pas la façon dont son postérieur se mit à remuer sous son short de gymnastique lorsqu'elle commença à marcher. À marcher beaucoup trop vite.

— Ce n'est pas une course, rappela-t-il au derrière de Lauren.

— Tu es lourd. J'ai intérêt à me dépêcher.

Les efforts qu'elle fournissait se répercutaient dans sa voix, mais elle continuait à avancer et ses fesses à se balancer... Il se sentit frissonner de désir et ferma aussitôt les yeux pour penser à des choses moins émoustillantes : du pain moisi, l'odeur d'un cadavre d'animal...

Au premier virage, Lauren se mit à trembler de fatigue. Ses foulées se raccourcirent. Elle ralentit, vaincue par les lois de la physique.

— Vas-y mollo, dit-il.

Il essaya de la soulager en lui entourant la taille avec son bras libre pour se stabiliser et diminuer le ballant.

— Ton père serait fier de toi.

Jouer sur les sentiments était parfois un soutien moral efficace et, effectivement, elle eut un regain d'énergie. Mais la façon dont elle lui agrippa la cuisse n'exprimait ni soulagement ni gratitude.

Il s'était manifestement trompé en évoquant son père, capitaine de la caserne où elle exerçait. D'après sa réaction, il ne devait pas être fier d'elle ou elle ne souhaitait pas qu'il le soit.

De toute évidence, elle s'était lancé ce défi pour se venger de quelque chose. Encore fallait-il qu'ils terminent l'épreuve.

Arrivée aux trois quarts du parcours... elle accéléra ! Mais aussitôt la ligne d'arrivée franchie, elle se pencha en avant pour se débarrasser de lui et s'étendit à plat dos à même la terre battue et les gravillons.

— Bravo, dit Treadwell alors que Beck tendait le bras à Lauren pour la relever.

Il dut en fait la tirer pour la mettre debout. Puis, la jetant sur son épaule comme elle avait procédé avec lui, il alla la poser dans l'herbe, qui offrait un matelas plus confortable et où elle s'étendit de tout son long sur le ventre.

— Nous sommes les premiers, la félicita-t-il avec une tape amicale.

Elle se mit à applaudir… avec des gestes saccadés et mal contrôlés.

— Tu ne manquerais pas de sucre ? demanda-t-il, soudain inquiet.

Ils n'avaient pas encore pris leur petit déjeuner et elle venait de fournir de gros efforts.

— Non, répondit-elle d'une voix ferme en tendant la main pour qu'il l'aide à se redresser. Je me suis surestimée et j'ai sous-estimé ton poids, c'est tout. Tu bats Iron Man à plates coutures.

4

— Plus impressionnant qu'Iron Man, c'est ça ? dit Beck en éclatant de rire.

Et de nouveau, il toucha Lauren. Il ne pouvait pas s'en empêcher, lui qui pourtant avait depuis longtemps abandonné l'idée d'une relation sérieuse avec une femme. Lui qui avait sciemment choisi le célibat et qui vivait habituellement cette situation sans état d'âme particulier et sans qu'un furtif contact physique ne suffise à tout remettre en cause.

Il serra sa main pour finir de la relever. Elle titubait.

— Marche un peu. Ça ira mieux.

— N'importe quoi !

Mais elle obéit et il l'accompagna. Toujours un peu instable sur ses jambes, elle lui heurta accidentellement le bras de l'épaule et, au lieu de s'écarter, s'appuya légèrement sur lui.

Il sentait le corps en sueur de Lauren agité de tremblements. Il lui aurait volontiers enlacé la taille. Pour la soutenir bien sûr, mais aussi — surtout ? — pour la maintenir contre lui, tout contre lui, et l'emmener là où ils seraient seuls.

— Si je tombe, dis à Treadwell que tu m'as fait un croche-pied.

Elle plaisantait encore. Si seulement il pouvait suivre son exemple et évacuer ses pensées déplacées !

Mais Treadwell l'y aida à son insu. En effet, la vue de son supérieur stoppa net ses fantasmes : le capitaine était livide et, fait rare chez lui, il avait les épaules voûtées.

— Il a besoin de sommeil, chuchota-t-il en même temps que Lauren lui soufflait :

— Il n'a pas l'air bien.

Tous deux s'approchèrent, alarmés par le teint gris de leur chef. Lauren ne s'appuyait plus sur Beck. Ils ne se touchaient plus. Beck put se concentrer.

— Capitaine ?

Treadwell lui fit signe d'attendre et Beck se tut pendant que le capitaine notait les performances des derniers stagiaires qui franchissaient la ligne d'arrivée en zigzaguant.

— Liste des binômes, dit-il alors en tendant son bloc-notes à Beck, comme la veille.

— Des binômes ?

— Cette année, vous travaillerez par deux. On court moins de risques quand on n'agit pas seul.

Treadwell accompagna sa déclaration d'un regard appuyé à Beck, qui en resta pantois. Il n'était pourtant pas du genre à se prendre pour le nombril du monde — en fait il savait que le monde l'oubliait plus souvent qu'à son tour — mais en l'occurrence, avec les critiques très précises de Treadwell à son encontre sur son côté loup solitaire, il s'interrogeait. Cette politique de binôme n'était-elle pas destinée à lui donner une leçon à lui, personnellement ?

— Si quelqu'un échoue à cause de ses capacités physiques, c'est une chose. Mais si c'est par manque d'esprit d'équipe, alors les deux partenaires recevront un avertissement. Après, ce sont les règles du base-ball qui s'appliquent.

— Élimination au bout de trois rappels à l'ordre ? demanda Lauren qui avait un peu récupéré.

— Exactement, répondit Treadwell. Après le petit déjeuner, lisez cette liste aux stagiaires. Chaque duo partagera aussi une baraque. Les instructeurs Ying et Olivera dirigeront l'entraînement à la tour. Ensuite, marche commando.

En un seul jour ? Beck s'étrangla intérieurement et se contenta de demander :

— La marche commando sera sous la direction de Ying et Olivera ?

— Non, sous la vôtre, asséna Treadwell avant de s'éloigner vers les baraquements d'une démarche mal assurée.

L'incapacité de Beck à travailler en équipe tenait à une seule raison : il n'avait jamais pu accepter qu'on l'aide, alors qu'il était lui-même prêt à secourir les autres. Et aujourd'hui, en dépit de tout, il aurait voulu porter assistance à son capitaine, ce chef d'habitude si vigoureux, si droit, qui avançait en titubant, le dos courbé. Beck le surveilla jusqu'à ce qu'il ait gravi — péniblement — le petit escalier des baraquements et ait disparu.

— La dernière fois que j'ai vu quelqu'un avec ce teint-là, il a fait une crise cardiaque peu après, dit Lauren à voix basse.

— Moi aussi. Mais avant de l'embêter, je veux voir comment il se sentira après s'être reposé.

— Tu ménages son amour-propre ? demanda Lauren qui, de toute évidence, désapprouvait cette décision.

— Non, je le respecte en tant que personne, répondit-il en la regardant droit dans les yeux.

Alors lui revint à l'esprit la discussion qu'ils avaient eue avant l'épreuve de portage de blessé.

— Au fait Lauren, je te dois des excuses.

Elle se figea, les yeux écarquillés.

— Pourquoi ?

— Je ne t'ai pas prise au sérieux quand tu assurais être capable de me porter. Comme Treadwell, d'ailleurs. Et tu es la seule dont on a douté des capacités.

Il inspira profondément pour se donner le temps de choisir ses mots.

— En fait, j'avais peur que tu veuilles faire tes preuves à tout prix, quitte à te blesser. Que cela te plaise ou non, tu es plus petite que nous. Cela dit, tu as réussi. J'essaierai donc de ne plus commettre cette erreur, c'est promis.

Un bref hochement de tête et des yeux humides lui prouvèrent combien Lauren appréciait ses excuses, ce dont il tira une vive satisfaction. Quoi que le capitaine pense de lui, il était quelqu'un de bien.

Elle dut se racler la gorge avant de demander d'une voix encore rauque :

— Que faisons-nous maintenant ?

— On annonce les binômes.

Il baissa les yeux vers le bloc-notes sur lequel les huit duos étaient notés de la main même de Treadwell.

« Ellison et Autry ».

Les premiers sur la liste. Liés l'un à l'autre. Partageant une baraque malgré toutes les raisons qui auraient dû s'y opposer.

Mais à cette simple perspective, tout son corps se mit à le picoter d'excitation et d'inquiétude. Excitation parce qu'il allait se trouver seul avec une femme qui l'attirait et inquiétude parce qu'il ignorait ce qui allait naître de ce rapprochement. Déjà, sans qu'il se l'explique, il se sentait enclin à la protéger.

Une inclination dangereuse, quelle qu'en soit la cause. Si elle l'apprenait, Lauren le prendrait très mal et le punirait probablement d'un bon coup de pied dans les parties.

— Il nous a mis ensemble, dit-il pour revenir au sujet présent en faisant signe à Lauren de le suivre vers le groupe.

— Pour le moment, petit déjeuner. Puis entraînement à la tour de saut. Déjeuner. Marche commando. La journée va être éprouvante.

— Où en est le feu ? demanda un stagiaire dont — ô miracle — Beck réussit à se rappeler le nom.

— Toujours très menaçant, Alvarez.

— Ils vont abandonner ?

— Pour autant que je sache, seul Treadwell est rentré aujourd'hui. Mais seulement pour quelques heures, je présume, dit-il en passant sous silence ses doutes sur l'opportunité pour le capitaine de retourner au combat.

Il respecterait ses choix et serait là si son supérieur avait mal évalué ses limites. Comme ce dernier avait fait pour lui, Beck, dans la montagne, l'année précédente quand il s'était surestimé.

— Concentrez-vous sur ce qui vous attend. Après le petit

déjeuner, tour d'entraînement avec Wang et Olivera. Je donnerai les consignes pour la marche commando après le repas de midi.

Il allait devoir parler. Beaucoup parler et il n'aimait pas ça. Mais c'était un petit sacrifice auquel il pouvait consentir pour son capitaine.

Lauren resta à ses côtés.

— Tu veux que j'annonce la constitution des binômes ? demanda-t-elle.

Elle accompagna sa question d'un regard qui disait sans équivoque : « Je suis avec toi. » Elle comprenait ses difficultés à prendre la parole en public et cherchait à l'aider. Elle ne le poussait pas à changer. Elle ne se moquait pas de lui. Elle le soutenait tout simplement. Ce n'était pas grand-chose, mais il saisissait encore mieux ce que ses propres mots avaient signifié pour elle tout à l'heure.

— Ils savent lire, répondit-il tout bas avant de tendre le bloc-notes au stagiaire qui se trouvait le plus près de lui et d'ajouter, pour le bénéfice de tous : Cantine, à présent ! Prenez des forces et n'oubliez pas de boire !

Pendant tout le petit déjeuner, Lauren s'employa à ne pas penser à l'épreuve de la tour, préférant savourer les excuses sincères de Beck qui lui réchauffaient encore le cœur.

Si elle avait deviné sa puissance de séduction lorsqu'il disait ce qu'il fallait, de la bonne façon, au bon moment, elle aurait mis autant de distance que possible entre eux, quitte à ne pas profiter de ce que leur collaboration pouvait lui apporter professionnellement.

Pour le moment cependant, un danger plus imminent que Beck l'attendait. En effet, après avoir calé son estomac avec un burrito copieusement garni, elle se dirigeait vers l'endroit où son mensonge involontaire allait peut-être éclater au grand jour. Si elle n'osait pas sauter ou même si elle manquait simplement d'assurance, tout le monde découvrirait la vérité et elle serait mise à la porte si rapidement que ne pas avoir défait ses bagages serait un soulagement.

Si par bonheur elle passait l'épreuve sans se ridiculiser, alors elle réfléchirait à un moyen de se prémunir contre l'attirance de l'homme séduisant et compétent qui la traitait en égale. Une première étape serait peut-être de répertorier tout ce qui lui déplaisait chez lui plutôt que de se focaliser sur ce qui lui plaisait.

Il n'était en effet pas très avisé d'entretenir une liaison avec un collègue qui ne manquerait pas de conseiller à la femme qu'elle était de faire attention à elle, de ne pas postuler à tel ou tel poste, de ne pas se surestimer et blablabla et blablabla. Certes, Beck ne lui avait rien dit de tel. Il avait même soutenu le contraire. Tout à son attendrissement, elle se retrouva soudain au pied de la tour de béton.

Haute de plusieurs étages, celle-ci était équipée d'une plate-forme d'où s'élançaient les élèves, et de câbles qui descendaient en pente douce, le tout permettant de simuler en raccourci un saut en parachute, du largage à l'atterrissage.

— Ça va ? demanda Beck, manifestement inquiet, derrière elle.

Elle s'arrêta et tourna la tête vers lui.

Elle regrettait de plus en plus amèrement de ne pas avoir rectifié son dossier de candidature quand il en était encore temps. Sachant par expérience les détenteurs de l'autorité peu enclins à lui donner sa chance, elle avait fait l'autruche et compté sur ses compétences pour s'en sortir. Aujourd'hui, elle se trouvait au pied du mur.

— Oui, oui. Je viens seulement de m'apercevoir que le camp est quasiment vide.

Elle avait répondu la première chose qui lui était passée par la tête. Cela dit, elle avait raison : du fait de l'incendie, il ne restait que les seize débutants et quelques cadres.

Puis les deux instructeurs réclamèrent le silence, et elle écouta leur exposé sur l'équipement type du parachutiste. Un exposé beaucoup trop court à son goût, à la suite duquel les chefs répartirent les stagiaires en deux groupes : treize dans l'un et trois dans l'autre, ces derniers étant Ellison, Alvarez et… Autry.

— Vous trois, venez avec moi, ordonna Olivera. Habillez-vous et montez en haut de la tour. Les autres, suivez Ying.

Ce dernier emmena sa troupe vers les plates-formes à seulement un mètre du sol. Elle se sentit défaillir. Elle avait été mise avec les stagiaires expérimentés. Beck avait déjà sauté, elle en était sûre, et elle était prête à parier qu'Alvarez aussi. À moins que, comme elle, il n'ait anticipé sur les résultats de sa formation en remplissant son dossier ? Peu probable.

— Je vais voir où vous en êtes, dit Olivera. Je regarderai d'en bas. Si vous êtes trop rouillés, adieu !

Dans le vestiaire à la base de la tour, ils enfilèrent leur combinaison de saut et harnachèrent le sac contenant le parachute. Heureusement, elle maîtrisait ces opérations pour les avoir suffisamment répétées lors des cours qu'elle avait réellement suivis avant que son père et ses frères y mettent un terme.

— Qu'est-ce qu'il y a ? demanda-t-elle à Beck qui l'observait.

— Tu es blême, répondit-il à voix basse.

— Le petit déjeuner ne passe pas.

C'était la vérité mais cela n'expliquait pas sa pâleur. Dieu qu'elle détestait être obligée de mentir !

Une fois équipée, elle alla se présenter à Olivera.

— C'est bon, dit ce dernier après avoir vérifié son harnachement. Grimpez là-haut. Ne sautez pas avant mon signal.

Ouf ! Une étape sur trois de passée.

Malgré ses craintes, quand, après des kilomètres d'escalier, elle parvint au sommet de la tour, tout était rentré dans l'ordre côté digestif et rien ne lui paraissait irréalisable, pas même sa collaboration et sa cohabitation avec Beck. Après tout, grâce à ses quelques cours, elle savait dans quelle position se mettre au moment du saut et jusqu'à combien compter avant d'ouvrir le parachute.

Elle serait la première à se lancer. Une instructrice qu'elle ne connaissait pas était assise en haut de la tour et cette présence féminine la mit encore un peu plus en confiance. En un rien de temps, son harnais fut sanglé et quand Olivera donna le signal elle prit une profonde inspiration et sauta.

Après une chute de quelques mètres, le harnais la retint avec un à-coup si brutal que ses dents s'entrechoquèrent, mais elle effectua tous les gestes attendus et, moins d'une minute plus tard, elle atterrissait. Olivera l'aida à se décrocher du câble pour qu'elle remonte et recommence l'exercice.

Elle savait que, soucieux de sécurité comme l'étaient les pompiers, ils procéderaient par étapes : d'abord des entraînements à la tour, puis plusieurs largages à faible altitude et loin de tout danger, jusqu'à ce qu'ils aient acquis suffisamment de pratique et de réflexes pour sauter près d'un feu. C'était la règle pour la formation initiale comme pour le perfectionnement. Les supérieurs s'y tiendraient même avec les incendies précoces.

Tout irait bien.

5

À la connaissance de Beck, tous les pompiers parachutistes, qu'ils soient civils ou militaires, clamaient que leur stage de bleus avait été le pire qui ait jamais existé. C'était une façon de se faire passer pour de vrais durs.

Mais, même en prenant en compte ces fanfaronnades, il n'avait jamais entendu parler d'un deuxième jour aussi exigeant que celui de cette année. Sa propre « semaine en enfer » n'avait pas tourné aussi vite au cauchemar. Le portage des « blessés », particulièrement éprouvant pour Lauren, n'avait marqué que le début des joyeusetés.

La tour s'était avérée un vrai supplice. N'étant que trois dans le groupe, ils avaient sauté, atterri, regagné la tour en courant, grimpé vingt et un étages encore et encore pendant deux heures d'affilée. Même la descente n'offrait pas de répit car l'à-coup à l'ouverture du parachute était plus que désagréable et sa répétition incessante causait des dégâts.

Si au moins ils en étaient restés là… Hélas ! Malgré leurs courbatures, ils étaient passés directement à la marche commando : un parcours de cross en forêt suivi de deux tours du terrain de sport, le tout avec un énorme sac sur le dos.

Une journée vraiment harassante.

Et maintenant, alors qu'il attendait dans le réfectoire, il ne voyait Lauren nulle part. Tout le monde était là, sauf elle.

Juste avant la tour, elle était passée d'une volubilité joyeuse à un mutisme renfermé, un revirement qui l'avait intrigué. Quelque chose lui était-il arrivé qu'il n'aurait pas remarqué ? Un autre débile lui aurait-il mal parlé ? Avait-elle soudain pris pleinement conscience qu'ils faisaient équipe ?

À ce propos, il fallait qu'ils discutent de ce qu'elle attendait de leur association. En attendant, il allait devoir partir à sa recherche. Si elle n'était pas dans sa chambre, il irait inspecter les bois et arrangerait une explication pour qu'elle ne soit pas renvoyée malgré un dépassement du temps imparti.

Comme il allait quitter le réfectoire, la porte s'ouvrit sur une Lauren cramoisie, en sueur, couverte de boue et prête à s'effondrer. Ses cheveux soigneusement tressés du matin ressemblaient à présent à une crinière de lion.

— On dirait un zombie.

Au lieu des yeux au ciel avec lesquels elle aurait accueilli cette remarque en d'autres circonstances, Lauren se contenta d'un « merci » sec et las.

Il la saisit par les épaules pour lui faire exécuter un demi-tour et la pousser hors de la salle, direction la baraque.

— J'ai faim, protesta-t-elle sans offrir cependant de réelle résistance.

Elle ne paraissait même pas avoir la force de marcher, alors se mettre à discuter, n'en parlons pas !

— Je t'apporterai à manger, répondit-il avec fermeté. Tu as réussi à boucler la marche en quatre-vingt-dix minutes ?

— Quatre-vingt-neuf, répondit-elle dans un souffle. Tu t'es déjà douché ?

À la note douloureuse dans sa voix, il s'arrêta net.

— Oui, avoua-t-il.

Il avait donc mis moins de temps qu'elle. L'expression de défaite de Lauren se mua en amertume, un sentiment auquel lui-même essayait d'échapper depuis la dernière campagne. Si elle contrôlait si mal ses émotions, comment tiendrait-elle le coup dans des situations critiques ? En même temps, son désir de se dépasser donnait envie de la soutenir.

Sans rien ajouter, elle se remit en route vers la baraque d'une démarche laborieuse qui rappela celle de Treadwell à Beck. Mais les traits tirés et les rougeurs sur les joues de sa coéquipière ne le préoccupaient pas autant que la pâleur du capitaine. Les symptômes de Lauren disparaîtraient, eux, avec du repos et quelques soins.

Un quart d'heure plus tard, quand il revint avec les repas à la baraque au confort spartiate, Lauren dormait, assise sur une chaise, la joue appuyée contre le faux bois de la minuscule paillasse.

Il l'aurait volontiers laissée récupérer mais cela ne lui aurait pas rendu service. Pour survivre le lendemain à une nouvelle journée comme celle qui venait de s'écouler, il était impératif qu'elle se nourrisse.

— Lauren ? fit-il doucement.

Pas de réaction. Il répéta son nom, un peu plus fort. Toujours rien. Elle était vraiment partie.

Comme elle ne bronchait toujours pas, il renonça à la méthode douce et hurla :

— Autry !

Elle se redressa en sursaut, le regard perdu, les yeux troubles, le cerveau en dormance. Quand, enfin, elle repéra dans les bras de Beck les repas dans des boîtes en carton, elle tendit les deux mains.

— Tu vas avoir la force de mâcher ?

— Prépare-toi à me faire les gestes de premier secours si je m'étouffe, répondit-elle, moqueuse.

— Dîner, douche et dodo, ça te va ? demanda-t-il.

— Non. Dîner et dodo.

À même le sol s'il le fallait.

— Les draps ne seront changés que dans une semaine, répondit-il en l'observant un peu trop intensément à son goût.

— Je sais que je pue. Inutile de tourner autour du pot.

— Tu ne pues pas. Certes, tu es pleine de sueur. Mais rien de comparable avec l'odeur que je dégageais tout à l'heure.

— Ma transpiration sent moins mauvais que la tienne ? Tu m'en vois ravie.

Il resta un instant sans savoir que dire, puis bougonna :

— Tu sens… le miel et le sale.

Elle sourit, cette description aurait pu passer pour un compliment.

— Tu devrais inventer des parfums.

— À défaut, je conçois des perles de bain.

Elle s'immobilisa, fourchette en l'air.

— Arrête !

— En fait, ce sont des sels de bain sans forme précise. Mais très efficaces contre les courbatures.

Elle n'en doutait pas mais elle avait une autre priorité.

— Tu pourrais m'étirer les épaules ?

Il demeura coi.

— Le trapèze, là, précisa-t-elle. Aide-moi juste à lever mes bras en arrière. Il y en a pour une minute.

Il hocha la tête, toujours perplexe, et continua à manger.

— On ne t'a pas appris les étirements, chez les Marines ? Au fait, ce sont eux qui t'ont donné la recette des perles de bain ?

Il demeura encore un long moment silencieux. Quand enfin il répondit, la douceur de sa voix trahissait un profond chagrin.

— C'est ma mère.

Elle connaissait cette tonalité pour l'avoir entendue chez son père chaque fois qu'il évoquait sa femme défunte — sa mère à elle. La mère de Beck n'était plus de ce monde, elle le comprit intuitivement.

— Je suis désolée.

Fronçant les sourcils, il leva d'un coup les yeux vers elle.

— Comment sais-tu qu'elle est morte ?

— J'ai perdu ma mère quand j'avais cinq ans. Mon père ne s'est pas remarié. Il porte toujours son alliance et il n'a jamais fait son deuil. Il a la même façon de parler que toi à l'instant... C'est difficile à définir...

— Des regrets. Ce que tu entends, ce sont des regrets. Qu'est-il arrivé à ta mère ?

— Un peu après ma naissance, on lui a découvert un cancer du sein. Apparemment, ce n'est pas rare chez les femmes qui deviennent mères un peu tardivement. Je ne l'ai connue que malade. En fait, j'ai gardé peu de souvenirs d'elle. Pendant les longues périodes où la chimio détruisait son système immunitaire et où elle ne pouvait pas avoir quatre petits monstres pleins de microbes autour d'elle, mes grands-parents nous prenaient chez eux, mes frères et moi.

— Je suis désolé, dit-il à son tour.

Il la regardait avec dans les yeux tant de compassion et une douleur si tenace qu'elle sut que son deuil était plus récent que le sien. Cela expliquait-il sa présence parmi les débutants ?

Elle avait passé en revue les raisons possibles : rôle pédagogique ? Problèmes d'effectifs ? Sanction ? Cette dernière hypothèse lui paraissait la plus plausible vu l'irritation qu'il semblait susciter en Treadwell, mais elle n'osa pas éclaircir le mystère... Pour le moment.

— Du coup, ton père est devenu un papa poule, c'est ça ? Comme il n'a pas pu te dissuader de devenir pompier, il t'a gardée près de lui dans sa caserne.

— Oui. Probablement parce qu'il n'a pas réussi à la protéger, elle. Et mes frères font comme lui. Ils avaient peur de me perdre moi aussi. C'est ce qui m'a retenue de ruer dans les brancards.

— Mais tu es ici.

— C'est vrai, dit-elle avec un lent hochement de tête.

— Pendant la saison morte, tu seras employée par l'office des forêts. Tu ne seras pas avec eux.

— Je sais.

Elle avait consciencieusement évité de s'appesantir sur la question. Elle n'était toujours pas sûre d'être faite pour le métier de garde forestier. La vie au grand air lui plaisait, mais elle n'était pas particulièrement ferrée en matière d'arbres et de faune.

— J'ai dû en avoir assez de nager à contre-courant, dit-elle. À vrai dire, je ne sais pas trop où j'en suis. J'essaye de ne pas penser à comment je réagirai si quelque chose leur arrive en mon absence.

Il s'abstint de tout commentaire, mais elle ne lut aucun jugement dans ses yeux noir expresso. Simplement de la compassion. Et de la tristesse.

Lui était resté très discret sur sa mère, preuve qu'il ne souhaitait pas aborder le sujet. Mais à présent qu'il était son coéquipier, elle avait besoin de lever un peu le voile sur son passé et en particulier sur la cause de ses ennuis. Quelle qu'elle soit.

— Quand as-tu perdu ta maman ?

— Quand j'avais dix ans, répondit-il finalement alors qu'elle commençait à désespérer.

Cela remontait donc à au moins quinze ans.

Il aurait dû prendre un peu de recul, après tant d'années. À moins qu'elle-même ne soit pas normale de l'avoir fait ?

— Comment est-elle morte ?

Un long silence, de nouveau. Parce qu'il n'avait pas envie d'en parler ou parce que la douleur le rendait muet ?

— Un incendie.

Cette réponse lapidaire effaça toute autre pensée de l'esprit de Lauren.

— Oh, mon Dieu ! Beck...

— Je ne veux pas en parler.

Il avait dix ans. Sa mère était morte dans un incendie. Lauren avait-elle vraiment besoin d'en savoir plus sur les raisons qui l'avaient poussé à devenir pompier parachutiste ? À s'engager comme soldat du feu dans l'armée ? De toute façon, ce qu'elle pourrait dire suffirait-il jamais ?

Elle comprit au plus profond d'elle-même, là où elle rangeait toutes ses douleurs, qui était cet homme. Cependant, le mystère restait entier, pourquoi avait-il été renvoyé ici après avoir été porté aux nues ? Mais elle ne se sentait pas d'insister. Ni d'abandonner définitivement le sujet, d'ailleurs.

— Comment ça se fabrique, les perles de bain ?

Si elle avait eu la force de caractère d'observer des silences aussi longs que ceux de Beck, elle aurait peut-être trouvé quelque chose de plus délicat ou compatissant à dire. Elle espérait seulement que sa question, liée indirectement à la mère de Beck, ouvrirait une brèche dans son mur de souffrance.

Il leva de nouveau les yeux de son repas et dressa la liste des ingrédients nécessaires.

— J'en ai quelques-unes de prêtes. Il ne manque que les aiguilles de pin, un excellent décontractant musculaire. Je peux aller en chercher si tu veux.

— Merci. C'est...

Elle s'arrêta, ravalant les dénis auxquels elle recourait habituellement pour cacher ses faiblesses.

— Ce ne sera pas du luxe.

— Plus tard, tout le monde se vantera auprès de toi que sa semaine en enfer était la pire qui ait jamais existé, dit-il en fermant la boîte en carton de son dîner. Crois-moi, ce ne sont que des fanfaronnades par rapport à ce que tu as fait aujourd'hui.

— Le programme a été le même pour toi.

— On ne m'a jamais demandé de porter sur une telle distance quelqu'un de beaucoup plus lourd que moi. Sauf imprévu, en intervention on est toujours deux pour transporter un blessé. Et on dispose de brancards pliants.

Le sujet les détendit. Et qu'entendait-elle dans sa voix à présent ? De l'admiration ! Son sourire lui revint en même temps que la force de terminer son repas.

Comme promis, il alla chercher des aiguilles de pin, qu'il enveloppa dans un mouchoir pour que Lauren ne se pique pas, et fit couler le bain.

Pour la première fois de sa vie, elle rencontrait quelqu'un qui l'aidait sans essayer de la brider. Elle n'était pas sortie qu'avec des goujats, mais elle n'avait fréquenté que des pompiers — normal vu le milieu dans lequel elle évoluait — qui exerçaient dans sa caserne et subissaient donc la pression de son père et de ses frères. Troy par exemple se montrait si charmant quand ils étaient seuls et hors du cadre professionnel qu'elle l'avait cru de son côté... Jusqu'à ce qu'il prenne le parti de son père contre elle. Cette trahison l'avait profondément meurtrie.

Voilà en quoi Beck était différent — et beaucoup plus dangereux... Il l'aidait pour qu'elle soit prête pour le lendemain. Il n'essayait pas de la convaincre d'arrêter.

Le temps qu'elle aille dans sa chambre et qu'elle en sorte avec des vêtements propres, il était de nouveau assis à la table, le regard dans le vide.

— Le bain est prêt. Tu veux qu'on s'occupe de tes épaules avant ou après ?

Elle se planta devant lui, bras pliés vers l'arrière, poings appuyés sur le milieu de son dos.

— Tire mes coudes vers toi jusqu'à ce que je demande grâce.

De ses larges mains vigoureuses, il s'exécuta jusqu'à ce qu'elle pousse involontairement un petit cri. Puis elle dut plaider pour qu'il accepte de forcer davantage. Il répéta ensuite la même opération vers l'avant.

Elle le remercia et se dirigea vers la salle de bains… qu'elle n'atteignit pas car il la retint par le dos de son chemisier.

Sans un mot, il lui massa les trapèzes avec des mouvements circulaires de la paume. Il poursuivit de chaque côté de la colonne vertébrale jusqu'au milieu du dos. Elle baissa la tête et puisa dans le peu de forces qui lui restaient pour ne pas se recroqueviller sur elle-même.

Au bout de quelques minutes, qu'elle aurait donné cher pour prolonger quitte à ravaler sa fierté, il la libéra.

— Ne t'endors pas dans la baignoire.

Elle entra en titubant dans la salle de bains, résolue à se dépêcher, et s'aperçut soudain qu'il avait raison : une fois dans l'eau chaude, jamais elle ne resterait éveillée. Si elle était seule en tout cas.

— Je suis désolée de t'embêter encore, mais je crains vraiment de ne pas résister au sommeil dans la baignoire.

— Ce n'est pas grave.

— Tu ne voudrais pas me tenir compagnie ?

Comme s'il avait été piqué par un insecte, il se leva d'un bond de la chaise où il s'était déjà rassis.

— Je ne crois pas que ce soit une bonne idée, Lauren. Tu es charmante, mais prendre un bain ensemble… C'est une mauvaise idée… Je n'avais pas ça en tête…

Pour une fois il parlait à toute allure, et si nerveusement qu'elle sut que leur attirance était réciproque.

S'il lui était resté un tant soit peu d'énergie, elle aurait été gênée qu'il pense qu'elle lui faisait des avances. Mais elle était trop fatiguée même pour rougir et elle le trouvait vraiment très séduisant.

— Je ne te demande pas de prendre un bain avec moi mais de me parler à travers la porte de là où tu es pour que je ne me noie pas.

Après encore quelques hésitations, il accepta d'un lent signe de tête et reprit place sur sa chaise.

Quelques minutes plus tard, la porte de la pièce entrebâillée, Lauren plongea son corps endolori dans l'eau chaude parfumée à la lavande. Quel bonheur cela aurait été, de s'abandonner aux bras de Morphée !

— De quoi veux-tu parler ? demanda-t-il.

De lui. De sa mère. De sa vie. De pourquoi il avait été renvoyé chez les bleus.

— Nous sommes liés l'un à l'autre, dorénavant, dit-elle. Tu dois craindre que je te freine, après ce que tu as vu aujourd'hui.

— Non, pas du tout.

— De toute façon, ne t'inquiète pas. Je n'ai aucune intention d'être recalée.

« Ni de te faire recaler », faillit-elle ajouter car les attentions de Beck, quelles qu'aient été ses arrière-pensées, étaient une véritable bénédiction et elle voulait rembourser sa dette.

— Si l'un de nous deux échoue, ce sera moi, répondit-il après un moment. Treadwell a mis ces binômes en place parce que je ne sais pas travailler en équipe.

Ce qui voulait dire qu'un incident ou même un accident s'était produit... à cause de lui.

— Que s'est-il passé ?

— Une catastrophe évitée de justesse. Un risque que je n'aurais pas dû prendre.

Pas très précis tout ça...

— Quel risque ?

— Un chien dans un incendie. J'ai voulu le sauver. J'ai été encerclé par les flammes. On a dû venir me chercher.

Rien de vraiment répréhensible, alors.

— Tu as sauvé le chien ?

— J'ai dû l'assommer. Ils ont réussi à nous héliporter mais il s'en est fallu de peu que... Les flammes... La chaleur... J'ai mis mes collègues en danger.

— Mais tout le monde s'en est sorti ?

— La question n'est pas là.

Elle aurait voulu voir son visage, cela l'aurait aidée à décrypter ses propos. Comment interpréter cette note critique dans sa voix ? Était-elle dirigée contre lui-même ? En voulait-il à Treadwell de l'avoir sanctionné ? À ses collègues de lui avoir porté secours ?

— Pourquoi ne saurais-tu pas travailler en équipe ?

— Je ne sais pas, c'est tout.

— Tu ne demandes pas la permission avant d'agir ? Tu ne demandes pas d'aide ? Tu...

— Je ne demande pas d'aide.

Ça, elle comprenait !

— Mais les amis apportent parfois de l'aide sans qu'on le leur demande. Regarde, tu m'as aidée ce soir et tu continues en ce moment même...

— Nous ne sommes pas en danger.

Elle attrapa d'un air rêveur le mouchoir contenant les aiguilles de pin. Pas en danger ? Oh que si ! Elle était sur le point de s'aventurer sur un terrain périlleux avec cet homme, qu'en outre elle ne laissait manifestement pas indifférent.

Et tremper dans l'eau chaude tout en lui parlant risquait de précipiter les choses...

Changement de programme, ma petite : dépêche-toi de te laver, souhaite-lui bonne nuit et dodo !

Elle mit son plan à exécution. Lorsqu'elle sortit en pyjama de la salle de bains, Beck était toujours assis sur sa chaise.

— Tu as été génial ce soir, Beck. Merci.

Ce compliment n'était qu'un pâle reflet de la gratitude qu'elle éprouvait, mais elle n'avait rien trouvé de mieux pour le moment.

— Tu n'aimes pas demander de l'aide ? Très bien. Alors, au lieu de demander, donne-moi des ordres.

— Tu le prendrais mal.

— Exact, sauf si je sais qu'il s'agit d'un code. Nous sommes partenaires, ne l'oublie pas. Mais de toute façon, je serais prête à t'aider.

— Pourquoi ?

— Parce que tu es quelqu'un de bien, répondit-elle en se dirigeant vers sa chambre.

Cette incontestable vérité ne rendait pourtant pas compte de l'attirance qu'il exerçait sur elle.

Elle n'avait toujours pas appris pourquoi il avait été renvoyé avec les débutants. À son avis, avoir des difficultés à travailler en équipe et avoir dû être secouru ne justifiait pas une sanction. Si c'était exceptionnel. Et dans le cas contraire, comment expliquer qu'elle n'ait lu que des articles élogieux sur lui ?

Mais il était l'heure d'aller dormir, pas de se poser des questions.

6

Lauren, trop épuisée pour penser au-delà de l'instant présent, avait passé le troisième jour dans le brouillard.

Même sans marche commando, la journée avait été rude. Après le portage de blessé du matin, où elle avait inversé les rôles avec Beck, il y avait eu deux séances à la tour. Physiquement éprouvantes malgré la présence d'un nombre plus important de participants, elles avaient été entrecoupées par une kyrielle d'exercices dignes d'un camp d'entraînement militaire, et par plusieurs courses à pied.

La fatigue accumulée au cours des trois premiers jours l'aidait à ne pas ressasser les questions délicates qu'elle se posait sur Beck — sa mère, l'incendie, sa faute...

Ils n'avaient parlé que du feu qui continuait à se propager au nord, et de la santé de Treadwell. Ce dernier avait vertement éconduit Beck venu prendre des nouvelles par un cinglant « Mêlez-vous de vos oignons ».

Beck et Lauren avaient tacitement et fort judicieusement convenu de ne plus renouveler le moment d'intimité de la veille. Ils avaient efficacement travaillé de concert et s'étaient même stimulés l'un l'autre. Le soir, il lui avait donné d'autres sels de bain et elle avait procédé à ses étirements sans son aide.

Le quatrième jour, une intervention imprévue pour laquelle tous les deux se portèrent spontanément volontaires interrompit la routine.

Tôt le matin, un car les conduisit vers le nord, entre le feu qui faisait rage et une zone qui serait menacée si le vent tournait. Aucunes flammes n'étaient visibles mais l'air était saturé d'une fumée que les rayons de soleil teintaient en orangé et si épaisse qu'ils suffoquaient avant même d'avoir commencé à travailler.

Très vite, on leur distribua des pelles pour creuser les tranchées autour des zones de broussailles ou d'herbes sèches où ils allumeraient ensuite un contre-feu pour priver l'incendie de combustible. Ils devaient attaquer le travail à la route et avancer jusqu'à la limite des arbres.

Tout le monde se mit à l'œuvre en silence. Entre l'air irrespirable et la dureté du sol, la tâche était harassante. Quand ils arrivèrent au bout de leur ligne, Lauren alla chercher de l'eau. À son retour, Beck avait disparu.

Elle le chercha partout — dans le car, derrière le car, dans le camion… — jusqu'à ce que Treadwell lui désigne d'un regard sévère les arbres à l'autre extrémité du champ. Une silhouette s'y tenait debout, les mains sur les hanches. Elle attrapa sa pelle, de l'eau et traversa le champ au pas de course.

À l'orée de la forêt, Beck sondait le sol avec sa pelle. À cette distance des autres, Lauren pouvait parler sans crainte d'être entendue.

— Beck ? fit-elle en approchant, gourde tendue vers lui pour adoucir les reproches qu'elle se préparait à lui adresser. Tu joues à cache-cache ou tu essaies seulement de te soustraire à l'odeur de sueur de quatorze types en train de creuser ?

— Je sens de la fumée, répondit-il sans l'ombre d'un sourire et sans prendre la gourde. Il faut commencer les tranchées ici.

— Tout le monde la sent. La zone est en alerte rouge pour la pollution de l'air aujourd'hui.

— L'odeur est plus forte que tout à l'heure.

— Tu l'as dit à Treadwell ou à Kolinski ? demanda-t-elle… pour la forme.

— Ils m'ont vu.

Voilà donc ce que Treadwell entendait par « ne pas savoir travailler en équipe ».

— Effectivement, Treadwell t'a vu... faire bande à part. Tu es pris en flagrant délit.

Il ne leva pas les yeux au ciel mais la regarda fixement quelques secondes avant de recommencer à ameublir le sol à coups de pelle.

— « Autry, viens avec moi sentir les arbres là-bas », dit Lauren d'un ton aussi viril et autoritaire qu'elle put. Tu vois ? Fastoche. Et comme ça, nous travaillons en binôme même si nous nous isolons du reste du groupe.

— OK, marmonna-t-il sans commenter le petit numéro de Lauren. Le feu va venir par ici. En un rien de temps, il va engloutir cette zone de broussailles, grossir trop vite et dégager trop de chaleur pour être contrôlé. Pour le ralentir, il faudrait faire une tranchée ici et commencer le brûlage dirigé dans ce secteur.

Il avait beau savoir qu'ils avaient été appelés par précaution et que les responsables ne pensaient pas que le feu se dirigerait vers leur zone, dès qu'il était question d'incendie il semblait entrer en mode guerrier comme sur une zone de combat.

Peut-être était-ce ce que le feu représentait pour lui ?

— Je vais expliquer ça à Treadwell, pour le cas où il voudrait nous envoyer des renforts. Bois, dit-elle en lui lançant la gourde, qu'il accepta cette fois.

À deux reprises encore Beck disparut, laissant Lauren partir à sa recherche.

Malgré ses prédictions et les vents changeants, le feu ne les atteignit pas. Vers 15 heures, ils embrasèrent la première section de champ et se relayèrent avec des pelles et des lances à incendie pour venir à bout des flammèches. Ils progressèrent ainsi, méthodiquement, de parcelle en parcelle. Après le travail de terrassement, cette activité leur paraissait presque agréable, et Lauren n'eut même pas à courir après Beck.

Toute l'équipe étant absorbée par la surveillance du contre-feu, personne ne vit Treadwell s'effondrer. Lauren fut la première à le remarquer. Alors qu'elle posait sa pelle pour boire, elle l'aperçut allongé dans les hautes herbes marron.

— Capitaine !

Son hurlement parvint aux oreilles de Beck par-dessus le rugissement des flammes. Il se précipita à sa suite vers Treadwell.

— Je sens son pouls mais il est faible et irrégulier, dit-elle après s'être agenouillée à côté du capitaine. Ce teint gris et cette respiration courte ne me disent rien qui vaille. Il faut lui donner de l'oxygène.

— Ne m'obligez pas à vous faire du bouche-à-bouche, capitaine, dit Beck, se forçant à plaisanter tout en tapant le numéro d'appel d'urgence sur son portable.

— La première année vous vous y seriez peut-être risqué, mais plus maintenant, dit Treadwell en haletant d'une voix pleine de reproches. Autry serait encore en train de courir après vous si nous n'avions pas allumé le contre-feu. Vous ne vous seriez aperçu de rien.

Il reprit son souffle et poursuivit :

— Il n'écoute plus un mot de ce qu'on lui dit, fit-il pour lui-même en secouant la tête, davantage comme un père déçu que comme un supérieur en colère.

Il parlait si difficilement que Lauren pria pour qu'il se taise enfin. Sans résultat.

— Mais peut-être qu'il fera attention aux paroles d'un mourant.

Elle risqua un regard vers Beck et lut inquiétude et tristesse dans ses yeux.

— Vous n'allez pas mourir, répondit Beck d'une voix un peu rauque avant d'aller chercher dans le camion un brancard et un concentrateur d'oxygène portable.

Lauren sortit d'une pochette une canule nasale qu'elle fixa sur Treadwell.

— Respirez lentement et à fond, capitaine.

— Impossible, répondit Treadwell, pantelant. J'ai un dix tonnes garé sur la poitrine.

— Nous sommes loin de la route et la voie d'accès est barrée par le car, répondit Beck.

Il s'agenouilla pour prendre à son tour le pouls de Treadwell.

— Trop rapide, dit-il en chuchotant.

— Tachycardie, répondit Lauren dans un souffle. Pourquoi n'avons-nous pas de défibrillateur, bon sang ?

— Je ne sais pas. Bon. Transportons-le jusqu'à la route.

Un ordre. Une requête. Il y avait des progrès même si, en l'occurrence, il n'avait guère eu le choix.

En une minute, à tous les deux, ils transférèrent le capitaine sur le brancard, l'y sanglèrent, et gagnèrent la route aussi vite que le permettait le terrain accidenté.

Treadwell, comme presque tous ceux qui secouraient ou soignaient les autres, se révéla un malade épouvantable. Pendant le trajet, il critiqua sans cesse Beck, même quand le manque d'air lui rendait la parole difficile, même quand une douleur fulgurante lui traversait la poitrine.

Derrière eux, tout le monde s'était remis au travail sous les ordres de Kolinski. Rien, pas même la crise cardiaque du gradé aux commandes, ne justifiait qu'on suspende la lutte contre le feu.

Les ambulanciers, dont l'un était très jeune et l'autre de mauvaise humeur, arrivèrent à peu près en même temps que Lauren et Beck, et arrimèrent directement le brancard sur la civière à roues.

— À quoi vous jouez ? hurla soudain Beck en voyant le petit jeune hésiter à ouvrir la combinaison de Treadwell.

Sans attendre la réponse, il se précipita et, d'un mouvement sec, fit descendre la fermeture Éclair puis déchira le T-shirt. De son côté, Lauren arracha des mains de l'autre ambulancier les électrodes qu'il était allé chercher et les appliqua sur le torse à présent dénudé de Treadwell.

— Qu'est-ce que vous fabriquez tous les deux ? demanda ce dernier.

Plutôt que de perdre du temps à répondre, Lauren brancha le moniteur, laissant Beck et l'ambulancier plus expérimenté prendre le relais avec les électrodes. Au jeunot, qui restait les bras ballants, elle réclama un masque à oxygène, plus efficace que la canule nasale.

Bientôt, un trait irrégulier se mit à onduler sur l'écran sous l'œil angoissé de Beck.

Treadwell ayant catégoriquement refusé que Lauren et Beck l'accompagnent, ils s'écartèrent pour laisser les secouristes charger la civière dans le véhicule. Lauren n'avait jamais vu Beck avec la mine aussi sombre, nul doute qu'il ressassait toutes les piques du capitaine.

Treadwell regrettait manifestement l'ancien Beck. Celui de la première année. Le problème, quel qu'il fût, datait donc de la saison précédente. Il s'était passé quelque chose d'autre que cette histoire avec le chien. Et pour que leur binôme survive, ou que chacun d'eux survive, Beck devait affronter ce « quelque chose d'autre ».

Le brûlage contrôlé se termina avec succès peu après le départ de l'ambulance. La caserne locale envoya une équipe de pompiers surveiller les cendres encore fumantes et les stagiaires, épuisés, se préparèrent pour un long trajet de retour à la base.

À l'aller, Lauren avait évité Beck. Mais à présent, elle se dirigea droit sur lui à sa montée dans le car.

Assis de travers, le dos contre la paroi métallique, il avait étalé les jambes sur le siège à côté de lui et fermait les yeux. Du pied, elle libéra la place.

Il commença à jurer et s'arrêta net en la voyant, mais ne se redressa pas tout de suite. Il cherchait visiblement à la faire déguerpir.

— Il y a de la place ailleurs, dit-il finalement comme elle ne bougeait pas.

— Je sais, répondit-elle, lui tendant sa gourde en guise de calumet de la paix.

Elle était résolue à ne plus attendre qu'il veuille bien affronter ce « quelque chose d'autre ». Que cela plaise ou non à Beck, ses problèmes la concernaient directement.

— Treadwell a-t-il toujours été ton chef ? demanda-t-elle lorsqu'ils eurent atteint l'autoroute où le vent par les fenêtres ouvertes et le bruit des six gros pneus sur l'asphalte permettaient de parler en privé.

Il confirma d'un signe de tête, le regard fixé sur la couture du dossier de devant. Il ne desserrait pas les lèvres, mais il écoutait.

Il n'allait pas bien. Et pas uniquement parce que la santé de Treadwell le préoccupait. De toute évidence, il ruminait les propos du capitaine, un homme qui l'aimait incontestablement mais qui, lui non plus, ne le comprenait pas.

Pour le moment, ne lui pose pas de questions trop personnelles. Vas-y doucement, avec délicatesse. Tâche de le faire parler.

— Tu avais remarqué un changement chez Treadwell avant cette semaine ?

— Je ne l'ai pas vu beaucoup, ces derniers mois. Comme je te l'ai expliqué, en dehors de la saison à risque, je suis garde forestier. L'autre facette du métier.

— Et ça te plaît ?

Il hocha de nouveau la tête mais son regard devint soudain pensif. Un événement lui était apparemment revenu en mémoire.

— Qu'y a-t-il ?

— Maintenant que j'y pense, quand Treadwell m'a convoqué, il était essoufflé et semblait fonctionner au ralenti.

Ainsi, Treadwell l'avait convoqué ? Pour lui expliquer les choses de la vie ? Elle avait de plus en plus l'impression qu'il jouait le rôle de père de substitution pour Beck.

— Il a voulu te voir parce que le travail en équipe n'est pas ton fort ?

— Inutile de tourner autour du pot, Autry. Je sais que j'ai foiré.

Il s'emportait, mais cette colère était dirigée contre lui-même.

— Alors pourquoi continues-tu à jouer en solo ?

— Je ne sais pas.

— Je ne te crois pas. Un solitaire comme toi se livre nécessairement à l'introspection. Toutes les décisions ont une motivation, même absurde. Je pense que tu sais parfaitement pourquoi, ou bien que tu fais l'autruche.

Comme toujours, il prit son temps pour répondre. Plus que d'un homme s'adonnant régulièrement à l'auto analyse, il donnait l'impression de quelqu'un qui n'aimait pas du tout ce qu'il avait déjà découvert sur lui-même.

Elle brisa le silence pour essayer de l'amener à parler.

— C'est quoi pour toi un feu, Beck ?

— Quelle question idiote ! Du feu.

— Ça représente davantage pour toi.

— Si tu le dis..., répondit-il les yeux au ciel. Et pour toi, alors ?

Elle n'avait jamais réfléchi à la question, aussi mit-elle quelques longues secondes à trouver l'image — apparemment ridicule puisqu'elle associait feu et eau — qui rendait compte de sa vision personnelle.

— Pour moi, c'est comme le grand bain d'une piscine dans laquelle je suis maître-nageur affectée au petit bain. Je vois des gens en train de se noyer, mais chaque fois que j'essaye de les secourir, un des responsables me fusille du regard et me tend des flotteurs en m'enjoignant de m'occuper du bassin des enfants. Ou comme un bal auquel j'ai été invitée, mais uniquement pour servir les rafraîchissements. Ou comme...

— Merci, j'ai compris, coupa-t-il avant de se murer dans le silence, tête tournée vers la vitre.

Réfléchissait-il ou lui signifiait-il que la discussion était terminée ?

— C'est mon adversaire, dit-il au bout d'un long moment. Je me vois comme un flic lancé à la poursuite du tueur en série qui a massacré sa famille.

Il avait parlé calmement mais ce qu'il décrivait était tellement énorme qu'elle se sentit un instant perdre pied. Sa poitrine la brûla. Le mot « adversaire » n'était même pas le bon. Trop policé.

Oui, c'était énorme, mais cela n'expliquait pas tout et en particulier pas ce qui avait changé pour lui l'année précédente.

— Le jour où tes collègues ont dû voler à ton secours a-t-il ravivé le souvenir de ce qui est arrivé à ta mère ? demanda-t-elle avec douceur en se penchant vers lui.

Il eut une expression douloureuse, puis secoua la tête et répondit de nouveau :

— Je ne sais pas.

Il n'était pas prêt à explorer ce terrain. Et elle ne pouvait pas l'y forcer.

— Je sais que ton métier compte beaucoup pour toi. Comment puis-je t'aider ?

— Je ne sais pas, dit-il de nouveau.

— Treadwell est-il au courant pour ta mère ?

Il ne répondit cette fois que par un haussement d'épaules sans équivoque. Les deux hommes n'avaient pas abordé le sujet.

— Il faut que tu tires les choses au clair, Beck. Et n'imagine pas que je vais te lâcher. Je sais que c'est pénible pour toi de revivre l'accident et d'écouter quelqu'un essayer de donner un autre éclairage à ce que tu as vécu, mais tu as un problème, Beck, et il faut que tu le règles.

— Quel autre éclairage peut-il y avoir ? répondit-il presque méchamment.

L'agression. Une esquive classique chez les hommes pour changer le cours d'une conversation. Il fallait le remettre dans les rails.

— Par exemple, imaginer l'enfer pour ta mère si c'était toi qui étais mort et elle qui avait survécu.

À l'instant même où la phrase sortait de sa bouche, elle sut qu'elle n'aurait pas dû la prononcer. Beck s'était décomposé. Il se retourna vers la vitre et plongea de nouveau dans un silence morose. Elle tendit le bras vers lui et s'arrêta avant de le toucher de peur qu'un des stagiaires ne la surprenne.

Instinctivement, elle se leva à moitié pour inspecter le car où tout le monde était endormi à l'exception de Copeland, l'homme qui s'était moqué d'elle lors du portage de blessé. Il la regardait avec un petit sourire narquois. Levant un sourcil d'un air provocateur, il articula silencieusement :

— Tu vas te mettre à le peloter, maintenant ?

À ce moment précis, Beck se retourna et vit Lauren qui fixait Copeland. Sans comprendre de quoi il s'agissait, il sentit la soudaine électricité entre eux et s'apprêta à régler le problème d'homme à homme.

Laisser Beck prendre une deuxième fois sa défense ? Lauren réfléchit en un éclair. Cela aurait seulement encouragé Copeland à pousser le bouchon de plus en plus loin. Et Beck avait suffisamment de problèmes personnels sans qu'elle ajoute les siens !

Elle se leva d'un bond, se pencha un peu en arrière et lança de toutes ses forces à la tête de Copeland la seule arme à sa disposition : sa gourde en plastique encore à moitié pleine, qui lui heurta la joue de plein fouet. Grâce à ses trois frères, Lauren ne ratait jamais une cible.

Aussitôt, Copeland vira au rouge écarlate et se leva lui aussi, comme mû par un ressort. Grâce à ses frères encore, elle connaissait cette expression sur un visage : celle d'un homme prêt à en venir aux mains.

Elle ne pouvait plus reculer. Après une profonde inspiration, elle sauta de son siège et se jeta sur Copeland. Mais Beck fut plus rapide. D'un bras, il la retint et l'obligea à se rasseoir tandis que d'autres stagiaires ceinturaient Copeland.

— Tu veux vraiment te battre avec ce débile ? hurla Beck. Il est deux fois plus gros que toi.

— Je suis capable de me défendre toute seule, Ellison. Et j'en ai marre de me faire importuner par ce type.

Là-dessus, échappant à Beck, elle se planta dans l'allée. Cette fois cependant, elle ne se rua pas sur Copeland. Elle se contenta de ne pas céder de terrain.

— Ça suffit ! intervint Kolinski, réveillé par le bruit, en se positionnant au milieu des stagiaires. Ai-je bien vu Ellison empêcher sa partenaire de faire une bêtise ?

— Ce n'est pas une bêtise, dit Lauren en ignorant le discret éloge de Beck qui avait enfin fait preuve d'esprit d'équipe en l'empêchant de piétiner les parties sensibles de Copeland. Je n'accepte plus l'attitude sexiste de cet imbécile. Il me cherche en permanence. Si vous voulez me sanctionner pour mauvais comportement avec mes camarades, sanctionnez-le lui aussi.

Kolinski se tourna vers Copeland.

— Quelle attitude sexiste ?

Copeland, l'air soigneusement contrit, recourut à l'excuse habituelle des misogynes :

— Je plaisantais. Ce n'est pas ma faute si elle n'a pas le sens de l'humour.

Lauren secoua la tête d'un air incrédule mais renonça à relever de pareilles âneries. Inutile. Copeland s'était fait prendre. Il ne se risquerait probablement plus à ce petit jeu. Et il n'aurait pas remis ça aujourd'hui si elle n'avait pas laissé Beck lui voler dans les plumes la première fois.

— Et si c'était un homme qui voulait parler à son binôme, tu l'aurais aussi accusé de le draguer ? fit-elle malgré tout, histoire d'enfoncer le clou.

Copeland se tourna d'un air rageur vers la vitre et tout le monde regagna sa place.

Devant le regard dur de Beck, toute la colère retenue de Lauren explosa.

— Je vais juste ajouter ça et après je te fiche la paix pour aujourd'hui. Je ne te rendrais pas service si je n'attirais pas ton attention sur le fait que, devant un feu, tu te laisses dominer par tes émotions.

— Dit la femme qui a été à deux doigts de se livrer à un combat de chihuahua contre un bouledogue ?

Il avait élevé la voix et, du coin de l'œil, elle vit des têtes se tourner vers eux. Ils allaient devoir en rester là.

— Et tu recommences ! Tu ne me crois toujours pas capable de gérer ce que je déclare pouvoir gérer. Arrête ça, Beck. Je t'aime bien, vraiment, mais si tu t'imagines que je vais lâcher prise, tu n'as jamais entendu parler de la ténacité d'un chihuahua.

Là-dessus, elle alla s'asseoir sur le siège devant Beck. Elle n'était pas en colère contre lui, seulement extrêmement fatiguée après cette longue journée et déçue de ne pas avoir trouvé de terrain d'entente avec lui.

Elle n'aspirait plus qu'à se doucher, manger, dormir et survivre au prochain jour de la « semaine en enfer ».

7

Après l'intervention sur le terrain, la crise cardiaque de Treadwell et les critiques qu'il lui avait adressées, Beck passa le genre de nuit dont on sort groggy, incapable de dire si on a dormi ou pas. Pourtant, dès le retour au camp, il avait filé dans la fraîcheur nocturne de la forêt s'abandonner à l'étreinte des branches de son chêne à tan favori.

Il y aurait peut-être trouvé le sommeil… s'il y était resté. Mais il n'avait pas eu le cœur d'abandonner Lauren, dont les paroles et les yeux de malachite l'obsédaient. Alors il était rentré à la baraque où il s'était tourné et retourné dans son lit jusqu'au matin.

Accablé par une fatigue physique et morale qui s'était amplifiée au fil des heures, il s'était traîné toute la journée. Des nouvelles de Treadwell leur étaient parvenues, mitigées : le capitaine avait été opéré en urgence, mais on ignorait s'il garderait des séquelles de son infarctus. Cet accident signait a priori la fin de sa carrière. Un nouveau chef serait donc nommé, qui ne connaîtrait pas le flair de Beck.

C'était l'une des raisons de son insomnie, l'autre étant sa colère sourde contre Lauren — qu'il évitait soigneusement depuis la veille — parce qu'il se sentait coincé : soit il parlait, preuve qu'elle avait touché une corde sensible, soit il continuait à lui faire la tête, preuve, comme elle l'avait dit, qu'il laissait ses émotions altérer son jugement.

Il se retourna une énième fois sur son matelas et… se leva d'un bond.

Va lui dire. Raconte-lui ce qui s'est passé l'année dernière. Vide ta tête et tu trouveras le sommeil.

Sans allumer la lumière, il se précipita hors de sa chambre, alla cogner à la porte de Lauren et entra sans attendre la réponse.

Elle se redressa d'un coup mais, dans le noir, il ne vit pas son expression. Tant mieux !

— Je suis crevé et je n'arrive pas à dormir. Je n'arrête pas d'y penser. Malgré moi. Je voudrais évacuer ça.

— D'accord, dit-elle d'une voix pâteuse en cherchant à tâtons l'interrupteur de sa lampe de chevet.

— Non ! N'allume pas. Je veux juste te raconter et aller me coucher. D'accord ?

— D'accord.

— Pendant une intervention dans l'Oregon, l'été dernier, un des pompiers s'est trouvé séparé du groupe et on a refusé que j'aille le chercher alors que j'aurais pu traverser le mur de flammes à un endroit où elles étaient moins denses, dit-il en s'éloignant du lit. Il est mort. Et je ne peux pas... abandonner quelqu'un. Ça m'est impossible. S'il y a la moindre chance... Et il y en a toujours une.

— Comment ça ? Tu as obéi aux ordres ?

— Non. En fait... Trois collègues m'ont ceinturé et enfermé dans une voiture de police qui était garée là.

Elle resta un instant muette de stupeur.

— Parfois, il n'y a vraiment aucune chance, dit-elle finalement.

— Ce n'est pas vrai.

— Alors, disons qu'il y a toujours une chance, jusqu'à un certain point au-delà duquel elle est si infime qu'il devient déraisonnable de la tenter.

— Si quelqu'un est prêt à courir le risque...

— Ce n'est pas à toi de décider.

— Les pompiers parachutistes qui m'ont sauvé ont bien bravé les ordres pour me secourir, eux.

— Treadwell ne les a pas envoyés ?

— Non. Et quand j'étais gamin non plus, ils n'ont pas obéi aux ordres de celui qui avait décidé qu'il ne fallait pas courir le risque. Ils sont venus en hélicoptère et j'ai survécu.

Il peinait à traduire ses émotions en mots.

— Les gens qui t'ont sauvé quand tu étais gosse ont risqué leur vie pour une *famille*, pour un *enfant*, répondit-elle doucement en sortant du lit.

Impulsivement, il se rapprocha d'elle. Ses mains le démangeaient. Son corps tout entier le démangeait. Son esprit le démangeait.

— Ils sont venus récupérer une famille et ils sont repartis avec un enfant seulement. Ils ont été obligés de l'abandonner, elle. Moi aussi, j'ai été obligé de l'abandonner. Est-ce que tu... ? Tu comprends bien qu'on ne peut pas demander à quelqu'un de vivre deux fois la même horreur. Or on ne m'a pas laissé aller chercher mon collègue. Alors je ne demande plus la permission. Je fais ce que je pense devoir faire.

Quand elle fit un pas vers lui, il battit en retraite de l'autre côté de la pièce.

— Pourquoi n'ont-ils pas pu arriver jusqu'à ta mère ? demanda-t-elle, revenant à la charge.

— L'incendie progressait trop vite. C'était trop tard. Ils ne l'ont pas trouvée. C'est ce qu'ils ont dit. Les flammes avaient tout envahi jusqu'à la rivière.

Des images jaillirent dans son esprit : celles des arbres calcinés ou fendus, celles des décombres de leur maison. Et avec elles une amertume sourde contre lui-même parce qu'il continuait de refuser de croire à leur réalité.

— Tu as vu ce qui restait ?

— Deux ans plus tard.

Le feu était totalement éteint bien sûr mais, dans son souvenir, de la fumée s'élevait de leur maisonnette près de l'eau, des arbres dans le jardin, de la forêt. Et même de l'herbe.

Il s'était menti pendant des années sur ce qui s'était passé ce jour-là. Il s'était raconté que sa mère avait préféré sauter dans la rivière plutôt que d'être brûlée vive et qu'elle avait réchappé à la noyade. Qu'elle avait perdu la mémoire après s'être violemment cogné la tête. L'absence de corps laissait toutes les possibilités ouvertes, c'était la seule pensée qui le réconfortait.

Les pompiers qui avaient sauvé Beck ne pouvaient pas savoir

que leur version, vraie ou fausse, ne serait pas celle qui l'apaiserait le plus. C'était sa perversité à lui, de croire qu'il se sentirait moins coupable si sa mère avait été brûlée vive. Car il n'aurait pas pu l'aider à survivre au feu. En revanche, s'il l'avait suivie dans l'eau, s'il n'avait pas laissé les pompiers l'emmener... il l'aurait peut-être sauvée.

Les premières années, il s'était menti pour garder un espoir et il avait puisé du réconfort dans ce déni, cela lui avait permis de continuer à vivre. Mais à présent il ne pouvait plus croire à ce rêve d'enfant et il était incapable d'abandonner qui que ce soit.

Lauren cessa d'avancer quand Beck atteignit le seuil de la pièce.

Soudain saisi de l'envie irrésistible de voir les yeux de Lauren, il s'aperçut que, s'il faisait un pas de plus en arrière, il se retrouverait dans le couloir.

Il chercha à tâtons l'interrupteur et alluma le plafonnier, les aveuglant tous les deux. Quand ils se furent habitués à la brusque luminosité et que Lauren ouvrit complètement les yeux... il fut une fois de plus hypnotisé par le vert de leur iris, pâle au centre et incroyablement foncé sur le pourtour.

Inévitablement, il pensa à sa mère. Sa mère qui ne se séparait jamais de son pendentif en malachite et qui disséminait dans la maison des cristaux de cette pierre pour les protéger tous les deux de dangers réels ou imaginaires et soulager leur âme d'éventuels tourments.

— Tu en veux à Treadwell de t'avoir empêché de porter secours à ton collègue ?

— Je ne sais pas.

Et non seulement il n'avait réellement pas la réponse, mais il n'avait en outre aucune envie d'y réfléchir de peur de s'exposer à une nouvelle insomnie. À présent qu'il s'était libéré, il n'aspirait qu'à dormir.

— Il faut que tu parles de cette histoire à quelqu'un, Beck. Sans rien taire.

— Il n'y a rien d'autre à raconter. Je t'ai tout dit.

— Ce n'est pas vrai, répondit-elle sans ambages en lui prenant le visage entre les mains pour l'obliger à la regarder. Il faut que tu vides ton sac. À moi ou à quelqu'un d'autre. Hier, dans le car, tu as comparé le feu à un adversaire. Moi, je le vois comme quelque chose qu'on tient en dehors de ma portée, toi comme un être vivant, comme une espèce de monstre tapi dans un coin prêt à sauter sur les gens qui t'entourent. Et je comprends. C'est normal, avec ce que tu as traversé. Mais tu ne peux pas jouer au plus fin avec le feu. Ce n'est pas une partie d'échecs avec un tueur en série.

— Je le sais.

— Tu en es sûr ? demanda-t-elle en lui secouant un peu la tête pour avoir son attention pleine et entière. Treadwell a eu raison de ne pas t'envoyer dans le brasier. Il devait décider s'il perdait un ou deux hommes. Et cela aurait aussi été un mauvais calcul de te sacrifier toi pour sauver l'autre. La vie de ton collègue n'était pas plus précieuse que la tienne. De toute façon, c'était une tragédie.

Il y eut un silence.

— Je sais qu'on t'appelait le charmeur de fumée, reprit-elle, mais tu t'es trompé le jour du chien. Et hier aussi, lorsque tu as voulu modifier le lieu où creuser les tranchées. Peut-être ce qui t'est arrivé a-t-il encrassé ta boule de cristal ? Dans ce cas, et en attendant qu'elle reprenne sa transparence, il faut te fier au jugement des autres. Et il faut que tu parles à quelqu'un.

Ce discours lui fit passer sur-le-champ sa tentation de se mettre au lit avec Lauren et de s'imprégner de sa sérénité ; il sortit de sa chambre.

Elle eut le bon goût de ne pas le suivre. Elle resta simplement sur le pas de la porte à l'observer d'un air soucieux.

— Treadwell voudrait comprendre, dit-elle.

— Il est malade. Je ne vais pas l'embêter avec tout ça.

— Il va se remettre. Et de toute façon, il mérite de savoir contre quoi il se cogne la tête depuis l'année dernière. C'est injuste pour lui de ne pas comprendre ce qui a changé en toi, parce qu'il t'estime. Et c'est injuste pour toi aussi.

Comment ça injuste pour lui ? Il secoua la tête. Peu importait. Depuis deux jours, il puisait dans son énergie et dans ses réserves de sommeil. Il devait absolument récupérer. S'il ne dormait pas maintenant, alors tous ses efforts n'auraient servi à rien.

Aux alentours de l'heure à laquelle les stagiaires se rendaient habituellement à l'entraînement, une sirène se mit à hurler dans le camp. Lauren se réveilla en sursaut.

Mince ! Elle était en retard !

L'esprit encore embrumé, elle se dirigea vers la commode d'où elle sortit à l'aveuglette un short, des chaussettes, des sous-vêtements, un T-shirt, le tout dans des couleurs hétéroclites. Elle s'habilla à la va-vite et, sans prendre le temps de se peigner, s'attacha les cheveux avec un élastique avant de se précipiter dans la salle commune où elle arriva en même temps que Beck. Il avait l'air tout aussi hébété qu'elle.

— Panne d'oreiller, toi aussi ? demanda-t-elle en sautant à cloche-pied jusqu'à la porte tandis qu'elle enfilait une basket.

La question arrêta net Beck.

— Mais on est samedi...

— Samedi ? répéta-t-elle en tombant sur les fesses. Nous ne sommes pas en retard, alors ?

— Non.

— Ils nous font une blague ?

— Ce n'est pas le genre de la maison, dit-il en se chaussant à son tour.

Deux possibilités : soit on les testait en changeant leurs habitudes soit quelque chose était arrivé.

Après avoir noué ses lacets, Lauren resserra l'élastique de ses cheveux et accepta la main de Beck pour se relever.

— Il y a un problème, n'est-ce pas ?

— J'ai l'impression, oui.

Ses yeux noirs, un peu gonflés, avaient la douceur de ceux d'un gamin de cinq ans après une nuit de sommeil profond. Au moins sa séance de confessionnal nocturne avait atteint son but.

Ils coururent tous les deux vers le terrain de sport en même temps que les autres stagiaires. Kolinski les rejoignit peu après et donna ses ordres. Avec l'orage qui se préparait, l'incendie qui ravageait les montagnes depuis une semaine et avait déjà englouti des milliers d'hectares de forêts, nécessitait de nouveau des renforts. Seulement trois personnes avaient été retenues : Ellison, Alvarez et... Autry.

Comme le jeudi, ils étaient chargés d'allumer des contre-feux, mais plus près de l'incendie. Ce qui exigerait de sauter en parachute.

Lauren se mit à transpirer.

On les larguerait à un endroit difficile d'accès mais d'où, avec un peu de chance, ils réussiraient en creusant des tranchées à empêcher les flammes de se propager vers des zones habitées. Ils n'atterriraient donc pas au cœur du brasier. Ouf !

Elle se sermonna. Allons ! Tout irait bien. Elle sautait à la tour depuis presque une semaine. Et elle s'était déjà entraînée dans une soufflerie. Alors, pas de panique !

— Ça va ?

Ayant depuis longtemps appris à simuler l'assurance, elle regarda Beck comme si sa question était la plus ridicule qu'elle ait jamais entendue. Mais elle fanfaronnait moins avec sa voix intérieure, celle qu'elle cachait à tout le monde, sans toujours y réussir complètement. D'où l'air soupçonneux de son binôme.

— Bien sûr que ça va. C'est juste... un saut. Un vrai.

Mentir, mentir, jusqu'à ce que le mensonge devienne vérité.

— Je suis prête et même très impatiente.

Au regard qu'il lui lança, il n'était pas dupe. Tant pis !

Une fois qu'elle serait montée dans l'avion, tout se passerait bien. Il suffisait de sauter non pas « dans » un feu mais à proximité. Et puis elle allait protéger des familles, épargner à des enfants ce que Beck avait vécu. De toute façon, si elle ne voulait pas porter un coup fatal à sa carrière, elle n'avait pas d'autre choix que de serrer les dents et de foncer.

Après ce saut, tout reviendrait dans l'ordre : elle aurait enfin acquis l'expérience qu'elle avait prétendu posséder dans son dossier de candidature, une erreur qu'elle regrettait toujours de ne pas avoir corrigée. Mais tout était bien qui finissait bien. Dorénavant, elle ne craindrait plus en permanence que son imposture soit démasquée et elle aurait la certitude que tout le monde, elle-même comprise, s'était bel et bien trompé sur ses capacités.

Sans pouvoir expliquer comment, Lauren se trouva brusquement dans les airs, en combinaison, derrière des hommes qui se jetaient à la suite les uns des autres par la porte ouverte du petit avion-cargo. À l'avant de la file les parachutistes les plus expérimentés, à l'arrière les bleus : Alvarez, Beck et elle.

Beck était derrière elle. Devant, le nombre de stagiaires qui la séparaient du vide se réduisait à vue d'œil. Son cœur battait la chamade. Alvarez sauta. C'était donc à son tour... À ce moment, au lieu de se projeter dehors, elle agrippa les bords de l'ouverture pour s'empêcher de basculer vers les flammes rouges et orange.

Elle sentit qu'on la poussait dans le dos. Pas très fort. Une simple incitation à se lancer. Mais loin de s'exécuter, elle recula d'au moins deux mètres, entraînant Beck avec elle.

Il lui hurla quelque chose qu'elle n'entendit pas. C'est donc avec surprise qu'elle le vit soudain la dépasser. Aucune pitié dans ses yeux noirs. Seulement un jugement réprobateur. Elle se décomposa un peu plus.

Il secoua la tête et quitta l'appareil sans un mot.

À présent, elle devait suivre son partenaire pour ne pas le laisser descendre sans personne pour le couvrir. Elle ne pouvait plus reculer. Elle avait signé. Elle avait donné sa parole. Elle avait assuré être à la hauteur de ce qu'on lui demanderait. Si elle ne sautait pas, elle donnerait raison à ceux qui n'avaient pas foi en elle. Hors de question !

L'avion s'inclina légèrement pour amorcer un demi-tour. Si elle tardait encore, elle allait laisser passer la fenêtre de saut...

Elle cessa de réfléchir, s'élança et exécuta automatiquement les gestes appris. Mais elle ne s'attendait pas à éprouver autant de difficulté à respirer. Les mains agrippées aux suspentes, elle enfouit son visage dans son bras pour se protéger du vent et reprendre son souffle.

Quand enfin elle comprit comment respirer, elle s'autorisa à regarder autour d'elle pour évaluer la situation. Sans surprise, elle découvrit un paysage en feu. Mais aucune trace d'autres parachutes. Elle eut beau se contorsionner dans son harnais et imprimer un mouvement de rotation à son parachute pour essayer d'en apercevoir, elle ne vit que les flammes qui s'approchaient à toute allure.

8

D'un coup de couteau, Beck se débarrassa des sangles de son parachute qui le retenaient suspendu dans un arbre à proximité de la clairière visée. Il ne se libéra pas aussi facilement de la déception qui le suffoquait. Pas un instant il n'avait imaginé que Lauren ne sauterait pas. Elle avait paru tellement immune à la peur. Pourtant, elle s'était paralysée. Il se rappelait à présent sa réaction en apprenant leur participation au parachutage. Elle avait blêmi et s'était mise à parler à tort et à travers comme si elle perdait les pédales.

Alors que, du haut de sa branche, il inspectait les alentours pour savoir où récupérer son équipement, il aperçut dans les airs un parachute blanc qui dérivait et fut pris de sueurs froides.

Ce ne pouvait être que Lauren puisqu'il avait été le dernier à s'élancer ! Lui-même avait failli dépasser la fenêtre de saut. Elle s'était donc décidée trop tard.

Au lieu de descendre de l'arbre, il resta agrippé aux branches à observer Lauren s'approcher des flammes. La voilure changea d'angle et Lauren agita les jambes en tous sens, sans parvenir à se diriger. Elle allait atterrir dans le feu.

— Ellison ! hurla une voix dans sa radio.

Il ne répondit pas. Il y avait deux tâches prioritaires pour lui : ne pas lâcher sa branche et ne pas perdre Lauren de vue.

Lauren que les flammes allaient engloutir...

Non ! Au dernier moment, elle réussit à virer et à attraper un courant d'air propice qui allait, il l'espérait, l'éloigner vers une zone plus sûre.

Impossible de le savoir : elle disparut derrière une arête en feu.

— Ellison ! Répondez !

Les mains tremblantes, toujours accroché à sa branche, Beck alluma enfin son micro :

— Suis dans un arbre. Quelqu'un a-t-il vu où Autry s'est posée ?

Le mieux à présent était de descendre, de s'équiper et de chercher un moyen de la rejoindre.

Pourquoi avait-il sauté sans elle, bon sang ? On lui reprocherait probablement encore une fois son individualisme. Heureusement, personne n'était au courant. Dire qu'il lui avait promis de ne plus faire bande à part !

— Elle n'a pas quitté l'appareil dans les temps, dit Kolinski dans la radio. Apparemment, elle est dans une zone encore épargnée. Mais atterrissage brutal. Elle ne bouge pas. Ne répond pas.

Oh non ! Non ! Non ! !

— Il faut qu'elle se dépêche de reprendre connaissance. Il reste un passage libre. Mais pour combien de temps... ?

Beck se laissa tomber au sol et monta à flanc de montagne vers l'aire de saut. Il y trouva son équipe groupée autour des malles qui contenaient les tenues et le matériel.

— Je peux l'atteindre ? demanda-t-il en courant vers le groupe.

— Non, fit Kolinski de la tête.

La déferlante de terreur et d'adrénaline sur laquelle Beck avait surfé jusque-là sembla se solidifier, paralysant son cerveau et ralentissant tous ses mouvements.

Lauren était encerclée par les flammes. Elle ne bougeait pas. Elle ne répondait pas. Et c'était sa faute à lui. Elle n'avait pas renoncé à sauter à cause de lui : comme il était parti, elle l'avait suivi.

Pourtant, ils auraient pu se rendre utiles dans l'avion. Ou à terre.

— Ellison ! Reprenez-vous !

La tape sur la nuque dont l'avait gratifié Kolinski tira Beck de la spirale de ses pensées.

— Vous avez entendu ? J'ai dit qu'elle s'était levée.

Revenant d'un coup à la réalité, Beck appela Lauren sur sa radio, deux fois, sans succès. Chacune de ses respirations le transperçait comme un poignard et ce fut avec difficulté qu'il répéta :

— Elle s'est levée ?

— Elle a atterri très brutalement. Apparemment, sa radio est cassée.

— Elle est blessée ?

— Je ne sais pas, mais elle est debout.

— Qui va la chercher ?

Kolinski le regarda une longue seconde avant de secouer la tête.

— Elle a une carte et une boussole, une trousse de survie. C'est à elle de se sortir de là. C'est la procédure normale.

Peut-être, mais Beck s'en moquait. Il n'hésiterait pas un instant à partir la secourir si seulement il connaissait sa position exacte.

Lisant les pensées de Beck sur son visage, Kolinski lui jeta une scie entre les mains.

— Au travail !

Beck ne put que hocher la tête et aller changer de combinaison.

— Surtout, tenez-moi au courant. Si elle prend une mauvaise direction, j'y vais, même si ça doit me coûter ma carrière.

— Il faut un gros coupe-feu là-bas, à la limite de la forêt, dit le lieutenant après avoir acquiescé de la tête. Sciez tout sans pitié.

Garde ton sang-froid.

La première règle de survie.

Malgré ses mains tremblantes, Lauren réussit à se libérer des suspentes de son parachute qui s'étaient emmêlées autour d'elle lorsqu'elle avait roulé au sol. Un vrai miracle qu'elle n'ait pas été transformée en torche vivante alors qu'elle ne portait pas sa combinaison ignifugée !

Elle n'était pas sortie d'affaire pour autant. Elle était cernée par les flammes sur trois côtés et ressentait une vive douleur dans l'épaule. Elle ne savait pas si sa radio fonctionnait, ni si ses camarades étaient en route pour la secourir, ni même si elle le souhaitait, d'ailleurs.

Hors de question donc de s'éterniser ici. Elle devait suivre le protocole et rejoindre les autres à la zone de saut. La voie semblant libre vers le nord, elle commença à remonter tant bien que mal le flanc de la montagne. Une fois qu'elle aurait atteint le sommet, qui n'était pas très loin, elle verrait si la zone relativement sûre où elle se trouvait continuait derrière le promontoire devant elle.

Son oreillette grésilla soudain... Puis, plus rien. Pas le temps de s'arrêter.

Haletant sous l'effet d'un cocktail de chaleur, d'effort physique, de peur et de douleur, elle parvint au but. Au-dessous d'elle, s'étendait une large vallée... de verdure ! Pas de flammes bondissantes ! Pas de fumée ! Le feu ne s'était pas propagé vers le nord. Pas encore en tout cas. En quelques secondes, elle avait établi son plan d'action : poursuivre dans la même direction, loin de la fournaise, descendre dans la vallée, y demander son chemin et regarder si sa radio était réparable.

« Allez ! s'encouragea-t-elle à voix haute pour clouer le bec à la petite voix intérieure qui la bombardait de doutes. C'est juste une petite marche. Sportive, un peu effrayante, d'accord. Mais en descente ! C'est génial de descendre. Tu n'en as pas pour longtemps. »

À mi-chemin, quand la pente s'adoucit, elle décrocha sa radio, la tapota énergiquement... Rien. Pourquoi n'avait-elle donc pas appris à bricoler ?

Plus rageant encore : pourquoi avait-elle sauté ? Pourquoi était-elle même montée dans ce fichu avion ? Elle aurait dû avouer son erreur. Car c'était seulement une erreur qu'elle n'avait osé rectifier. Elle n'avait pas voulu tricher.

Si elle leur avait dit, elle aurait évidemment été exclue de la formation, mais au moins elle n'aurait pas risqué de perdre la vie comme c'était le cas en ce moment.

Beck revint au camp à la tombée du jour et trouva la baraque vide.

Lauren avait-elle été récupérée ou crapahutait-elle encore dans la montagne, toute seule, à cause de lui ?

Il commença par se doucher pour chasser l'odeur de peur qui lui collait à la peau. Ensuite, il irait chercher à manger. *Deux* repas. Puis il s'occuperait à des tâches ménagères pour échapper aux visions qui le minaient depuis qu'il avait vu le parachute de Lauren dériver vers les flammes : Lauren transformée en torche vivante, le feu qui dévorait sa combinaison de saut, qui calcinait ses longs cheveux couleur caramel, sa peau dorée qui se craquelait…

S'il n'avait jamais vu personne brûler vif, il avait vu l'état de la forêt après un incendie. Même le bois se boursouflait et éclatait. Alors la peau… Il imaginait les dégâts avec une précision cauchemardesque.

Après s'être longuement douché, puis séché et habillé, il appela le commandement : on l'avait récupérée ! Elle n'était que légèrement blessée. Il courut chercher deux dîners et ramassa en chemin des aiguilles de pin en prévision du bain dont elle aurait certainement besoin. Au retour, il s'assit sur le perron de leur petite baraque et attendit en écoutant les grenouilles coasser dans le bois.

Il ne vit sa silhouette menue se traîner à travers le terrain qu'au dernier moment et il dut faire appel à toute sa volonté pour ne pas se précipiter vers elle, la soulever de terre, la palper à la recherche de plaies, l'agonir d'injures, la secouer… l'embrasser.

Lauren s'arrêta net et le regarda d'un œil mauvais comme si elle le rendait responsable de tout ce qui clochait dans sa vie.

— Tu es blessée ? demanda-t-il avec un détachement feint en se levant.

Pour toute réponse, elle le contourna pour monter les marches jusqu'à la baraque. Quel autre choix que de la suivre ? Et comme il sentait l'air chargé d'électricité, comme avant un orage, il ferma la porte.

— Tu n'as pas répondu.

Il voulut la prendre par l'épaule pour la tourner vers lui, mais elle se déroba et lui frappa la main. Même dans la demi-pénombre de la pièce, il remarqua son expression peu amène et comprit aussi qu'elle était blessée ; elle était droitière or elle l'avait repoussé de la main gauche et tenait son bras droit contre elle.

— Laisse-moi regarder.

— Tais-toi. Tu m'as abandonnée. Tu as sauté sans moi.

— Je sais...

Il n'essaya plus de la toucher. Mais il en brûlait toujours d'envie et sa main resta suspendue entre eux, aussi loin de lui qu'elle était proche d'elle.

— Fais voir ton bras. Comment t'es-tu fait mal ? Il est cassé ?

— Juste contusionné, répondit-elle en le repoussant une nouvelle fois. Tu es un partenaire nul. Tu en as conscience, j'espère ?

— Oui.

— Pourquoi es-tu sorti comme ça ? Sans me dire un mot. Sans me demander ce qui m'arrivait. J'avais peut-être une raison de ne pas y aller.

Une raison qui n'était pas liée à des circonstances extérieures — son équipement avait été vérifié — mais qu'il devait chercher en elle. Beck revit sa mine avant même qu'ils grimpent dans le car.

— Tu as été prise de panique.

Elle leva son bras valide comme pour le frapper mais le laissa retomber, les yeux brillants de larmes et ses joues sales, jusque-là rouges de colère, tout à coup livides.

— Je sais !

— Ce n'est pas grave. Ça arrive...

— Si, c'est grave. Ça n'arrive pas à ceux qui... qui ont... qui...

Elle s'arrêta, secoua la tête et voulut descendre la fermeture Éclair de sa combinaison de saut. Mais ses gestes étaient si maladroits que Beck s'approcha, les mains ouvertes devant lui pour lui montrer qu'il voulait seulement aider.

La fermeture s'ouvrit lentement sur un corps musclé et souple vêtu d'un short et d'un haut très sage. Envahi pourtant par une vague de désir, il dut se reculer.

— ... Ceux qui ont déjà fait un saut en parachute, fit-elle dans un souffle.

— Quoi ?

— C'était ma première fois, dit-elle d'une voix un peu plus ferme.

— Tu veux dire d'une faible altitude ?

— Non. La première fois tout court.

Sa voix monta dans les aigus sous l'effet d'une nouvelle crise de panique.

— Pourquoi as-tu prétendu le contraire, alors ?

Son regard plein de désarroi le désarçonna. Elle, si douée pour simuler l'assurance, apparaissait terrorisée. Soit elle était débordée par ses émotions au point d'être incapable de cacher sa fragilité, soit elle n'attachait plus d'importance à son image. L'explication, quelle qu'elle fût, n'était guère rassurante.

Pourquoi n'avait-il pas compris ? Il s'en voulut de nouveau. Elle en avait envoyé des signaux, pourtant : sa pâleur soudaine à la perspective de la tour ainsi qu'à l'annonce du parachutage ce matin ; son refus de sauter et cet atterrissage non maîtrisé. Quel miracle qu'elle se soit posée sur un petit bout de terrain intact sans s'écraser dans les arbres… Et sans y laisser sa vie !

— Pourquoi n'as-tu rien dit, bon sang ? demanda-t-il en serrant les poings pour résister à l'envie de la secouer.

— Je me suis affolée. Je ne sais plus où j'en suis. Papa avait raison sur tous les points. Je n'ai pas planifié ce qui est arrivé. Un petit grain de sable et tout s'est emballé. Je n'ai plus su comment arrêter la machine. Maintenant, je suis fichue. On va me demander des comptes. Je vais être obligée d'avouer et on va me virer pour avoir truqué mon dossier. Avant que je ne me tue ou, pire, que je ne provoque la mort de quelqu'un. J'aurais dû en être capable. Je devrais en être capable. C'est dans mon ADN.

Elle eut un petit rire sec qui claqua comme une gifle avant de reprendre :

— À moins que ce ne soit l'apanage du chromosome Y. Papa avait raison et je… je devrais changer de carrière. Devenir boulangère par exemple.

Cette logorrhée de reproches accompagnée de gesticulations presque convulsives stoppa net la colère de Beck.

— Je ne pense pas que le fait d'être une femme ait un rapport quelconque avec ce qui s'est passé, dit-il.

Il ne pouvait pas la laisser faire ce genre de remarque sachant qu'elle était confrontée au sexisme dans son travail.

— Merci ! fit-elle presque en grognant avant de reprendre sa diatribe autopunitive. En fait, je sous-estime mes tantes et mes grands-mères. Elles n'étaient pas cantonnées dans leur cuisine. Elles étaient journalistes. Elles relataient les exploits des hommes. Elles collectionnaient les articles de journaux qu'elles collaient dans des albums. La moitié des documents sur l'histoire locale qu'on trouve au musée de la ville vient des femmes de la famille Autry. C'étaient des scrapbookers !

— Tu as faim ? demanda-t-il dans l'espoir d'enrayer ses divagations. J'ai apporté...

— Purée ! À présent, je culpabilise parce que je donne l'impression de détester les scrapbooks. C'est faux. Je les adore. J'adorais les regarder. Même ceux que je ne pouvais toucher qu'avec des gants blancs. Simplement, je n'avais aucune envie d'en fabriquer. Je n'ai pas ce talent. Et peut-être ne suis-je pas douée non plus pour ce boulot. Je veux agir, pas être spectatrice. Ce n'est pas bien, tu crois ?

— Arrête, dit-il avec douceur.

Et pour stopper ses déambulations à travers la pièce, il alla vers elle et sentit de nouveau son odeur : à son parfum de miel et de sale se mêlait une touche de fumée qui lui rappela aussitôt ce à quoi elle avait réchappé.

— Arrêter quoi ? demanda-t-elle d'une voix soudain plus grave et calme.

— Respire et raconte-moi ce qui s'est passé.

— Quand j'ai déposé ma candidature pour venir ici, j'ai déclaré que j'avais de l'expérience en parachutisme parce que je pensais que ce serait le cas d'ici le début du stage. Mais entre la pression de ma famille et mon travail, je n'ai pas trouvé le temps de suivre la formation.

— Il n'est pas exigé de savoir sauter en parachute. Tu le sais bien.

— Pour toi peut-être !

Ce cri du cœur exprimait à présent davantage de désespoir que de colère.

— La dernière fois, mon dossier n'a pas été retenu. Alors, pour cette session, je voulais mettre toutes les chances de mon côté. Je suis allée à la salle de sport trois fois par semaine, avec un professeur. J'ai commencé des cours théoriques de parachutisme et puis j'ai très vite été obligée d'y renoncer. Quand la date limite pour les candidatures est arrivée, j'aurais dû avoir sauté pour de bon. C'était même programmé et j'avais payé quand j'ai déposé mon dossier. Mais toutes mes prévisions ont volé en éclats. J'ai manqué de temps. Ils nous ont répartis par niveau et je n'ai pas su comment faire machine arrière sans me saborder.

Désespoir et dégoût de soi emplissaient ses beaux yeux qui le scrutaient comme s'il avait eu la solution. La seule qui lui vint à l'esprit fut de la prendre dans ses bras et de l'attirer tout contre lui.

Elle se figea.

— Tu me fais un câlin..., murmura-t-elle.

— Oui.

Il inclina la tête sur le côté tandis qu'elle levait vers lui son visage maculé de boue, aux traits tirés. Toute trace des émotions qui y avaient été écrites en lettres capitales quelques secondes plus tôt en avait disparu.

— J'aimerais t'embrasser, Lauren. Mais ce serait une mauvaise idée.

À tout point de vue. Car il préférait vivre sa vie seul, sans s'imposer les problèmes inhérents à toute relation. Le célibat ne lui posait plus aucun problème. Pourtant, avec cette femme, il voulait oublier toutes les bonnes raisons de ne pas entamer une histoire.

Elle hocha la tête mais comme si elle ne savait pas à quoi elle acquiesçait.

— De toute façon, je vais être virée quand je leur révélerai la vérité.

Elle leva le bras et lui caressa la joue du bout des doigts. Elle avait envie qu'il l'embrasse. Et, pour le cas où son désir n'aurait pas été suffisamment évident, elle fixa sa bouche du regard comme si elle y attachait une corde pour l'attirer vers elle. La tactique fonctionna. Leurs bouches se joignirent pour un baiser que Beck, suivant les soupirs langoureux de Lauren et les ondulations de son corps, ne tarda pas à approfondir.

9

La confession réparait l'âme, disait-on. Mais Lauren n'y avait jamais cru car une confession entraînait des conséquences. Pire, elle signalait un échec qui, en outre, était de votre fait. Exactement sa situation du jour.

Elle avait malgré tout eu une récompense : un baiser étourdissant qui lui avait vidé la tête et l'avait un peu ragaillardie après cette effroyable journée. Beck s'était inquiété pour elle, s'était senti coupable, terriblement honteux, et son baiser en portait la trace.

Il la tenait toujours serrée contre lui et elle en éprouva un immense soulagement, comme s'il l'autorisait à ne pas se montrer forte pour une fois, à s'appuyer sur lui et à lui emprunter un peu de sa force.

Prenait-elle ses désirs pour des réalités ? Peut-être. Quoi qu'il en fût, entre ses bras vigoureux, elle s'abandonna à l'illusion que tout allait bien et que sa survie leur apportait, à l'un comme à l'autre, l'heureux dénouement qu'il leur fallait.

Il resserra tellement son étreinte qu'elle dut batailler pour retirer son bras blessé resté coincé entre leurs deux poitrines et le poser autour de son cou. Son baiser agissait comme de l'opium. Elle oubliait presque la douleur dans son épaule et les nombreuses contusions qu'elle n'avait pas encore répertoriées. Bercée par le balancement qu'il imprimait à leurs deux corps enlacés, elle glissait lentement vers un doux et bienfaisant néant dans lequel se dissolvait la peur de ce qui l'attendait.

— Il y a quelqu'un, fit-il soudain en chuchotant contre ses lèvres.

Effectivement, elle avait entendu frapper à la porte.

— Kolinski…, dit-elle à voix basse en s'écartant. Il vient pour moi. Va te laver. Tu as la bouche barbouillée de noir de fumée.

Il la regarda avec un air tellement perplexe qu'elle en sourit presque.

— Tu n'as jamais eu des traces de rouge à lèvres ?

— Je n'en mets jamais, répondit-il avec un sérieux que démentit un imperceptible mouvement des muscles de son visage.

Enfin il plaisantait ! Elle entra dans le jeu. Un peu d'humour facilitait toujours les choses.

— Un rouge orangé te siérait à merveille, à mon avis.

Kolinski se mit à tambouriner sur la porte et Lauren poussa gentiment Beck vers la salle de bains avant d'aller ouvrir à sa destinée.

— Entrez, lieutenant.

Kolinski avança juste assez pour pouvoir fermer la porte et observa Beck qui se séchait le visage derrière Lauren.

— L'un de vous peut-il me raconter ce qui s'est passé dans l'avion ?

Beck vit Lauren lever la main, prête à cracher le morceau.

— J'ai fait n'importe quoi, la devança-t-il sans répondre à son regard médusé. Je me suis… attaché à Autry. Alors, tout à l'heure, j'ai essayé de la dissuader de sauter parce que je ne l'avais jamais vue en situation réelle.

Il s'accusait de son échec à elle ! Il la couvrait ! Elle se serait volontiers pincée pour s'assurer qu'elle ne rêvait pas.

— Et comment avez-vous procédé pour l'en dissuader ?

Pris de court, Beck toussota plusieurs fois avant de répondre :

— J'ai pesté contre elle parce qu'elle… n'était pas prête.

— Vous avez pesté contre elle parce qu'elle n'était pas prête puis vous êtes passé devant elle et vous lui avez dit de ne pas sauter ?

L'explication était tellement cousue de fil blanc que Kolinski, bras croisés sur le torse, défia tour à tour Beck et Lauren du regard. Comme il était difficile de travestir la vérité face à quelqu'un ! Beaucoup plus qu'avec un stylo, elle en savait quelque chose.

Beck se taisait à présent et elle n'avait toujours pas prononcé un mot. Tout les désignait comme des menteurs. Des menteurs que Kolinski feignit de croire.

— Si je comprends bien, il a sauté sans vous et vous avez décidé de ne pas l'écouter et d'y aller.

— Il...

Elle ne voulait ni faire porter le chapeau à Beck ni s'enferrer dans les mensonges. Elle pouvait arguer qu'elle avait besoin de prolonger sa remise à niveau ou bien demander à être mise avec les débutants. Les responsables accepteraient certainement. En tout cas, hors de question qu'elle laisse Beck tromper son supérieur.

— J'ai perdu les pédales en voyant les flammes au-dessous de nous. Beck essaye de m'aider par solidarité. Et peut-être parce qu'il s'en veut d'être sorti alors que j'étais en panique. Mais c'est son métier. Et moi, je me suis sentie tellement nulle que je me suis forcée à sauter. Je ne pensais pas avoir autant dépassé la fenêtre.

Pendant ce qui leur parut une éternité, Kolinski les dévisagea à tour de rôle.

— Si vous avez une aventure tous les deux et que cela nuit à votre travail, je vais devoir vous séparer.

— Ce n'est pas la peine, dit-elle aussitôt. Il me couvrait, c'est tout.

— Il y a juste eu un grain de sable dans l'engrenage, dit Beck, venant à la rescousse. Nous nous sommes tous les deux affolés et cela ne se reproduira plus. Je fais de mon mieux. Elle m'aide à...

— Elle est au courant ?

Quand Beck eut confirmé de la tête, le lieutenant porta son regard sur Lauren.

— Quelqu'un a examiné votre bras ?

— Oui. Blessures superficielles.

— Pas de fracture ? Pas d'entorse ?

— Non.

— OK. Je me contente encore d'un avertissement. La notification officielle sera dans vos casiers demain. Mais reprenez-vous. Un autre incident et vous êtes tous les deux virés.

Sur ces bonnes paroles, Kolinski sortit et Lauren ferma la porte à clé derrière lui avant de revenir vers Beck. Elle ne comprenait toujours pas pourquoi il s'était mouillé pour elle.

— C'est ma faute, espèce d'idiot ! dit-elle, attaquant aussitôt. Je n'aurais pas dû sauter. Je n'aurais même pas dû monter dans l'avion. Je ne peux pas te laisser mentir pour moi.

— J'ai voulu partager les torts pour t'éviter des ennuis, dit-il d'un air penaud. C'est aussi ma faute, après tout. J'ai abandonné ma partenaire.

— Pourquoi a-t-il dit « je me contente *encore* d'un avertissement ». C'était quand le premier ? Je n'ai rien reçu.

— Probablement le jour du brûlage contrôlé.

Quand elle avait dû courir à sa recherche. C'était lui qui leur avait valu ce rappel à l'ordre là. Celui d'aujourd'hui, ils le méritaient tous les deux. Elle battit en retraite vers la salle de bains car son regard était de nouveau irrésistiblement attiré par la bouche de Beck.

— Il me faut un bon bain pour me débarrasser de toute cette crasse. Et... Euh... Nous ferions mieux de... ne pas recommencer ce baiser. Nous ne pouvons pas nous permettre de nous laisser distraire.

— Kolinski semblait effectivement opposé à l'idée qu'il existe quelque chose entre nous. Je vais aller chercher les aiguilles de pin. Mais d'abord, je regarde ton bras.

— Beck..., fit-elle comme il l'empêchait de fermer la porte de la salle de bains.

— Je ne partirai pas avant.

Habituellement, elle l'aurait agoni d'injures. Mais après l'aide qu'il lui avait apportée face à Kolinski, elle soupira et ouvrit sa combinaison jusqu'à la taille.

— Tu vois ? Il n'est pas cassé. Juste un gros bleu très moche.

Avec douceur, il lui fit bouger le bras pour s'assurer que l'articulation fonctionnait correctement.

— Il faut le mettre en écharpe.

— Non, ce n'est pas la peine.

— Depuis tout à l'heure tu le gardes collé contre ta poitrine. Alors, que tu le veuilles ou non, tu as besoin d'une écharpe, Lauren. J'irai t'en prendre une à l'infirmerie demain matin.

Elle fut sur le point de protester une nouvelle fois, mais se ravisa. Peut-être son bras guérirait-il plus vite s'il était soutenu. En tout cas, l'humeur de Beck s'améliorerait certainement.

— D'accord. Pendant quelques jours, jusqu'à ce que ça aille mieux.

Il se retourna, éberlué.

— Qu'est-ce que tu as ? demanda-t-elle. Je suis capable de compromis, figure-toi.

— D'accord. Et de l'aide, tu es capable d'en accepter ?

— Je viens de te le démontrer.

— Pour sauter, je veux dire.

— Comment ça ? demanda-t-elle, déstabilisée par ce brusque coq-à-l'âne.

— Pour étudier ce que nous pouvons faire.

« Ce que *nous* pouvons faire... »

Un seul petit mot l'avait déchargée du poids qui l'écrasait. À présent, elle pouvait se redresser, sourire de nouveau. Voilà ce que voulait dire former un duo. Elle dut détourner la tête des yeux noirs qui la transperçaient pour dissimuler les larmes qu'elle sentait monter.

— Tu as une idée ? demanda-t-elle.

— En fait, c'est l'atterrissage qui te pose problème. Un de mes anciens camarades de l'armée a un avion ; il gère une petite affaire près de l'aéroport du coin. Je vais lui demander s'il peut nous emmener dans deux ou trois jours.

Le plaisir de ce deuxième « nous » enflamma pour de bon le cœur de Lauren. Beck allait l'aider après qu'elle avait refusé de le laisser porter le chapeau à sa place. Malgré... tout le reste.

Il s'activait de nouveau et parlait de sels. Une autre façon de lui venir en aide.

Elle devait trouver un moyen de lui rendre la pareille...

Lauren passa le week-end dans le brouillard. Le samedi, elle dormit si longtemps que Beck dut entrer dans sa chambre pour la réveiller et la forcer à aller dîner. Il la tira d'un rêve érotique. S'en était-il douté à ses gémissements, à son sourire niais ?

Pourvu que non. En tout cas, il avait eu la galanterie de ne rien laisser paraître. Il avait seulement insisté pour lui immobiliser le bras avec l'écharpe qu'il lui avait apportée. Puis il l'avait traînée jusqu'au réfectoire en la sermonnant sur la nécessité de manger pour accélérer la guérison.

Après le dîner, il lui avait donné un autre sachet d'aiguilles de pin et des sels de bain de sa fabrication et était parti coucher dehors, sans explication. Peut-être avait-il eu besoin de grand air. À moins qu'il n'ait voulu s'éloigner pour ne pas être tenté de l'embrasser...

Le dimanche, c'était elle qui s'était échappée, le bras toujours en écharpe, pour aller faire des courses et porter ses vêtements de la veille à la laverie automatique.

Le lundi, elle s'était sentie nettement mieux. Malgré tout, on lui avait imposé un jour « allégé », sans pompes ni escalade dans les arbres, mais elle avait arraché la permission de se servir de ses deux bras. Alors elle avait couru, matin et après-midi.

Le mardi, la semaine avait pris un tour nouveau. Les journées d'entraînement étant moins longues après la « semaine en enfer », Beck s'était mis en relation avec son camarade des Marines et il avait sauté trois fois avec Lauren pour lui apprendre à atterrir sans se blesser.

Le mercredi, même programme.

Aujourd'hui, assise dans l'avion de Gavin en route vers une forêt qui avait brûlé la semaine précédente, Lauren se tourna vers son partenaire et conseiller sportif :

— Pourquoi allons-nous sauter là-bas ?

— Je trouve important pour les nouveaux pompiers parachutistes de voir de leurs propres yeux ce qu'il reste après un feu de forêt.

— J'ai été au cœur d'un incendie. Que suis-je censée voir de plus ?

— La désolation du paysage.

Ainsi, elle ignorait d'après lui les ravages que provoquait un incendie ? Elle s'indigna intérieurement avant de se rappeler qu'il percevait le feu comme un ennemi personnel, comme un monstre, et non comme un phénomène naturel. Peut-être était-ce lui qui avait besoin de cette piqûre de rappel.

Cela, elle pouvait l'accepter.

— Nous montons plus haut aujourd'hui, on dirait.

— Oui. Comme ça, tu auras davantage de temps pour t'entraîner à te diriger. À présent que tu maîtrises bien l'atterrissage, il faut que tu améliores la précision et le contrôle de la voilure. Tu as éprouvé des difficultés à virer, ce fameux jour.

— Nous y sommes ! leur cria Gavin.

— Oreillette à l'intérieur et micro intégré au niveau de la bouche, dit Beck en tendant un casque à Lauren. Je te donnerai des instructions au fil de la descente. Au moindre problème, alerte-moi.

Une minute plus tard, elle bascula dans le vide. Son parachute s'ouvrit normalement. Beck avait sauté juste après elle afin de pouvoir intervenir en cas de difficulté. Sa voix ne tarda d'ailleurs pas à lui parvenir pour lui rappeler les consignes. Une voix étonnamment intime et sensuelle… Allons ! Elle était censée se perfectionner, pas avoir la chair de poule de plaisir.

Comme ils approchaient de l'aire d'atterrissage — une parcelle de terrain noirci où la végétation se réduisait à des arbres brisés — ses pensées lascives s'envolèrent. Brusquement, au moment où ses pieds touchèrent le sol, une rafale de vent l'entraîna à travers le terrain. Elle réussit finalement à effectuer un roulé-boulé pour s'arrêter.

Après avoir replié la toile, elle se retourna juste à temps pour voir Beck se poser de l'autre côté du champ, où elle le rejoignit. Ils s'aidèrent mutuellement à ranger leurs parachutes dans les sacs qu'ils emportaient systématiquement pour faciliter la marche de retour, puis il se dirigea à bonne allure vers la forêt carbonisée. Elle lui emboîta le pas.

Elle comprit très vite pourquoi il avait tenu à l'emmener ici. Elle avait cru savoir à quoi ressemblait une forêt après le passage du feu, mais l'écorce noire et cloquée des arbres, l'odeur âcre et le silence anormal — ni bruissement de feuilles, ni craquement de brindilles sous les pieds, ni chants d'oiseaux, ni bourdonnements d'insectes — lui donnèrent froid dans le dos. Si le feu était un phénomène naturel, le paysage qu'il laissait derrière lui ne l'était pas.

Soudain, l'image du petit Beck, âgé de douze ans, se rendant dans la forêt de son enfance, calcinée à présent et où sa mère avait péri, surgit dans l'esprit de Lauren.

— C'est un spectacle comme celui-là que tu as découvert quand tu es retourné chez toi après l'incendie ?

— La nature est résiliente, répondit-il en s'arrêtant. En deux ans, la végétation avait repris le dessus et tout était vert.

— Mais la maison, elle…

— … était à moitié brûlée. Des arbres poussaient dans ses murs écroulés et dans ceux de l'atelier. Et des mauvaises herbes aussi.

— Tu es entré ?

— Il fallait que je m'assure qu'elle n'y était pas, dit-il en reprenant sa marche, mais plus lentement.

Comme elle gardait le silence, il se retourna et s'arrêta en la voyant les larmes aux yeux, la main sur la bouche de sidération.

— C'est toi qui as voulu savoir, dit-il en lui prenant la main.

— Oui… C'est juste que… Tu n'as pas trouvé son corps, n'est-ce pas ?

Il secoua la tête et se remit à marcher sans la lâcher. Au contact de ses mains vigoureuses et calleuses, elle n'arrivait plus à se concentrer. Il la tenait fermement, ses doigts serrés autour des siens à les broyer… mais sans lui faire mal. Il ne la traitait pas comme quelqu'un de fragile ou de délicate. Plutôt comme une personne assez précieuse pour qu'on s'accroche à elle.

Elle allait se remettre à pleurer !

— Pourquoi voulais-tu savoir, au fait ? demanda-t-il.

— Tu te donnes tout ce mal pour moi alors que je te connais à peine. Je sais seulement que tu es courageux, que tu es quelqu'un de bien et que ton histoire est triste. Je voulais creuser davantage.

Il lui signifia qu'il avait entendu mais ne dit rien avant d'avoir atteint un grand chêne à tan noueux, sans feuilles et noirci par le feu. Il le tapota au passage.

— Que veux-tu savoir ?

— Euh… À quoi servait l'atelier ?

— Maman était ébéniste. C'était une artiste en fait. Sculptrice. Mais la fabrication de meubles de style, que ce soit des copies d'ancien ou des créations originales, rapportait davantage que la sculpture.

— C'est dingue ! Tu as recherché des œuvres à elle ?

— Pour les racheter, tu veux dire ?

— Oui. Comment s'appelait-elle ? Elle signait ses réalisations ?

— Elle s'appelait Molly et oui, elle gravait son nom à des endroits cachés. Je n'ai jamais rien recherché. Mais j'ai chez moi une malle qui a survécu à l'incendie.

Ils marchèrent environ trois kilomètres dans les bois puis encore deux le long d'une route sinueuse, mais ni l'un ni l'autre ne vit le temps passer. Il avait dit un jour qu'il n'aimait pas évoquer sa mère. Pourtant, dans la forêt, avec la main de Lauren dans la sienne, il parla d'elle. Doucement. Respectueusement. Il parla de ce que cela représentait de grandir isolé, à l'écart du bruit et du monde. D'être scolarisé à domicile. D'apprendre à s'occuper d'un jardin et d'aider à l'atelier. Il parla de la cabane que tous les deux avaient construite dans un arbre et où il dormait quand la température le permettait. Il parla d'une vie qui enseignait l'amour de la nature, des livres et des soirées paisibles passées à regarder les étoiles. Lauren n'osait pas penser à ce que cette vie idyllique était devenue « après ». Elle savait seulement qu'il avait été placé en famille d'accueil.

Il lui lâcha la main pour héler un taxi. Avant d'y monter, elle posa une dernière question :

— Tu sais ce qu'il est advenu de la propriété aujourd'hui ? Si quelqu'un l'a achetée, y a construit une nouvelle maison ?

— Ça n'a pas été construit, répondit-il nerveusement.

— Tu y es allé ?

— Elle m'appartient toujours, esquiva-t-il. Un administrateur a été nommé. Il paie les impôts.

Il avait donc gardé la propriété depuis plus de dix ans, malgré le coût financier, mais n'y était pas retourné ? Même dans le cadre de leur nouvelle relation, elle ne se sentit pas autorisée à lui en demander la raison. Pas encore.

Dans le taxi, il fut moins loquace. Le soir, ils passèrent comme d'habitude au réfectoire prendre leurs plateaux qu'ils rapportèrent à la baraque pour un dîner en tête à tête. La conversation tourna davantage autour de Lauren et du clan Autry que de Beck. Mais le changement de sujet ne le soulagea pas.

Plus tard dans la soirée, elle alla frapper à la porte de sa chambre et la trouva ouverte. Beck enfilait un pantalon de survêtement et une veste à capuche.

— Tu as froid ?

Il s'assit sur son lit pour mettre une paire de chaussettes propres.

— Je vais dans le bois. Il y a un chêne à tan que j'aime bien...

— Celui où tu étais assis le soir du premier cross ?

Il confirma de la tête avec une expression indéchiffrable.

— Tu vas dormir là-bas ?

— Je ne risque rien.

— Je sais, dit-elle.

Elle s'inquiétait davantage pour son mental que pour son physique. Contre toute raison, elle avait envie de rester à côté de lui, de se rapprocher de lui. D'autant plus qu'elle comprenait à présent qu'en se réfugiant dans son arbre il ne cherchait pas à la tenir à distance. Il réagissait à quelque chose. À la forêt dévastée par le feu. Peut-être aux questions qu'elle lui avait posées.

— Rassure-toi, je serai à la séance de gymnastique demain matin.

Il remonta la fermeture Éclair de sa veste à capuche et se dirigea vers la porte où Lauren lui bloquait le passage. De crainte de ne plus oser, elle ne voulait pas remettre à plus tard ce qu'elle tenait à lui dire.

— Tu sais, si un jour tu voulais te rendre sur tes terres, je t'accompagnerais avec plaisir, dit-elle avant de le laisser passer.

Il s'arrêta sur ses pas et se retourna à demi, avec un regard triste où se mêlait quelque chose de plus léger qui ressemblait à de l'espoir. Puis il s'approcha et... l'enlaça. La seconde d'après, ses lèvres chaudes et douces se collaient contre celles de Lauren pour un long baiser langoureux très différent du premier, fougueux, enfiévré, le jour de son saut catastrophique. Celui-ci n'était pas nourri d'émotions incontrôlables. Il était tendre, intime, comme une reconnaissance de la proximité que leur avait apportée cette semaine.

Cette fois, lorsqu'il s'écarta pour la regarder, elle fut incapable de cacher ses larmes.

— Ça va aller, murmura-t-il avant de relâcher son étreinte et de reculer vers la porte. N'oublie pas de m'apporter un café demain. Tu sais que je ne suis bon à rien si je n'en bois pas le matin.

Ces paroles n'étaient destinées qu'à banaliser une situation loin d'être normale mais Lauren joua le jeu et hocha la tête en le regardant se glisser dehors.

10

Quand Beck devait évacuer une tension intérieure, il se réfugiait toujours dans la paix de la forêt.

Ce jour-là, en s'endormant enfin dans le creux de l'arbre, il pensait se réveiller apaisé, comme d'habitude. Malheureusement, le lendemain matin, il était toujours aussi oppressé.

C'était indéniablement par altruisme, dans le seul but d'aider Lauren, qu'il avait proposé de lui apprendre à sauter en parachute. Mais pas seulement. Il avait aussi espéré qu'elle deviendrait autonome, une fois l'expérience nécessaire acquise. Il n'avait pas prévu que la seule perspective de la savoir une nouvelle fois livrée à elle-même au milieu des flammes le tétaniserait d'angoisse. Une angoisse totalement irrationnelle… si Lauren n'avait pas été Lauren. Elle était la seule personne qu'il ait laissée approcher depuis la mort de sa mère. La pensée qu'elle pourrait subir le même sort l'horrifiait.

Après la dernière course de l'entraînement du matin, alors qu'ils reprenaient tous les deux leur souffle, à la surprise générale Treadwell apparut.

— Il a l'air un peu plus en forme, dit Lauren en chuchotant.

Ils restèrent en retrait tandis que les autres s'agglutinaient autour du capitaine. Mais ce dernier n'était pas du genre à jouer les idoles. Il donna un coup de sifflet strident qui imposa le silence et fit accourir Beck et Lauren.

— Je ne reprends pas du service, annonça-t-il. Un message vient d'arriver demandant des renforts pour combattre un feu dans une résidence en bordure de forêt. Ceux qui se sentent prêts, filez !

Là-dessus, il s'en alla lentement.

Après un bref échange de regards, Beck et Lauren partirent au pas de course vers le bâtiment principal. À présent qu'ils formaient une équipe, Beck n'imaginait pas laisser Lauren seule face à un incendie. Plus tard, quand elle serait affectée dans une autre équipe — une perspective sur laquelle il préférait ne pas s'appesantir —, cela changerait. Mais pour l'instant, il savait avec une certitude absolue qu'elle serait plus en sécurité avec lui qu'avec n'importe qui d'autre.

Une demi-heure plus tard, dûment équipés tous les deux, ils arrivèrent devant un immeuble en feu à l'arrière de la résidence.

— On commence par en haut et on descend, dit Lauren. On reste autant que possible dans les passages couverts. Ces constructions sont conçues avec des structures métalliques. Si le sol ne semble pas solide, on marche sur les solives.

En dix ou quinze minutes, ils eurent fouillé le troisième étage. N'y ayant trouvé personne, ils progressèrent vers celui du dessous. Lauren avançait rapidement, évaluant tous les risques et envoyant Beck dans des endroits où il ne se serait pas aventuré sans elle. Bizarrement, tout en sachant que les incendies en lieu clos étaient plus dangereux que les feux de forêt, il ne ressentait pas d'angoisse particulière. Jusqu'au moment où ils arrivèrent à l'arrière du deuxième étage.

Là, son cœur se serra brusquement. Une femme criait.

Puis un bébé pleura.

Un coup d'œil à Lauren lui confirma qu'il n'avait pas été la proie d'une hallucination : elle avait relevé la visière de son casque pour mieux percevoir les sons et ses lèvres avaient blêmi.

Une femme et un enfant piégés derrière une porte en flammes. Et Dieu savait quoi encore...

— Il y a un autre moyen d'y accéder ? demanda-t-il.

Tous les appartements avaient un balcon, mais pour y grimper il fallait quitter l'immeuble, aller chercher une échelle, la rapporter, l'escalader... Trop long. Le temps pressait.

Lauren abaissa sa visière et se précipita vers l'escalier qu'elle dévala, suivie par Beck qui s'en remettait entièrement à son jugement. Elle était incontestablement plus expérimentée que lui dans ce type d'incendie. En un rien de temps, ils arrivèrent sous le balcon de l'appartement.

— Tu vas me soulever pour que je monte, dit Lauren qui n'avait gardé de tout son barda que sa combinaison.

— Toute seule ?

— Tu as une meilleure idée ?

Il ouvrit la bouche, tenté une fois encore de la mettre en garde contre le danger auquel elle risquait de s'exposer. Des propos qu'elle-même avait eu l'occasion de lui tenir mais auxquels il savait que ni l'un ni l'autre ne croyaient en ce moment précis. Une femme et un bébé... Il fallait tenter sa chance.

La sueur ruisselait dans son dos mais il se prépara pour faire la courte échelle à Lauren.

— Sers-toi du mur pour garder l'équilibre, Lauren. Quand tu seras assez haut, attrape la balustrade.

Elle retira ses gros gants et posa un pied dans les mains de Beck, qui la hissa jusqu'à son épaule. Après s'être assurée que la rambarde en fer forgé autour du balcon n'était pas brûlante, elle la saisit et, avec l'aide de Beck qui la poussait par en dessous, effectua un rétablissement. En moins d'une minute elle avait enjambé la rambarde, remis ses gants et fouillait la pièce du regard par la porte vitrée coulissante, malheureusement fermée à clé.

— Hache ! cria-t-elle à Beck qui lui lança aussitôt l'outil demandé.

Puis, en entendant un bris de verre, il courut réclamer une échelle et des renforts. La poignée de secondes qui s'écoula avant que des hommes accourent avec une échelle lui parut une éternité.

Lauren tenait déjà sous sa veste, pour le protéger du feu, un bébé hurlant dont on ne voyait que le visage.

— Il est indemne, dit-elle en se penchant par-dessus la rambarde. Il lui faut juste de l'oxygène. J'ai besoin d'aide pour la mère.

L'échelle une fois installée, Beck y grimpa prestement. À mi-hauteur, il récupéra le gamin qu'il passa à l'homme derrière lui, puis termina son ascension pendant que Lauren refermait sa veste et rabattait sa visière.

Beck jeta un coup d'œil dans l'appartement. Le salon était envahi par un épais mur de flammes qu'ils allaient devoir franchir.

— Marche sur les solives, rappela-t-elle avant de disparaître dans le brasier.

Il lui emboîta aussitôt le pas et, à sa propre surprise, ne fut pas saisi par la peur au milieu de la pièce en feu. Dans cet endroit clos, l'incendie lui apparaissait non plus comme un monstre sournois déterminé à tuer sa famille mais comme un accident, triste et regrettable certes, mais un simple accident.

— Madame Rhodes, appela Lauren, visière relevée, en contournant un gros fauteuil pour s'agenouiller à côté d'une femme allongée par terre.

Beck s'arrêta de respirer à la vue de la victime : son haut de pyjama n'était que roussi mais son pantalon, à moitié fondu, était collé à ses jambes.

— Impossible de la transporter comme ça, dit-il. Il faut la protéger...

— J'ai une couverture antifeu.

Pendant que Lauren la dépliait, il entra dans la salle de bains, prit dans un placard deux serviettes qu'il mouilla avec de l'eau froide.

— Tiens, dit-il en revenant. Pose ça sur les brûlures pour stopper la combustion.

Lauren, qui avait déjà allongé Mme Rhodes sur la couverture, s'exécuta. À certains endroits de la jambe la plus atteinte, il n'y avait plus de peau, à d'autres elle était boursouflée par d'affreuses cloques.

— J'ai la grippe, sanglota la blessée. Je dormais... Je... Les alarmes...

— Ça va aller. Nous allons vous sortir de là.

— Mon fils...

— Il a eu très peur mais il va bien.

Lauren parlait d'une voix ferme, avec une assurance que Beck, trop bouleversé par la vue de la brûlée, était loin de ressentir.

— Nous allons vous amener auprès de lui, d'accord ?

Mme Rhodes hocha la tête et Beck et Lauren enveloppèrent la pauvre femme dans la couverture pour la transporter.

Courant sur les solives, ils traversèrent de nouveau le mur de flammes vers le balcon. De là, ils descendirent l'échelle et déposèrent la brûlée dans une ambulance.

Mme Rhodes, réveillée en sursaut par les alarmes d'incendie, s'était précipitée pour aller chercher son fils. Sans la moindre hésitation. Malgré le feu. Sans chaussures. Sans protection.

Cette histoire hantait Beck. Ainsi que les excuses entrecoupées de sanglots que cette femme leur avait adressées, à eux et au bébé. Un pareil amour, prêt à tous les sacrifices, n'aurait dû susciter que bonheur et admiration. Pourtant, encore maintenant, loin de l'incendie, une douleur transperçait la poitrine de Beck.

Lauren gérait tout. Une fois leur immeuble sécurisé, elle demanda de nouvelles directives et fila aussitôt vers un autre bâtiment en faisant signe à Beck de la suivre. Pendant tout le reste de la soirée, il s'employa à suivre son rythme forcené.

Ils travaillèrent des heures durant d'arrache-pied, inspectant les immeubles, maniant les lourdes lances à incendie, sans qu'elle ne manifeste la moindre baisse de régime ni aucune des hésitations qu'il avait constatées lors des opérations précédentes ou même lors de l'entraînement au camp. Il s'interrogea sur une telle assurance : voulait-elle devenir pompière parachutiste par amour du métier ou pour impressionner sa famille et la forcer à reconnaître ses compétences ?

— Tu as secouru cette mère et son bébé, bravo, bougonna Beck à Lauren alors qu'il les reconduisait au camp dans son fidèle 4x4, c'est très bien, mais permets-moi de ne pas partager ton enthousiasme.

— Tu es fâché ?

— Je n'arrête pas de penser à ce que va être leur vie dorénavant, dit Beck qui répondait, fait nouveau, autrement que par des monosyllabes. Aucun scénario ne se termine bien.

— Comment ça ? Si Mme Rhodes s'en tire, ce sera un dénouement heureux, non ?

— J'espère qu'elle s'en tirera mais rien n'est moins sûr. De toute façon, vu la gravité de ses brûlures, elle devra vivre avec des marques indélébiles.

— Il aurait mieux valu qu'elle y reste, c'est ce que tu es en train de me dire ?

— Bien sûr que non, dit-il sèchement sans quitter la route des yeux.

À l'arrivée au camp, il descendit de voiture sans plus s'occuper d'elle. Elle le suivit en rongeant son frein jusqu'à ce qu'ils soient entrés dans leur baraque, à l'abri des oreilles indiscrètes.

— Explique-moi, alors. Parce que j'ai beau tourner et retourner tes propos dans ma tête, j'arrive toujours à la conclusion que, d'après toi, il aurait mieux valu qu'elle meure.

— Tu déformes mes paroles. Pour le moment, le bébé ne peut pas comprendre. Mais quand il sera plus grand, même si elle survit, il se remémorera ce qui est arrivé chaque fois qu'il la regardera. Chaque fois qu'il verra ses cicatrices, il saura qu'il en est la cause. Et si elle meurt, il saura que c'est à cause de lui. Il n'y a pas de dénouement heureux. Il n'y a que la vie ou la mort.

— Et la preuve d'amour de sa mère ne comptera pas pour lui ? demanda-t-elle, affligée de constater que leur conversation dans le car avait été en pure perte.

Il la regarda, sa tension visible dans les mouvements de ses mains.

— Ce qu'il saura c'est que, sans lui, elle aurait pu s'échapper.

— C'est ce que toi tu crois pour ta mère ? Tu penses que si tu n'étais pas né, elle aurait été sauvée ? Ou que si elle avait été récupérée en premier, ce qu'aucune mère digne de ce nom n'accepterait, ta mort n'aurait pas changé sa vie à jamais ?

— Si je n'avais pas existé, il y aurait eu le temps de la sauver, oui.

Comme par hasard, il ignora la deuxième question, probablement parce qu'il n'y avait pas trente-six façons d'y répondre. Comme dans le car.

Il n'était pas prêt à aborder les choses sous cet angle ? Eh bien, elle l'attaquerait sur le front qu'il avait choisi.

— Si je n'étais pas née, ma mère n'aurait peut-être pas eu un cancer du sein ; ce sont les hormones de la grossesse qui l'ont probablement déclenché. Est-ce ma faute si elle est morte ?

— Ça, c'est une histoire médicale. C'est différent.

— Non. C'est exactement la même chose. Tu prétends que, si tu n'étais pas né, ta mère serait peut-être encore en vie. C'est pareil pour moi. Alors, je répète ma question. Est-ce ma faute si elle est morte ?

— Non, dit-il dans un souffle avant de se laisser tomber, la tête dans les mains, sur le petit canapé tout défoncé. Cette conversation est-elle vraiment nécessaire ? Nous avons bien travaillé ensemble. Nous avons fait le boulot. Tu voulais savoir à quoi je pensais. Je te l'ai dit. Pourquoi faut-il que nous nous disputions ?

— Ne raconte pas n'importe quoi et nous ne nous disputerons pas.

Après tout, peut-être avait-il besoin de tenir ces propos à voix haute pour prendre conscience de leur absurdité. Déjà, il lui parlait. Alors, peu importait la colère que cela suscitait en elle ; si elle voulait l'aider, elle ne pouvait pas rejeter ses propos en bloc.

— Ne suis-je pas là pour t'empêcher de penser de travers ? Et ne pas te laisser dire des choses dont tu sais pertinemment qu'elles ne tiennent pas debout ?

— Elles ne tiennent pas debout pour toi. Mais tu n'y étais pas.

Elle ne put retenir un profond soupir et alla s'asseoir à côté de lui.

— Tu as raison, je n'y étais pas. Alors, dis-moi ce que tu attends de moi.

Il rit d'un rire sans joie et se renversa en arrière sur le canapé, la tête sur le haut du dossier, les yeux braqués vers le plafond.

— Mieux vaut que tu ne saches pas ce que j'attends de toi, dit-il d'un ton lugubre où perçait une note amusée.

Mieux valait qu'elle ne sache pas ? Mais si ! Elle avait envie de savoir justement ! D'ailleurs elle pensait avoir deviné.

Elle observa son profil — mâchoire volontaire, pommettes saillantes, cils scandaleusement longs — puis laissa son regard descendre sur ses épaules, son torse et ses bras dont les muscles semblaient en permanence bandés.

Beau spectacle !

Il ne demandait pas qu'on l'aide à surmonter ses problèmes. Il demandait qu'on l'aide à les oublier. Aussi, ce soir au moins, elle voulait qu'il mette ses angoisses de côté et qu'il se consacre à elle, Lauren.

— Dis-le-moi, murmura-t-elle.

Il ne répondit pas mais sa respiration s'accéléra.

— Dis-le-moi, répéta-t-elle en lui caressant la joue du dos de ses doigts.

Il redressa alors la tête vers elle.

— Vous jouez avec le feu, Autry.

Elle sentit sa peau s'enflammer sous son regard et ne put résister à l'envie de le taquiner.

— C'est un phénomène naturel.

— Comme moi, répondit-il en la soulevant pour l'installer à califourchon sur ses cuisses, poitrine contre poitrine.

En retour, elle lui enlaça le cou pour attirer sa bouche vers la sienne. Cette bouche capable de proférer des absurdités, mais qui la grisait sans cesse.

Elle sentit ses larges mains vigoureuses se promener de haut en bas sur son corps, puis, tout en pétrissant ses fesses, la plaquer si fermement contre lui qu'elle devina toutes ses formes. En même temps, il se mit à l'explorer de la langue, avec une fougue qui l'embrasa tout entière et fit naître chez tous les deux le désir irrépressible d'aller plus loin.

Des vêtements furent arrachés et volèrent à travers la pièce avant qu'il la fasse rouler sous lui et commence à embrasser, lécher, mordiller chaque parcelle mise à nu de sa peau. Sentant les boucles noires de Beck lui chatouiller le ventre de plus en plus bas, elle leva une jambe par-dessus son épaule et le regarda d'un air un peu affolé.

— Si tu ne veux pas, dis-le maintenant, s'il te plaît, dit-il en haletant.

— Lit, réussit-elle à articuler d'une voix rauque.

L'instant d'après, les yeux plantés dans les siens, il l'avait prise dans ses bras et emmenée dans la chambre.

La voix de la raison avait beau interdire à Lauren d'entamer une liaison avec Beck, le mal était déjà fait. Les affres qu'il avait vécues à cause d'elle, les violentes émotions qu'il avait combattues pour se donner aux autres, tout cela la touchait profondément et elle n'aspirait qu'à s'engager plus avant dans leur relation. Oui, elle aurait menti en soutenant le contraire. Prétendre ne pas éprouver pour lui, depuis leur premier saut secret, un sentiment qui ne s'éteindrait jamais, quel que soit le nom qu'on lui donne, aurait été un mensonge.

Il la posa sur le lit mais ne la rejoignit pas tout de suite. La vitesse à laquelle il se déshabilla n'eut certes rien d'érotique, en revanche, jamais elle n'oublierait le regard qu'il promena sur elle : émerveillé, avide, débordant d'un désir qui le paralysait presque. Dès qu'il se fut débarrassé de tout ce qui aurait pu gêner le contact de leurs deux corps, il s'allongea avec elle et s'empara de nouveau de sa bouche.

Elle adorait la fièvre vorace de ses baisers. Sa manière de ne jamais sembler être assez près d'elle. Ses mains perpétuellement en mouvement, ses lèvres qui exploraient partout avant de fondre de nouveau sur les siennes comme s'il n'en était jamais rassasié. Elle adorait le côté spontané, presque rude de ses caresses. Dans leur vie quotidienne, ils se contrôlaient en permanence, obligeant leur corps à se plier aux contraintes qu'exigeait leur profession. Mais à cet instant, sur ce lit, grisés de plaisir et de désir, ils étaient tous les deux maladroits, incapables de maîtriser leurs gestes.

Il se débattit avec le préservatif et crut ne jamais le mettre en place. Il ne l'avait d'ailleurs pas complètement déroulé quand il s'allongea de nouveau sur Lauren et plongea en elle, leurs visages à quelques centimètres l'un de l'autre. Sous les ondes et les spasmes de plaisir, elle lut dans son regard la vérité renversante, incontournable, de ce qui était en train de se passer entre eux.

Ne pas lui donner de nom n'y changeait rien. Elle aimait tout chez Beck, de l'aide qu'il lui apportait à l'inexplicable et exaspérante distance qu'il maintenait, de l'homme généreux prêt à tout pour sauver quelqu'un au petit garçon encore blessé qui émergeait par intermittence. Elle aimait cet homme courageux et un peu fou. Pas très éloigné de ce qu'elle était elle aussi, finalement...

Beck avait oublié ce qu'on ressentait à se donner à une femme. À moins qu'il ne se soit jamais donné si entièrement à aucune autre. La planète entière aurait-elle été en train de partir en fumée qu'il aurait quand même voulu passer une heure de plus avec Lauren. Une minute de plus. Plus rien d'autre ne comptait. Il n'y avait qu'elle et lui, sans passé pour le hanter, sans futur plein de promesses ou de châtiments, rien que le présent, ici et maintenant. Ses mains qui l'agrippaient. Sa fougue. La façon dont elle l'appelait : dans un soupir, dans un murmure, dans une supplication. Ses yeux magnifiques qui l'observaient, le retenaient, le déchiffraient.

Il était aussi abasourdi et enivré par les liens qu'il sentait se tisser entre eux que par le plaisir de ses caresses, par ses propres gestes impatients, trop rapides, trop brutaux, sous l'emprise d'instincts primitifs aussi incontrôlables que la météo.

Depuis quand était-il là, enlacé avec elle, à plonger en elle, à donner et recevoir ? Cela ne faisait pas assez longtemps, c'était tout ce qu'il savait. Lauren avait déjà dépassé le point de non-retour. Il le voyait dans le raidissement de son corps musclé et soyeux. Il le lisait dans ses yeux qui lui ouvraient la voie de son cœur. Elle ne lui cachait rien, ni la profondeur de ses sentiments pour lui ni sa fragilité.

Soudain leurs deux regards se brouillèrent et ils s'unirent dans l'extase.

Vidé de toute énergie, il ne put ensuite que rester allongé contre elle, la tête sur ses seins. Il sentit vaguement qu'elle lui dégageait le visage des mèches de cheveux qui le cachaient et puis... plus rien en dehors de cette seule pensée : il ne pouvait pas la perdre.

11

— Et après le stage, que va-t-il se passer ?

Beck n'avait pas encore ouvert complètement les yeux, déjà Lauren lui posait la question en lui tapotant l'épaule.

— Je n'en sais rien. Difficile de faire des projets quand nous ne connaissons pas ton affectation.

— Et quand nous ne sommes pas à l'abri d'un autre avertissement avant la fin de la formation.

Cette possibilité la tarabustait, à en juger par la tension de ses épaules quand elle posa la tête sur son torse. Dire qu'elle donnait tout pour une carrière qu'elle n'aurait peut-être pas choisie si elle avait pu trouver pleinement sa place dans la caserne de son père !

C'était un sujet qu'il était encore trop tôt pour aborder.

— Que veux-tu faire ? Aller prendre le petit déjeuner ou dormir encore un peu ? demanda-t-il.

C'était samedi. Tout ce qu'ils risquaient à passer leur journée au lit était de susciter des rumeurs.

— L'un de nous deux pourrait aller chercher de quoi manger pour nous donner des forces pour la suite.

— La suite ?

Elle se dégagea de ses bras et descendit du lit.

— De nos ébats. Tu ne crois quand même pas que je vais te tenir quitte ?

Il ne put s'empêcher de sourire. Un sourire naturel, inhabituel chez lui.

— Tu as du mal à marcher à cause de la gymnastique à laquelle je t'ai soumise cette nuit ou à cause d'hier ?

— Sans hésitation à cause d'hier. Je m'occupe du petit déjeuner, dit-elle en sortant des habits de la commode. Toi, tu te chargeras du dîner.

— Et le déjeuner ?

— Je ne crois pas que nous aurons le temps de manger à midi. Il faudra bien dormir un peu quand même.

— Il faut aussi que nous prenions le temps de parler de quelque chose.

Elle s'immobilisa, son pantalon à mi-jambe.

— De quoi ?

— Du calme ! dit-il en se redressant sur les coudes. Après cette nuit et la journée au lit qui nous attend, tu ne crois quand même pas que je veux rompre et t'annoncer que « tout ça ce n'était pas sérieux » ?

Elle finit de mettre son pantalon, avec nettement moins d'allant.

— Si, je l'ai cru, avoua-t-elle avec un haussement d'épaules désolé.

Il se leva et lui prit le visage entre les mains pour un long baiser plein de promesses.

— Et maintenant ?

— Plus vraiment, répondit-elle d'une voix enjôleuse, les yeux de nouveau pétillants, en se collant contre lui.

De toute évidence, elle avait aussi hâte que lui de retourner au lit.

— Je peux me passer de petit déjeuner, dit-il.

— Pas moi. Mais je vais me dépêcher.

Un quart d'heure plus tard, elle grimpait sur le matelas avec nourriture et café.

— OK. Je t'écoute.

— Tu ne veux pas manger d'abord ?

— Tu as dit qu'il n'y avait rien de grave.

— J'ai seulement promis que je n'allais pas rompre. Mais ce que je vais dire va peut-être te fâcher.

— Vas-y vite alors, répondit-elle en lui tendant un sandwich.

Avec à l'esprit la façon dont elle avait géré l'incendie de la résidence, il se lança :

— Je me demande si tu veux vraiment devenir pompier parachutiste.

Elle reçut ces propos non pas comme une question mais comme un constat… qui lui hérissa le poil.

— Pourquoi me donnerais-je tout ce mal alors ?

Ne monte pas tout de suite sur tes grands chevaux, ma fille. Laisse-lui le bénéfice du doute.

— C'est moi qui ai choisi de venir ici, dit-elle plus calmement.

— Je sais. Mais tiens-tu réellement à exercer le métier auquel ce stage prépare ?

— Elle est un peu tordue, ta question.

— Tu veux quand même continuer la discussion ?

Devant l'intérêt sincère qu'elle lut dans ses yeux, elle hocha la tête.

— C'est quoi pour toi, une journée de travail idéale ? demanda-t-il en l'aidant à enlever son T-shirt.

— Un incendie.

Il lui ôta son soutien-gorge, puis s'attaqua à son short.

— Ferme les yeux. Où est l'incendie ?

Être à la fois déshabillée par son amant et interrogée sur son orientation professionnelle par cet homme qui parlait rarement et toujours à bon escient, le tout pendant qu'elle mangeait, provoquait en elle des dizaines de sensations différentes. Comme ce nœud à l'estomac causé par la teneur de ses questions.

Elle ferma les paupières, posa son sandwich et se concentra.

— Dis-moi où tu te trouves, insista-t-il comme elle se taisait.

Elle ne s'imagina pas dans un feu de forêt, dans la montagne par exemple comme ce fameux jour, ni même comme guetteuse dans un avion, mais…

— Dans une maison.

Il n'y avait a priori rien d'alarmant dans cette réponse, mais elle sentit toutes les bonnes ondes qui l'entouraient depuis la nuit précédente se dissiper.

— Est-ce que tu sauves quelqu'un ?

Elle confirma de la tête et ouvrit les yeux en essayant d'ignorer le creux désagréable dans son ventre.

— Ça ne veut absolument rien dire. J'ai été programmée pour penser comme ça depuis que je suis petite. Et puis, je n'ai plus envie de jouer à ton jeu.

Et elle ne voulait surtout pas lui dire qu'elle avait décidé de se dénoncer à Treadwell. Quand ? Après la fin de la formation, quand les supérieurs étaient plus enclins à l'indulgence et quand il serait trop tard pour lui donner un troisième avertissement.

— Tu veux savoir quelle est ma mission préférée ? demanda Beck à voix basse comme pour s'excuser d'avoir déréglé sa boussole interne.

Soulagée de ce dérivatif au nouveau cycle d'autoflagellation qui la menaçait, elle acquiesça de la tête.

— Creuser des tranchées et allumer des contre-feux, mettre au point un plan de bataille pour circonscrire l'incendie. Je déteste pénétrer dans un brasier. Je le fais parce que ça fait partie de mon boulot, mais ce qui me plaît vraiment, c'est tailler cette barrière dans le sol pour protéger les terres derrière moi, les habitations, les familles, la nature, les animaux. Servir de rempart entre les deux mondes. Voilà la journée que je préfère.

C'était une description très éloignée de celle de Lauren, pour qui le maniement de la pelle représentait une tâche certes indispensable mais fastidieuse.

Elle se rappela que la veille il n'avait pas agi avec autant de sûreté que d'habitude. Il s'en était remis à elle alors que dans un feu de forêt il partait à l'assaut seul, laissant les autres le suivre… ou pas.

— Hier, tu t'es fait violence pour traverser les flammes, dit-elle d'un air songeur.

— C'est vrai.

Il voulut ajouter quelque chose mais en fut empêché par le hurlement de la sirène. Comme le samedi précédent.

À leur arrivée — en premier — sur le terrain de sport, la question de Beck résonnait encore dans la tête de Lauren.

Et s'il avait raison ? Si sa venue ici n'était qu'un geste d'adolescente en rébellion ?

Elle se secoua. Elle devait se concentrer et se préparer à l'action. La sirène signalait une urgence. Ce n'était ni le lieu ni le moment de se préoccuper de sa petite personne.

Mais elle n'arrivait pas à évacuer cette satanée remarque de Beck, qui remettait en cause l'objectif professionnel auquel elle travaillait de toute son âme depuis deux ans.

Oh ! bien sûr, ce premier saut raté l'avait ébranlée, mais ils s'étaient entraînés sérieusement depuis. Même s'il lui manquait encore quelques réflexes, elle avait nettement progressé.

Son père lui mettait en permanence ses échecs sous le nez et elle-même s'adressait des critiques plus sévères encore qui la poussaient à atteindre la perfection.

Kolinski la tira de ses pensées.

— Ellison et Autry, au réfectoire, dit-il sèchement en arrivant au pas de course. Nous avons besoin de renforts aujourd'hui.

— Que se passe-t-il ?

— Un orage au nord. Les éclairs ont démarré trois foyers, la pluie ne suffit pas à les éteindre. Le plus important est à la frontière du Nevada et il essaime le long du sentier Donner vers Tahoe.

— Le lac Tahoe ? demanda Lauren. Le lieu de villégiature au milieu de la forêt et des montagnes ?

— Oui. Et en raison du printemps inhabituellement doux, il y a beaucoup plus de campeurs et de randonneurs que les autres années.

— Des familles ? demanda Beck, l'inquiétude quasiment palpable dans sa voix.

— Tout est possible. L'orage a été très violent. Il s'est déclaré brusquement et il s'étend sur une zone très vaste.

Là-dessus, Kolinski regagna le bâtiment principal.

— Il a besoin de nous pour creuser ou pour sauter ? demanda Lauren autant par intérêt que pour sortir Beck de ses ténèbres intérieures.

— Les deux.

Lui qui était devenu plus loquace ces derniers jours revenait aux réponses minimalistes. Pas besoin d'être grand clerc pour comprendre ce que cela signifiait quand on connaissait sa haine du feu.

Vingt minutes plus tard Beck, au volant de son 4x4, Lauren à ses côtés, roulait vers l'aérodrome. Ils avaient dîné sur le pouce, enfilé leurs combinaisons de vol et il avait persuadé Lauren de venir avec lui plutôt que de prendre le car. D'une part pour être en tête à tête avec elle et d'autre part pour qu'elle dispose d'un véhicule pour rentrer au camp si elle accédait à sa requête.

— Tu es bien silencieux, dit-elle en se rapprochant de lui.

— Soucieux.

Ils avaient un bon quart d'heure d'avance sur le car.

— À cause de l'incendie ? demanda-t-elle du bout des lèvres.

Après leur conversation interrompue par la sirène, elle marchait sur des œufs.

Il décida de se lancer sans attendre d'être arrivé à l'aéroport.

— J'essaye de trouver un moyen de te dissuader de monter dans l'avion.

Nul besoin de quitter la route des yeux pour savoir que Lauren s'était raidie et qu'elle avait braqué son regard vers lui.

— Je parie que tu regrettes nos confidences, dit-il.

— Gagné ! répondit-elle en s'éloignant de lui. En fait, tes beaux discours visaient à me faire abandonner ? Tu disais pourtant que j'étais prête, que je me débrouillais très bien. Je ne comprends pas.

— Oui, tu te débrouilles très bien, dit-il alors qu'il s'engageait sur la desserte de l'aérodrome.

— Alors ? Tu trouves que je n'ai pas assuré hier, dans la résidence ?

Si seulement il avait eu le temps de construire une argumentation ! Mais il avait passé la demi-heure précédente à s'interroger sur l'opportunité de sa requête.

— Attendons d'être arrivés, dit-il. Cette conversation nécessite toute mon attention. Je ne peux pas conduire en même temps.

Elle ne pipa plus mot mais il la sentait tendue à côté de lui. Et dès qu'il se fut garé devant le hangar, elle attaqua :

— Alors ?

— Hier, dans l'appartement, tu as été formidable, dit-il en se tournant vers elle. Tu as un instinct pour les incendies de bâtiment que je ne possède pas. Tu sais comment ils réagissent. Tu connais les issues les plus sûres. Et rien ne t'arrête. J'ai été très fier de toi.

— Quel rapport avec le fait que tu me déconseilles de sauter ?

Elle détacha sa ceinture de sécurité et pivota un peu vers lui... la main sur la poignée de la porte, prête à sortir.

— Tu trouves que je me débrouille très bien mais que je devrais arrêter ?

Cela était illogique, il en convenait. Mais en apparence seulement.

— Je n'ai pas eu peur pour toi hier. Pourtant, c'était un incendie violent, qui a fait des victimes.

— Mais tu as peur pour moi dans un feu à l'extérieur ? Ce n'est pas le saut ou l'atterrissage qui t'effraie, mais de me savoir seule dans la nature en flammes, c'est ça ?

— Tu m'as demandé ce que représentait le feu pour moi. Ma réponse n'était pas tout à fait exacte. En réalité, je ne considère pas tous les incendies de la même façon. Le monstre tapi dans l'ombre qui attend l'occasion de sauter sur les gens que j'aime, c'est l'incendie de forêt. Aussi irrationnel que cela soit, les incendies en intérieur, pourtant plus meurtriers, ne me font pas la même impression. Je les vois...

— Comme des choses ?

Il confirma de la tête et se risqua à lui prendre la main. Elle n'objecta pas.

— Si tu essaies de m'empêcher de m'enrôler comme pompier parachutiste, sache que tu perds ton temps.

— Je pense que tu es dans le déni. Pour être franc, je trouve que tu devrais intégrer une autre caserne que celle de ton père pour échapper à son emprise, mais ce n'est pas le sujet pour l'instant. Ce qui me préoccupe dans l'immédiat, c'est que si nous allons tous les deux dans la montagne aujourd'hui, je te surveillerai toi davantage que je ne surveillerai le feu, ce qui me rend dangereux pour les autres.

— Pourquoi ?

— Parce qu'on ne sait pas ce qui peut se passer ! Je reconnais que c'est absurde et même carrément idiot de penser que tu risques davantage à combattre un feu de forêt qu'un incendie dans un bâtiment, mais c'est plus fort que moi. Peut-être que je réagis de façon trop émotive mais la pensée... Elle me hante... L'image de toi piégée par les flammes, transformée en torche vivante... C'est... Je ne veux pas que tu viennes.

Elle inspira profondément, lentement, pour contenir la colère qui bouillonnait en elle et qui vibra dans sa voix.

— C'est ce métier que j'exercerai, asséna-t-elle en réussissant l'exploit de ne pas retirer sa main. J'ai mis deux ans à arriver là où j'en suis. Et on a besoin de tout le monde aujourd'hui. Tu as entendu Kolinski ? Il se peut qu'il y ait des gens dans les montagnes. On ne ferait pas appel à des novices si la situation ne l'exigeait pas, s'il ne fallait pas se battre sur plusieurs fronts à la fois.

— Je sais.

— Je n'ai pas fini.

Il hocha la tête et lui serra brièvement les doigts.

— Si toi tu comptes y aller, alors tu n'es pas juste avec moi, dit-elle. Je ne me retirerai pas si toi tu ne te retires pas aussi. Tu es mon partenaire. Si tu renonces, je renoncerai aussi. C'est la seule concession que je suis prête à accepter. Mais si tu y vas, j'y vais.

— Et si je disais que je t'aime ? Et que... Que je suis prêt à tout pour que tu restes au sol.

Elle dégagea sa main.

— Si tu utilises cet argument pour me faire changer d'avis, j'en conclurai que tu me traites comme mon père et mes frères. Je t'ai proposé un compromis équitable. Si tu le refuses, cela signifie non pas que tu aies peur pour moi mais que tu ne me reconnais pas le droit de décider de mon sort et ça, c'est inadmissible.

— Je ne peux pas ne pas y aller.

— Faux ! Tu es un bleu ici. Tu t'es porté volontaire.

— Non, ce n'est pas ça... Mais... Si je n'y vais pas... il n'y aura personne pour... Si Kolinski ou les autres chefs refusent de risquer une vie pour en sauver une, moi, je peux choisir de tenter ma chance.

— De deux choses l'une : soit tu leur fais confiance soit tu ne leur fais pas confiance, riposta-t-elle en ouvrant d'un coup la portière et en descendant du 4x4.

— Je leur fais confiance, mais ils n'ont pas les mêmes priorités que moi.

Il sortit à son tour et la retint par le coude avant qu'elle entre dans le hangar.

— Je cache les clés dans le pare-chocs arrière. Si tu veux rentrer au camp, tu...

— C'est pour ça que tu n'as pas voulu que nous prenions le car ? Pour que j'aie un moyen de retourner au camp une fois que je me serai docilement soumise à tes desiderata ?

Elle dégagea son bras et repoussa Beck.

— En plus, tu continues à faire comme si ta vie à toi ne comptait pas ! dit-elle en entrant dans le hangar d'un pas rageur au moment où le car arrivait.

12

Lauren ne supportait plus le chantage affectif dont elle était trop souvent l'objet. De la part de son père et de ses frères. De la part de son ex-petit ami. Et maintenant de la part de Beck ! Beck qu'elle avait pensé différent des autres. Beck qui l'avait aidée à devenir pompier parachutiste. Beck qui continuait à juger que sa vie à lui ne comptait pas.

Toute non violente qu'elle était, elle l'aurait volontiers bourré de coups de poing, insulté.

Au lieu de cela, elle attrapa un des nombreux parachutes prêts à l'emploi qui étaient entassés sur le sol. Alors qu'elle se redressait, Beck, la mine sombre, se planta à côté d'elle et se servit lui aussi.

— Mon père et mes frères utilisent le même argument pour me manipuler. « Si tu m'aimes, Lauren, choisis un autre métier. »

— Je ne fais pas ça.

— Je ne sais pas ce qu'il te faut ! Tu prétends m'aimer ? Alors, explique-moi : comment réagirais-tu si je t'annonçais que j'allais me jeter dans les flammes au péril de ma vie pour sauver quelqu'un ? Comment suis-je censée réagir, moi, dans la situation inverse ?

— Es-tu en train de me dire que tu m'aimes ?

— Oui, mais je ne suis pas sûre que tu le mérites. Ni que tu vailles la peine que je m'inquiète pour toi. Tu es trop bête. Tes angoisses ne pèsent pas plus que les miennes. La différence entre nous, c'est que moi je ne refuse pas de te faire confiance. Ce qui est aberrant quand on y songe, puisque c'est toi qui n'hésites pas à t'exposer à une mort quasi certaine pour sauver un chien. Par conséquent, si quelqu'un doit rester au sol, c'est toi.

— Je sais.

— Alors, n'y va pas. Et je n'irai pas non plus. Et nous réfléchirons à un moyen de régler le problème.

— Il n'y en a pas ! se mit-il à crier. Tu crois que si je consultais un psychologue j'accepterais comme par magie de laisser mourir quelqu'un que je pourrais peut-être sauver ?

— Tu ne peux pas sauver tout le monde, Beck ! Les causes perdues, ça existe. Et si tu refuses de l'admettre, tu ne dois pas y aller.

Les autres commençaient à débarquer dans le hangar, aussi mirent-ils un terme à leur dispute. Mais Lauren ne s'était pas débarrassée du sentiment d'impuissance qui l'oppressait.

Elle s'équipa de son parachute et prit un en-cas supplémentaire par sécurité. Beck s'approcha d'elle sous prétexte de resserrer ses sangles.

— Dis-moi ce que je suis censé faire, dit-il tout bas.

— Bon sang, Ellison ! Ce n'est pas sorcier. Tu es censé nous appliquer les mêmes règles à tous les deux. Au lieu de cela, pour toi c'est « ma vie ne compte pas » et pour moi « fleur fragile à protéger ».

— Je ne te prends pas pour une fleur fragile. Et puis n'oublie pas que, si tu n'avais pas menti dans ton dossier de candidature, tu ne sauterais pas aujourd'hui de toute façon.

Voilà qui ressemblait fort à une menace ! Une onde glacée courut le long de sa colonne vertébrale.

— Nous en parlerons plus tard, répondit-elle plutôt que de céder à sa colère et de se faire du tort. La file avance.

Pourquoi fallait-il qu'elle attire toujours des crétins qui la tenaient en si peu d'estime ?

Au moment où il arriva devant le lieutenant, Beck s'arrêta et lança un regard appuyé à Lauren. Même après que Kolinski eut vérifié son équipement, Beck, au lieu d'embarquer, continua à fixer Lauren. Plus exactement à la transpercer d'un regard si noir qu'il en devint presque effrayant.

— Qu'est-ce que vous attendez ? demanda Kolinski.

Beck se tourna vers son supérieur. Plus il serrait les mâchoires, plus le ventre de Lauren se nouait. Il allait tout révéler à Kolinski !

Elle se figea. Elle avait prévu de soulager sa conscience à la fin du stage seulement. C'était à elle d'avouer la vérité et de décider du moment où elle le ferait.

— Il y a un problème entre vous deux ? Je croyais que c'était réglé.

— Ça l'est, lieutenant, répondit-elle d'un ton sans appel.

Quand elle tourna la tête vers Beck, il soutint son regard pendant plusieurs secondes angoissantes puis, sans un mot, monta dans l'avion.

— Vous êtes certaine que tout est réglé ? insista Kolinski en vérifiant la tension des sangles de Lauren.

— Absolument certaine, répondit-elle avec beaucoup plus d'assurance qu'elle ne l'aurait fait le matin même lorsque Beck et elle s'étaient donnés sans retenue l'un à l'autre.

Car elle était certaine... que tout était fini. Il ne l'avait pas dénoncée, mais il avait été à deux doigts de le faire. Si leur relation débutait de cette façon, elle se dégraderait inévitablement et n'avait aucun avenir.

Kolinski accepta sa réponse et elle alla prendre sa place dans l'avion.

Lauren sauta et atterrit parfaitement. Beck était sorti de l'avion juste après elle pour s'assurer qu'elle se dirigeait là où il fallait et se posa de l'autre côté de la petite zone qu'elle avait visée.

Il aurait été fier d'elle, s'il n'avait été aussi furieux. Contre lui-même de se montrer aussi irrationnel. Contre elle de ne jamais tenir compte de ce qu'on lui disait. Contre le feu... d'être un feu.

Vingt minutes plus tard, une pelle et une scie sur le dos, il marchait avec Lauren et quatre autres collègues vers l'endroit où ils devaient creuser des tranchées et couper des arbres. Ils formaient une ligne étirée au maximum à cause du nombre important de départs simultanés de feux.

Lauren monta dans un arbre pour en scier les branches avant de l'abattre. Les flammes étaient suffisamment proches pour qu'elle les voie dévaler le flanc de la montagne à l'ouest. Beck, lui, commença à creuser une tranchée tout en surveillant sa partenaire du coin de l'œil.

Soudain, quelque chose de dur rebondit sur son casque. Un morceau de bois. Qu'on lui avait délibérément lancé.

Il leva la tête. Lauren lui indiquait une petite clairière.

— Quoi ? demanda-t-il d'un haussement de sourcils, le bruit des scies couvrant les voix.

— Chien, articula-t-elle.

Quoi ? Un chien ? Encore ! Et c'est elle qui le lui signalait ?

Il aperçut en effet un pelage noir et blanc au nord.

En une seconde, il avait pris sa décision : il allait essayer d'attirer l'animal vers lui, puis il l'attacherait avec une corde pour qu'il reste avec eux pendant leur progression.

Beck avait parcouru la moitié de la distance quand le chien, un border collie, se retourna et fonça vers lui en aboyant. Beck enleva son gant et tendit la main vers lui pour qu'il le renifle, mais l'animal la lui attrapa à deux reprises, sans enfoncer ses crocs, avant de reprendre ses aboiements et de repartir en courant sur quelques mètres.

— Beck ! hurla Lauren par-dessus le vacarme en le rejoignant. Il t'a mordu ! Fais voir !

— Non, juste mordillé. Il est agité…

Elle effleura de ses doigts la peau quasiment intacte et leva la tête vers l'animal qui accourait de nouveau vers eux. Alors Beck remarqua la plaque d'identité à son collier et se décomposa. Un chien de race avec une plaque d'identité, seul dans un parc national et qui essayait d'attirer son attention…

— Il est avec ses maîtres, dit-il.

Il s'agenouilla et saisit adroitement l'animal par le collier.

— Qu'est-ce qui est écrit sur la plaque ?

— Henderson. Et un numéro de téléphone.

— Et zut !

— Nous savions qu'il risquait d'y avoir des touristes dans la montagne.

— Tu crois qu'il joue à Lassie ? Que ses maîtres sont en danger et qu'il veut nous emmener vers eux ?

— Oui.

— Que comptes-tu faire ?

— Tu le sais parfaitement.

Lauren regarda vers l'ouest, là où l'incendie faisait rage puis vers le nord-ouest, là où le chien voulait les conduire.

— Il n'y a qu'à espérer que le feu au nord ne se dirige pas vers ici. Autrement, nous serons piégés si nous suivons le chien, dit-elle avant de sortir sa radio pour informer leurs supérieurs de la situation et de leur décision d'y aller.

La permission leur fut accordée étonnamment vite.

Beck aurait de loin préféré ne pas emmener Lauren, mais il n'avait pas le choix. Il aurait aussi voulu s'excuser d'avoir failli la dénoncer à Kolinski, mais ce n'était ni le lieu ni le moment.

Plus tard. Il lui dirait plus tard qu'il était désolé.

Derrière Beck et le chien, Lauren monta presque au pas de course une pente si raide qu'elle devait se servir du tronc des arbres pour avancer. Ils ne pouvaient chercher un chemin alternatif puisque Lassie les guidait.

Au fur et à mesure qu'ils grimpaient, une masse inquiétante de lueurs orangées envahissait la montagne.

— Tu vois trois ou quatre foyers ? demanda Lauren sans interrompre son ascension.

Tout en courant pour ne pas se laisser distancer par le chien, Beck réussit à jeter un coup d'œil à travers les arbres… et alluma sa radio.

— Ici Ellison. Besoin d'un point sur l'incendie. Position. Taille. Déplacement.

Cet appel étonna Lauren, car elle savait depuis le jour où elle avait dû courir partout à sa recherche qu'il ne communiquait pas avec ses supérieurs quand il était sur le terrain. Essayait-il de changer ?

Les guetteurs répondirent très rapidement. Il y avait trois feux.

Celui du nord, qui s'était étendu en contournant un sommet par l'arrière, donnait l'impression qu'il en existait un quatrième. Quant à celui qu'ils avaient combattu, il les empêchait à présent de rebrousser chemin.

Elle cessa de poser des questions pour ne pas laisser voir sa peur à Beck. Surtout après l'incident avec Kolinski. Comme toujours, elle était contrainte de cacher ses points faibles à ceux qu'elle aimait de crainte qu'ils ne les utilisent contre elle.

Elle n'accordait plus la moindre confiance à Beck. Certes, elle avait gagné aujourd'hui, puisqu'elle n'était pas restée à terre et qu'elle avait suivi le chien avec lui, mais la prochaine fois ? Car même quand elle aurait révélé la vérité, il y aurait probablement des « prochaines fois », vu la cadence à laquelle se déclaraient les incendies cette année-là. Elle se ferait peut-être taper sur les doigts mais ils avaient besoin de tous les bras disponibles.

À bien y réfléchir, sa bourde à l'inscription était une faute moins grave que de ne pas signaler les difficultés de Beck maintenant qu'elle les connaissait. Cela dit, comment révéler ses failles à lui alors qu'elle-même cachait obstinément les siennes ? Tout avait beau être terminé entre eux, elle ne lui souhaitait pas du mal pour autant.

Soudain, il lui fit signe de s'arrêter et sauta par-dessus une barre rocheuse derrière laquelle le chien venait de disparaître.

« Monsieur ? » l'entendit-elle appeler avant de le rejoindre.

Un homme était allongé par terre, sans connaissance, une jambe couverte de sang. Son fémur gauche trouait la peau de sa cuisse. Le chien se coucha à côté de son maître avec des gémissements pitoyables.

— Il est en vie ? demanda-t-elle, inquiète de voir des mouches agglutinées sur la plaie.

Beck hocha la tête.

— Tu crois qu'il va revenir à lui si je le soulève ? demanda-t-il. Cette fracture...

— Il va souffrir le martyre si tu le mets sur ton épaule, dit-elle en sortant déjà le brancard pliant de son sac à dos.

— Malheureusement, il n'y a pas d'autre solution. La pente

par laquelle nous sommes arrivés est beaucoup trop raide pour la descendre avec un brancard.

— Pas si nous faisons des traversées.

— OK, dit-il en commençant à monter le brancard. Il faut se dépêcher. Le feu progresse.

— On ne peut pas laisser l'os à l'air libre, dit-elle en cherchant le pouls du blessé. Et nous ne pouvons pas non plus le remettre en place. Nous risquerions d'aggraver les choses. Appelle. Dis que nous avons trouvé Henderson. Que son pouls est beaucoup trop rapide et qu'il a de la fièvre. Tu as une bouteille d'eau qui n'a pas été ouverte pour rincer la blessure ?

Les fractures ouvertes s'infectaient rapidement. Or Henderson était là au moins depuis la veille, avec des habits couverts de boue qui lui collaient à la peau.

— Dommage que je n'aie pas de sérum, ce serait préférable, dit-il en fouillant dans son sac pour sortir l'eau et sa trousse de premiers secours. Tiens. De la gaze et des pansements aussi.

Henderson était toujours inconscient. Elle appliqua la compresse sur le morceau d'os apparent avant d'enrouler la bande élastique autour de la cuisse du blessé pour limiter les risques d'infection.

Pendant ce temps-là, Beck appela la base sur sa radio. Il résuma la situation à Treadwell, indiqua leur position et reçut les consignes : descendre jusqu'à la rivière et la suivre. Une ambulance attendrait un peu plus loin.

Et là, leurs chemins se sépareraient, songea Lauren déterminée à ne pas se torturer inutilement en continuant à travailler avec Beck.

— Il faudrait peut-être lui mettre une minerve ? dit-elle.

— Non, répondit Beck après un rapide examen de Henderson. Il a rampé jusqu'ici. Sa tête ne semble pas avoir souffert. Et puis le temps presse. Le vent forcit. Le feu va aller de plus en plus vite. Il faut partir.

— Alors, en route !

À la moitié de la descente, Lauren aperçut quelque chose de blanc sur le bord de la rivière.

— Beck ! Je crois qu'il y a un bateau...

— Pourvu que ce soit vrai !

Le parcours s'avérait encore plus éprouvant que la marche commando. Mais au moins, là, il y avait une récompense au bout. Henderson allait probablement survivre.

Tandis qu'ils avançaient aussi vite qu'ils le pouvaient sans perdre l'équilibre, Beck ouvrit régulièrement sa radio pour faire un rapport et donner leur position. Une petite victoire, mais une victoire quand même ! se réjouit Lauren.

13

La marche de trois kilomètres se transforma en un parcours du combattant de trois heures dans un terrain particulièrement accidenté et escarpé.

Beck fut à plusieurs reprises tenté d'abandonner le brancard pour prendre le blessé toujours inconscient sur son épaule afin d'avancer plus vite.

À l'approche de la rivière, leur progression serait devenue plus aisée s'ils n'avaient dû franchir une étroite corniche en surplomb du cours d'eau tumultueux pour éviter un gros détour. Derrière eux, le feu se rapprochait. Au-dessous d'eux, ils entendaient le fracas de l'eau sur les rochers.

— Nous n'avons pas le choix, dit Beck.

— Allons-y, alors ! dit Lauren sans enthousiasme.

Beck, assailli par la pensée de sa mère qui, elle aussi, avait dû choisir entre le feu et l'eau, ne regardait pas où il mettait les pieds sur ce passage plein d'embûches. Par deux fois il glissa, manquant entraîner Henderson et Lauren dans sa chute.

— Arrêtons-nous une seconde que je m'essuie les mains, dit-elle quand ils eurent traversé et trouvé un espace où poser le brancard. Elles sont trempées de sueur et... Où est le chien ?

Beck se retourna. Aucun signe du border collie.

— Et zut ! J'y retourne.

— Sois prudent et appelle en cas de problème. Je ne te verrai pas derrière la courbe de la corniche.

— Si je ne reviens pas, traîne la civière jusqu'à l'eau, par cet autre passage beaucoup plus large, là-bas. Si je me rappelle bien, le bateau est juste après.

Elle renonça à protester. De toute façon, quoi qu'il arrive, elle s'en irait quand le feu arriverait. Elle n'était pas suicidaire.

Beck parcourut le chemin en sens inverse, mais plus vite qu'à l'aller, et trouva le chien qui tournait en rond en gémissant. De toute évidence, il n'osait pas s'aventurer sur la corniche.

— Viens, mon coco, ça va aller.

Il se forçait à parler gentiment car si le chien s'enfuyait, il devrait l'abandonner. Un cauchemar pour lui !

Il siffla doucement, s'accroupit, tendit la main... Quand le collie s'approcha, Beck l'attrapa, le prit dans ses bras et s'engagea sur la corniche. Mais il n'avait pas pensé à le tenir museau contre lui pour lui cacher la vue de l'eau. Pris de panique, le chien se mit à se débattre. Beck dut lutter de toutes ses forces pour ne pas le lâcher et ne pas perdre l'équilibre. À mi-chemin, le collie réussit malgré tout à se dégager en partie, donnant involontairement un violent coup de tête dans la tempe de Beck, qui se sentit vaciller. Avec ses mains occupées, impossible de se rattraper. Rien non plus pour reprendre pied. Il lança devant lui l'animal glapissant et tomba à la renverse.

Il sentit un étau glacé l'enserrer, puis une douleur fulgurante... puis plus rien.

Un aboiement sinistre parvint à Lauren alors que, accroupie, elle prenait le pouls du blessé toujours inconscient. Au moment où elle se relevait, le chien déboula vers elle, la queue entre les jambes, visiblement terrorisé.

Et Beck ?

— Beck !

À peine eut-elle crié son nom qu'elle aperçut quelque chose d'orange qui, telle une boule de flipper, rebondissait d'écueil en écueil dans les rapides. Son cœur s'emballa. En un éclair elle escalada un rocher qui avançait dans la rivière, s'y accrocha d'une main et tendit l'autre bras aussi loin qu'elle put au-dessus de l'eau.

Elle le vit encore heurter des rochers. Avec quelle partie du corps ? Impossible à dire. Mais une chose était sûre : il ne bougeait plus et il avait la tête sous l'eau.

Il approchait ! Elle allait l'attraper...

Mais le courant forcit brusquement. Ses doigts glissèrent sur l'encombrante tenue antifeu... Il lui échappait...

Ouf ! Au dernier moment, elle réussit à saisir son col.

— Beck ! hurla-t-elle de nouveau tout en s'efforçant de l'extirper de la rivière.

Mais sa combinaison gorgée d'eau l'alourdissait. Elle parvint malgré tout à le tirer suffisamment pour lui sortir la tête de l'eau.

— Allez ! Réveille-toi ! Réveille-toi ! hurla-t-elle, suppliante, suffoquée par les sanglots.

Il toussa. Le premier signe de vie, enfin ! Mais il n'avait toujours pas repris connaissance.

Prenant appui d'un pied sur un bloc de pierre plus proche, elle le hissa le long du rocher jusqu'à ce que ses épaules émergent et lâcha une main pour le gifler, au risque d'être entraînée avec lui dans le courant.

À la deuxième gifle, il toussa de nouveau et commença à agiter les bras. Elle dut hurler son nom encore et encore avant qu'il reprenne suffisamment ses esprits pour l'aider à l'arracher définitivement à la rivière.

De son cuir chevelu s'échappait un filet de sang qui coulait le long de sa joue, et son nez avait changé de forme.

— Tu peux te mettre debout ?

Il ne répondit pas mais accepta les mains qu'elle lui tendait et se releva en titubant.

— Pars, dit-il après avoir jeté un coup d'œil à la corniche et vu le feu qui gagnait du terrain.

— Pas sans toi.

— Tire-le jusqu'au bateau. Je vais me débrouiller. Ne reviens pas. Vas-y.

Il avait le souffle court et respirait bruyamment. À travers le vacarme de la rivière, elle entendait des bruits d'eau dans chacune de ses inspirations et expirations.

Négligeant une fois de plus ses instructions, elle resta pour le débarrasser de sa combinaison.

— Vas-y, répéta-t-il.

Se rendant alors compte qu'elle ne pouvait pas secourir à la fois Beck et Henderson, elle obtempéra.

Elle traîna Henderson avec le brancard qui commençait à se disloquer sur la cinquantaine de mètres qui les séparaient d'une petite plage de galets où le bateau avait été échoué. Le chien les y attendait !

Sans perdre de temps, elle déposa le blessé dans l'embarcation avec autant de ménagement que possible et, à force de cajoleries, persuada le chien de monter lui aussi. Il était grand temps : elle sentait la chaleur du feu qui dévorait les broussailles sèches.

Le ventre noué d'angoisse, elle courut rejoindre Beck. Il avait dû se cogner violemment la tête. Était-il toujours debout ? Marchait-il ? Respirait-il ? Il avait certainement de l'eau dans les poumons et quelques côtes cassées, après tous ces chocs. Mais, aussi cruel que ce soit, elle devrait l'obliger à avancer.

À la sortie du coude de la corniche, Lauren manqua entrer en collision avec Beck. Elle se glissa sous son bras, pivota, et lui entoura la taille pour qu'il s'appuie sur elle.

— Je t'ai dit..., commença-t-il mais il s'arrêta net en voyant les larmes qu'elle ne pouvait retenir ruisseler sur ses joues.

— Si tu crois que je vais te laisser là, tu es trop bête pour exercer ce métier, répondit-elle, avant d'être brusquement secouée par un hoquet qui les surprit tous les deux.

En levant la tête, elle venait de voir le voile d'épouvante qui brouillait les yeux noirs de Beck et le flot de sang rouge vif qui lui sortait du crâne et dégoulinait sur sa joue.

— Tais-toi ! ordonna-t-elle alors même qu'il n'avait rien dit, et elle accéléra l'allure, avançant à marche forcée.

Beck souffrait le martyre à chaque pas. Lauren l'entendait à sa respiration et au spasme qui le paralysait quand elle le serrait un peu plus fort pour le maintenir debout lorsqu'il menaçait de s'écrouler.

Elle eut l'impression de mettre une année entière à atteindre le bateau. Après une brève dispute — il voulait aider à le mettre à l'eau ! — ils embarquèrent tous les deux.

— Je ne sais pas comment démarrer cet engin.

— C'est... comme... une tondeuse, répondit-il entre deux râles. Tire le cordon. Ne va pas vite.

Bien sûr qu'elle n'allait pas foncer ! Si elle les écrasait contre un rocher, c'est l'eau qui aurait leur peau. Pas le feu.

Après une dizaine de mètres, la rivière s'élargit et le courant faiblit.

— Ta radio fonctionne, Lauren ?

Treadwell répondit. Grâce aux miracles de la technologie, le capitaine avait suivi leur parcours et il expliqua à Lauren vers où se diriger.

Heureusement, la navigation entre les écueils fut de courte durée. Au bout de trois kilomètres environ, ils arrivèrent à un pont où étaient garées des voitures de police et deux ambulances, gyrophares allumés, portes ouvertes. Des équipes d'urgentistes attendaient sur la rive.

Beck n'opposa aucune résistance quand on le sangla sur une civière, ce qui alarma un peu plus Lauren.

Il était blême. La pâleur de ses lèvres trahissait l'intensité de la douleur qui le déchirait et ses difficultés à respirer indiquaient une capacité pulmonaire réduite.

Treadwell et Lauren montèrent avec lui dans l'ambulance. La police prit en charge l'héroïque border collie et les secouristes embarquèrent Henderson, toujours inconscient, dans la seconde ambulance.

Lauren raconta à Treadwell ce qu'elle savait : Beck était retourné chercher le chien et, pour une raison qu'elle ignorait, il était tombé dans le torrent et elle l'avait repêché.

— Capitaine, j'ai quelque chose à vous dire, ajouta-t-elle quand elle eut fini.

Oui, elle avait pris sa décision. Non parce que Beck avait essayé de la dissuader de venir aujourd'hui, non parce qu'elle hésitait sur son avenir — les questions qu'elle avait pu se poser étaient résolues à présent — mais tout simplement par honnêteté.

Beck ouvrit d'un coup les yeux et la transperça du regard. Elle était assise au pied de la civière et Treadwell la fixait lui aussi. Elle tourna la tête vers ce dernier, l'homme qui déciderait de sa carrière.

— Quand je me suis inscrite, je n'avais pas terminé ma formation de parachutiste. Je n'avais jamais sauté...

14

Lauren avait eu le privilège, sur ordre de Treadwell, d'être raccompagnée au camp par un policier et, se sachant sur un siège éjectable, elle profitait de l'instant présent.

À l'hôpital, le médecin qui l'avait examinée n'ayant diagnostiqué qu'une légère déshydratation, on ne l'avait pas retenue. Beck, lui, avait dû être hospitalisé. Treadwell, ému de voir Lauren faire les cent pas devant la chambre de Beck dont l'accès lui était interdit, avait eu la prévenance de la tenir informée de l'état de santé de son binôme : commotion cérébrale, côtes cassées, pronostic vital non engagé. Mais il était hors service pour la saison.

Maintenant, à 5 heures du matin, elle prenait un bain en attendant une heure décente pour appeler son père. Pendant les longues heures passées à espérer des nouvelles de Beck à l'hôpital, elle avait eu le temps de réfléchir, elle ne réintégrerait pas la caserne familiale de San Francisco, qu'elle soit ou non admise à poursuivre son stage. Elle voulait l'annoncer à son père. Tout lui raconter, en fait. Pas pour pavoiser, ce n'était pas dans sa nature. Simplement, elle avait à présent acquis la certitude qu'elle devait suivre sa voie, celle que le destin lui avait réservée.

Il était l'heure de mettre de l'ordre dans sa vie, d'être heureuse et de prendre les bonnes décisions, aussi dures fussent-elles. À elle de mener sa barque sans craindre le jugement des autres et en particulier celui de son père. Elle ne voulait pas se fâcher avec lui ni avec ses frères, parce qu'elle les aimait. Il fallait simplement qu'elle trouve comment établir une relation saine avec eux.

Et avec Beck ? Ils n'avaient pas discuté de ce qu'ils feraient après le stage, mais elle avait espéré qu'il y aurait un « après ». Aujourd'hui hélas, elle ne s'imaginait plus rester avec un homme qui ne la laissait pas libre de ses choix et qui était, de surcroît, suicidaire.

« Suicidaire », le terme était un peu exagéré. Beck ne s'était pas laissé mourir. Il avait marché avec elle malgré la douleur, malgré sa blessure à la tête qui lui faisait perdre l'équilibre. Il avait plutôt « tenté de mourir en martyr ».

Cherchait-il à donner un sens à sa mort ? Un sens à sa vie ?

Quand l'eau du bain refroidit, elle sortit, enfila un peignoir et alla prendre son téléphone.

Son père décrocha à la première sonnerie et Lauren, avec un calme qui la surprit elle-même, lui raconta tout. Sa journée éprouvante. Son mensonge. Le risque d'être virée avant même d'avoir été recrutée. Sa décision de ne pas retourner travailler avec lui.

— Si je comprends bien, tu me demandes de t'aider à être mutée dans une autre caserne ?

— Non, papa, je ne te demande rien.

Ce fut alors que l'idée lui vint.

— En fait, il y a quelque chose que tu peux faire pour moi, si tu le souhaites.

— Quoi ?

— Il y a une quinzaine d'années, la mère d'un ami est morte, emportée par la rivière lors d'un incendie pas loin d'ici. Elle n'a jamais été retrouvée, apparemment. Si je récupère l'ADN de mon ami, pourras-tu demander à un de tes copains flics de le comparer à celui des femmes décédées non identifiées il y a quinze ans ?

— Je ne sais pas si c'est possible légalement, mais je vais me renseigner. J'ai quelques relations.

Évidemment ! Le capitaine Richard Autry connaissait tout le monde.

— Merci, papa.

— Tu me diras où on t'envoie, ma puce.

La lèvre de Lauren se mit à trembler mais elle réussit à répondre :

— D'accord. Je t'aime, papa.

Elle raccrocha avant d'éclater en sanglots.

Beck, habitué à l'odeur des bois, supportait difficilement celle de désinfectant de l'hôpital.

Et l'absence de visites de Lauren, dont il préférait ne pas chercher la signification, rendait son séjour encore plus pénible. Comment avait-il pu en arriver, en si peu de temps, à dépendre à ce point de cette femme ?

Treadwell, présentement endormi dans le fauteuil à côté de son lit, l'avait maintenu éveillé pendant les vingt-quatre premières heures : il avait joué aux cartes avec lui, l'avait obligé à faire des mots croisés, à regarder des jeux à la télévision, l'avait tenu en haleine avec le récit d'une partie de pêche et avait fait la sourde oreille lorsque Beck lui avait répété pour la millième fois de rentrer chez lui.

— Heure de la prise de tension, annonça une infirmière en entrant dans la chambre.

— Il sort aujourd'hui ? demanda Treadwell, tiré de son sommeil.

— Il faut attendre la visite du médecin, mais ça m'étonnerait, dit l'infirmière avec un sourire qui se voulait encourageant. Vous êtes un des pompiers qui a sauvé M. Henderson, n'est-ce pas ?

— Oui, répondit Beck. Comment va-t-il ?

Il aurait préféré avoir des nouvelles de Lauren, mais Treadwell avait obstinément refusé de lui répondre chaque fois qu'il s'était enquis d'elle.

— Il s'est réveillé, dit l'infirmière avec un large sourire tout en notant la tension et la température de Beck. Il est entre de bonnes mains.

— Tant mieux ! dit doucement Treadwell. Autry et vous avez formé une bonne équipe.

« *Avez* formé » Fallait-il comprendre que Lauren ne souhaitait plus travailler avec lui ?

— Vous acceptez de parler d'elle ? demanda Beck après le départ de l'infirmière.

— Vous allez mieux.

Suffisamment pour apprendre de mauvaises nouvelles…

— Vous vous êtes entretenu avec elle ?

— Chaque fois que j'ai quitté votre chambre, jusqu'au petit matin.

— Elle va bien ?

— Elle n'est pas blessée. Pour le reste, je n'en sais rien.

Comment aurait-elle pu aller bien ? Elle avait eu très peur pour lui. Il en avait pris pleinement conscience en la voyant pleurer lorsqu'elle l'avait forcé à avancer. Lauren en train de pleurer… Lauren qui laissait enfin couler les larmes qu'elle retenait toujours. Il ressentait comme un coup de poing chaque fois qu'il évoquait cette image.

— Elle va rester ? ne put-il s'empêcher de demander.

Treadwell hocha la tête.

— Oui. Je le lui ai fait savoir hier soir, mais je la renvoie parmi les bleus. Plus de sauts jusqu'à la fin du stage.

— Mais elle a appris à sauter maintenant. Il est inutile de la rétrograder.

— Oui, je sais. Comme je savais que ce stage ne vous servait à rien dans l'exercice de votre métier. Malgré tout, il vous a profité.

— Je n'en suis pas si sûr.

— Pourquoi ?

Beck aurait pu raconter au capitaine tout ce qu'il « méritait de savoir », selon l'expression de Lauren. Quitte à lui ôter ses illusions sur l'utilité de ce stage.

— Elle n'était pas obligée de vous le dire, maintenant que nous avons réglé le problème, répondit-il, préférant botter en touche.

— Les personnes qui sont sous mes ordres doivent savoir que je les soutiendrai en cas de besoin, que je prendrai la meilleure décision pour eux et pour les autres.

Une déclaration qui, peut-être à l'insu de Treadwell, trouva instantanément un écho en Beck.

En avouant sa faute au capitaine, Lauren avait pris plus de risques que lui-même n'en prendrait en parlant maintenant ouvertement à Treadwell.

Il ne se supportait plus tel qu'il était. Il voulait évoluer. Il voulait mériter Lauren et ne pas se contenter d'être une pâle copie de cette femme courageuse.

— Est-ce que vous débarrasserez le plancher si je vous explique ce qui m'est arrivé ?

Après une journée fatigante, Lauren entra dans la baraque en trébuchant sur la petite marche mais trouva la force de se rattraper au chambranle de la porte.

Beck, assis tranquillement sur le canapé, l'observait.

— Salut, lança-t-elle avec désinvolture, comme si neuf jours ne s'étaient pas écoulés depuis la dernière fois qu'ils s'étaient vus.

— Salut, répondit-il doucement en se redressant. J'espère que tu ne vois pas d'inconvénient à ce que je sois entré en ton absence. Ce n'est plus vraiment ma baraque.

— Pas de problème. De toute façon, tes affaires sont toujours là.

Alors qu'elle montrait la chambre qu'il avait occupée, elle aperçut le sac de voyage qui en maintenait la porte entrouverte.

— Avec tes côtes cassées, tu devrais me laisser le porter, dit-elle.

— Oui, peut-être. Tiens, dit-il en tapotant un bocal sur la table basse devant lui, j'ai pensé que des sels pourraient te servir. Et effectivement tu as l'air crevée.

— J'ai prolongé la séance de sport.

— Pourquoi ?

— Pour être le plus affûtée possible, répondit-elle, consciente de mentir.

Bravo ! Elle qui s'était juré de cesser toute dissimulation, de ne plus masquer ses faiblesses ! Allons ! Même si cela s'avérait particulièrement difficile face à Beck, elle devait tenir sa promesse.

— En fait, j'ai fait du rab d'exercice tous les jours pour mieux dormir.

— Tu as des insomnies ?

— Pas vraiment. Mais j'ai du mal à m'endormir.

Il la dévisagea entre ses paupières mi-closes et ce fut alors qu'elle remarqua…

— Tu as les yeux au beurre noir ? Des deux côtés !

— Bah oui ! Je me suis cogné plusieurs fois la tête contre les rochers. D'après Treadwell, ça m'a mis un peu de plomb dans la cervelle. Mais je ne suis pas sûr qu'il faille en remercier les rochers.

— Tu as heurté autre chose ?

— Toi ! Comme si un camion de pompiers m'avait renversé.

— N'importe quoi !

— Et pourtant, c'est la vérité, dit-il si bas qu'elle dut lire sur ses lèvres. Pourquoi cherches-tu à t'endormir rapidement ? Pour ne pas penser au gâchis que j'ai provoqué ?

Il n'aurait pas été juste qu'il porte seul la responsabilité de leur fiasco. Elle aussi avait déraillé. Ils étaient tous les deux perdus.

— Plutôt pour ne pas penser à ce qui aurait pu exister.

Sa gorge se noua et sa voix se brisa sur le dernier mot.

Par crainte de s'effondrer, elle avança vers la petite cuisine où elle avait mis des boissons au frais dans la glacière. Ses mains tremblaient si fort que la bouteille en plastique de jus vitaminé lui glissa entre les doigts et roula à travers la pièce derrière elle.

Quand elle se retourna, Beck avait ramassé la bouteille, l'avait débouchée et la lui tendait, dans un geste de conciliation. Elle se contenta de fixer les yeux noirs et graves de l'homme qui hantait chacune de ses pensées.

— Tu peux accepter la bouteille, tu sais, dit-il doucement. Ça ne t'engage pas à me reprendre.

« Ça ne t'engage pas à me reprendre. »

Était-ce ce qu'il souhaitait ? Dieu savait qu'elle, elle le souhaitait. Mais il y avait une énorme différence entre désirer quelque chose et être capable de l'obtenir. En outre, ce qu'elle désirait était à double tranchant.

En général, elle gérait par des sarcasmes les situations lourdes d'émotion. Elle excellait à l'exercice, qui lui permettait de tenir les autres à distance. De se protéger. Mais à cet instant, la bouche sèche et les yeux humides, elle resta sans voix. Pour masquer son trouble, elle attrapa la bouteille des mains de Beck et en but d'un trait presque la moitié. Le tout sous l'œil scrutateur et triste de Beck.

— Je ne sais pas quoi dire, Beck. Si quelque chose te chagrine, tu n'as qu'à...

— J'ai parlé à Treadwell, coupa-t-il, éludant la question de leur relation pour aborder un sujet moins épineux.

Elle serait contente d'apprendre ce qu'il avait fait et qu'elle l'avait poussé à entreprendre. C'était un terrain nettement plus confortable.

— Que lui as-tu dit ?

— Tout.

— Mais encore ?

— Ce qui est arrivé à ma mère. Pourquoi j'ai perdu les pédales l'année dernière. Pourquoi je peine encore à reprendre pied.

— Qu'est-ce qui t'a fait changer d'avis ?

— Il s'était incrusté dans ma chambre, répondit-il en pouffant. Il dormait à mon chevet. Impossible de me débarrasser de lui. Il m'a eu à l'usure, en quelque sorte.

Donc, rien à voir avec leur épopée dans la montagne. Ni avec elle.

— Il t'a harcelé, c'est ça ?

— Non. C'est moi qui ai ouvert le feu en lui demandant s'il allait te garder.

Il la scruta, comme s'il craignait d'avoir commis un impair. Essayait-il de préserver leur amitié ? Leur relation professionnelle ? Davantage ?

— Il m'a dit qu'il en avait déjà discuté avec toi et que tu restais. Il était content que tu lui aies avoué parce qu'il lui importe que les recrues sachent qu'il les soutient.

— C'est l'impression que j'ai eue. Simplement, il lui a fallu un peu de temps pour digérer. Sans compter qu'une ambulance n'est pas l'endroit idéal pour recevoir une confession. Le principal souci, c'était toi. J'aurais certainement dû attendre, mais une fois ma décision prise...

— Quand l'as-tu prise ?

Elle dansa quelques instants d'un pied sur l'autre, tentée une fois de plus de cacher la vérité. Décidément, il lui restait beaucoup de progrès à faire ! En l'occurrence, elle hésitait par peur de le blesser, lui. Elle frôlait un sujet dangereux.

— Dans le hangar, dit-elle finalement. Treadwell m'a annoncé qu'il me prendrait volontiers dans son équipe après le stage. Mais je lui ai dit qu'il fallait d'abord que je t'en parle. C'est aussi ton équipe...

— Aucun problème ! dit-il aussitôt. Accepte ! J'en serais heureux. Et pas pour te contrôler, mais pour avoir une chance de me racheter à tes yeux, pour te prouver que je ne suis pas si nul. Pour que tu cesses de me rejeter.

— Beck...

— Je t'aime, Lauren. Je l'ai compris ce fameux matin de notre dernière mission. J'ai failli te dénoncer et je n'ai aucune excuse, mais il faut que tu comprennes comment j'en suis arrivé là et comment j'ai pu te déclarer mon amour de cette façon-là la première fois. C'était moche de ma part. Je sais que tu ne me crois probablement pas...

— Si, je te crois. Mais ne va pas si vite. Pour quelqu'un qui ne parle jamais, tu dis beaucoup de choses d'un coup. Je crois que j'ai pris l'habitude d'un débit plus tranquille.

Il sourit et avant qu'elle n'ait le temps de dire ouf, il lui avait pris le visage entre les mains et l'embrassait tendrement sur le front.

— Ce n'est pas ce que j'appelle plus tranquille, dit-elle dans un souffle, les larmes aux yeux.

— Je suis désolé... Je suis désolé... Qu'est-ce que je disais déjà ?

— Que tu étais un imbécile de m'avoir déclaré que tu m'aimais pour me manipuler et me dissuader de sauter.

— Ce n'était pas de la manipulation, mais un plaidoyer. Laisse-moi t'expliquer. Lors de ton premier saut quand, en me posant, je t'ai vue dans les airs en train de descendre vers les flammes, la possibilité de tout ce qui pourrait t'arriver s'est transformée en la certitude macabre que c'était ce qui allait réellement arriver. Plus je m'attachais à toi, plus ces images me hantaient. J'ai conscience que ma réaction est disproportionnée, irrationnelle. J'ai conscience que... En fait, depuis peu, je vois régulièrement une psychologue pour essayer de me remettre la tête sur les épaules. Je lui parle, mais c'est à toi que j'ai envie de parler.

Du concret, enfin ! Il voyait une thérapeute. Il avait expliqué à Treadwell les raisons de son comportement. Il lui parlait à elle sans qu'elle ait besoin de lui tirer les vers du nez.

— Et toi que j'ai envie de câliner.

Il était trop craquant. Cet homme habituellement renfrogné, fermé, cassant, semblait avoir rajeuni de dix ans, avec ses mains enfoncées profondément dans les poches de son jean pour s'empêcher de la prendre dans ses bras.

— Tu ne m'en veux pas de ne pas t'avoir rendu visite à l'hôpital ?

— Je sais pourquoi tu n'es pas venue, ma chérie. Mais sache que ce n'est pas ton absence qui m'a fait changer d'avis sur ce que je devais faire.

— Le capitaine alors ?

— Non, tes larmes, dit-il en raidissant les bras pour laisser ses mains là où elles étaient. Le désarroi et la peur sur ton visage. Le souvenir de ce que tu m'avais dit dans le car sur ce qui se serait passé si c'était ma mère qui avait survécu. Tout ça, je l'ai lu dans tes yeux quand tu es revenue me chercher.

La respiration de Lauren s'accéléra et sa vision se troubla. Elle allait se remettre à pleurer.

— Je ne veux pas que toi aussi tu endures ce que j'ai vécu.

Renonçant à parler, elle se contenta de lui tendre les bras. Aussitôt, les mains de Beck jaillirent de ses poches et il l'attira contre lui dans un élan qui lui arracha un gémissement.

— Tes côtes ! s'écria-t-elle d'une voix suraiguë.

Mais il ne desserra pas son étreinte.

— T'inquiète ! murmura-t-il. J'ai une réserve de sels de bain.

S'abandonnant alors, elle posa la tête sur son torse, les mains sur ses hanches, et libéra ses larmes.

Malgré son nez bouché, elle sentit sur lui l'odeur de l'hôpital.

— Tu as effectivement besoin d'un bain, dit-elle, taquine, en renversant la tête en arrière pour le regarder. Moi aussi d'ailleurs.

Il fixa longuement sa bouche.

— Je suis sur le point de t'inviter à prendre un bain avec moi alors que j'hésite encore à t'embrasser... Comme tu vois, j'ai encore du pain sur la planche question relations !

Elle tendit les lèvres vers lui. Quand leurs deux bouches

tremblantes se joignirent, un soupir de regret et de soulagement s'échappa, accompagné d'un espoir chaud comme le premier rayon plein de promesses du soleil matinal. Si lumineux qu'il en était presque aveuglant.

— Tu pleures encore, dit-il en lui essuyant les joues de ses doigts quand il s'écarta.

— J'ai failli mourir étouffée à force de ravaler mes larmes, plaisanta-t-elle. Mais ça va mieux maintenant, et un bain achèvera de me calmer.

Avec un sourire coquin, il alla prendre les sels sur la table.

— Tu as de très bonnes idées, ma chérie.

— Ça m'arrive, répondit-elle, prise, pour la première fois depuis une éternité, de l'envie de sourire et de rire. Si tu comptais faire l'amour dans la baignoire, oublie. Tu es blessé. Il faut te ménager.

— Pourquoi ? Tu n'as pas l'intention de me ménager ?

— Tu ne dois pas faire d'efforts. Ce sac, par exemple, pas question que tu le portes. Au fait, tu allais le mettre dans ton 4x4 ?

Il s'arrêta à la porte de la salle de bains, la main de Lauren toujours dans la sienne, une lueur d'inquiétude dans les yeux.

— Si tu n'es pas prête, oui.

— Et voilà que tu remets ça, dit-elle en se hissant sur la pointe des pieds pour l'embrasser. Tu continues à me prendre pour une girouette.

Épilogue

Deux ans et trois mois plus tard...

Dans la maison en bois récemment reconstruite, Lauren Ellison, debout devant la fenêtre de la cuisine, rêvassait, le regard perdu sur l'atelier flambant neuf où son mari venait de s'éclipser. Ils étaient revenus depuis deux heures de la cérémonie funéraire — enfin tenue ! — de sa belle-mère.

Deux mois plus tôt, le service des personnes disparues du sud de l'Oregon les avait appelés. Des restes humains échoués sur la côte des années auparavant venaient d'être analysés et comparés positivement à l'ADN de Beck. Molly Ellison n'avait donc pas péri dans les flammes, elle s'était noyée. Après quelques semaines de bagarres administratives, sa dépouille avait été rapatriée.

Après la cérémonie, très sobre, Beck avait semblé tenir le choc, au milieu de sa nouvelle famille qui n'avait pas connu sa mère mais voulait rendre les derniers hommages à la femme qui avait offert au clan Autry son quatrième fils.

Cela faisait maintenant deux heures qu'il était enfermé dans cet atelier, l'unique endroit dans lequel Lauren avait promis de ne pas entrer. Mais après tout, rien ne lui interdisait d'aller s'assurer de l'extérieur qu'il n'avait pas de problème et de lui faire savoir qu'elle était là en cas de besoin.

Elle alla donc frapper à la porte de la tanière de son homme, son meilleur ami, son partenaire, son amant, avec qui tout pouvait être dit du moment que c'était dit avec amour.

— Tu es toujours là, mon chéri ?

Il apparut presque aussitôt, vêtu de l'élégante chemise blanche qu'il avait portée en l'honneur de sa mère. Il ne paraissait pas effondré mais ses yeux d'encre étaient empreints de tristesse.

— Je n'ai pas l'intention de partir.

Il se pencha pour un baiser volé.

— Je voulais juste vérifier que tu allais bien. Tu veux que je m'en aille, c'est ça ? dit-elle lorsque la main qu'il avait posée sur sa taille se resserra pour lui faire effectuer un demi-tour.

— Non, pas du tout. J'ai préparé une surprise dans l'atelier. Mais ferme les yeux. Elle n'est pas emballée.

Il l'invitait à entrer dans son antre mystérieux, son troisième lieu de prédilection après la forêt et... leur lit ? Elle n'en revenait pas. Depuis des mois, elle se demandait ce qu'il y fabriquait. Des chaises ? Des tables ? Un joli coffre pour ranger le monceau de papier décoratif qu'elle avait accumulé pour confectionner des albums relatant leurs exploits à l'intention de leurs enfants à naître ?

— C'est un meuble ? Mais en général, on ne fait pas de paquet-cadeau pour ce genre de choses. En tout cas, c'est volumineux, n'est-ce pas ?

— Tu verras bien.

Il lui cacha les yeux avec une de ses grandes mains chaudes et la poussa doucement par-derrière de l'autre.

— Avance.

Elle obéit. Elle lui faisait confiance mais tendit malgré tout les bras devant elle.

Au bout de dix pas à peine, il s'arrêta et la plaqua contre la chaleur de son torse.

— Prête ? lui murmura-t-il à l'oreille.

— Oui ! Tu sais bien que ni les devinettes ni la patience ne sont mon fort.

Elle retira doucement la main de Beck. Au fur et à mesure que ses yeux s'habituaient à la pénombre, elle distingua des ombres, puis des formes et enfin les détails.

Patins incurvés. Pieds. Barreaux en bois fuselés. Matelas sur lequel trônait un ours en peluche Un berceau ! À bascule. Pour les enfants qu'ils n'avaient pas encore programmés.

Elle s'approcha, posa les doigts sur la surface soigneusement polie du bois. Mais elle ne parvenait pas à croire à la réalité de ce petit lit.

— C'est là-dessus que tu as passé tout ton temps libre ?

— Ça ne te plaît pas ? Je n'ai pas voulu te le montrer avant d'être prêt.

Avant d'être prêt ? Voulait-il dire que… ?

— Quand as-tu terminé ?

— Ce matin.

— Quel bois est-ce ?

— Du chêne à tan.

Il répondait à toutes ses questions mais il y en avait une qu'elle n'osait pas poser. Finalement, elle n'en eut pas besoin.

— Ce matin, en y mettant la peluche, j'ai compris que j'étais prêt.

— Tu es prêt ? répéta-t-elle en s'éloignant de l'adorable berceau, qui continua à se balancer, pour rejoindre son non moins adorable mari. Êtes-vous en train de me dire que vous vous verriez bien attendre un enfant, monsieur Ellison ?

En souriant, il la serra dans ses bras.

— Je veux bien essayer. Le premier de nous deux qui réussit le test de grossesse sera dispensé des gros travaux.

— C'est bon à savoir, parce que tu sais quoi ?

Elle renversa la tête en arrière pour l'observer et ne pas perdre une miette du bonheur que la vie avait à offrir.

— J'ai déjà gagné.

SUE MACKAY

Une si belle surprise

Traduction française de
CÉCILE LOMBARD

BLANCHE

HARLEQUIN

Titre original :
FROM DUTY TO DADDY

Ce roman a déjà été publié en 2019.

1

Charlotte Lang ferma son ordinateur portable et le posa à côté d'elle sur le canapé de la terrasse, sans cesser de le fixer comme si cette maudite machine était la source de tous ses ennuis. La frustration de son constant échec la rongeait, ainsi que l'angoisse, insidieuse, qui se profilait derrière... Elle soupira.

— Je ne le trouverai jamais, n'est-ce pas ?

Juste en dessous d'elle, son père, accroupi devant un massif débordant de fleurs, arrachait les mauvaises herbes.

— Qui sait, ma chérie ? Tu as si peu d'éléments... Bien sûr, Aimee est sa fille, mais...

A bout de nerfs, elle tourna brusquement la tête.

— Combien de médecins militaires américains ont pour nom Marshall Hunter ? J'ai dû envoyer des centaines d'e-mails !

— Si j'ai bien compris, le dernier t'est encore revenu ?

— Oui, comme d'habitude... Mais pourquoi m'a-t-il donné cette adresse s'il avait l'intention de la supprimer ?

Et pourquoi lui avoir laissé un contact alors qu'il avait tout fait pour s'assurer qu'elle ne pourrait le joindre une fois leur aventure terminée ?

Ce dernier jour à l'hôpital d'Honolulu, au moment où il était envoyé en mission, avait-il eu lui aussi la sensation d'une perte irrémédiable ? Avait-il jugé impossible de la quitter sans lui laisser un moyen de la joindre ? Il avait glissé un mot portant son adresse e-mail dans la poche de sa blouse pendant qu'elle l'embrassait une dernière fois en s'efforçant de ne pas pleurer, d'ignorer la chaleur familière qui l'avait envahie sous son baiser...

De toute façon, il avait dû le regretter après son départ puisque aucun des messages qu'elle avait envoyés n'avait reçu de réponse. Tempérament volage ? Elle en doutait. Manque de confiance en soi ? Certainement pas. Il avait tellement d'assurance ! Sauf, pourtant, lorsqu'elle avait évoqué sa famille : un voile était passé sur son regard vert, qui était devenu soudain froid et distant.

Elle avait compris que c'était un sujet à éviter. Bien entendu, elle s'était souvent demandé ce qu'il cachait...

— Tu as pensé qu'il ne tenait peut-être pas à être retrouvé ?

Son père ne mâchait jamais ses mots...

— Sincèrement, j'en suis convaincue.

Aucune trace de lui dans le cyberespace, où tout le monde de nos jours étalait son nom, sa photo, et jusqu'à des informations confidentielles... Sauf lui, ce qui lui indiquait clairement ce qu'elle refusait de s'avouer depuis le début.

Marshall avait vraiment voulu couper les ponts à tout jamais. Il avait dû lui laisser son adresse sous le coup de l'émotion... Ce jour-là, chaque baiser avait été leur dernier, suivi d'un autre, puis d'un autre, jusqu'à ce que son ami Rod vienne le tirer par le bras pour l'entraîner vers le camion de l'armée.

Les doigts pressés sur ses lèvres gonflées pour tenter de conserver la chaleur et l'odeur de Marshall, elle l'avait regardé monter, puis avait refoulé ses larmes quand le véhicule avait disparu au tournant, l'emportant pour toujours.

— Papa, j'ai toujours su que nous n'avions pas d'avenir ensemble.

— Ma chérie... Et si tu cessais cette recherche épuisante ?

Son père n'avait pas une haute opinion de l'homme qui avait mis sa fille enceinte. Normal, il ne connaissait pas Marshall... et refusait de considérer le fait que celui-ci ignorait qu'elle avait eu un enfant de lui. Mais elle était persuadée que c'était un type bien... Du moins se le répétait-elle pour s'en convaincre.

— Pas question !

Lors de leur première rencontre, aux urgences de l'hôpital d'Honolulu où elle effectuait un stage, il lui avait fait une forte impression : alors qu'il la taquinait sur son accent, son regard intense s'était rivé au sien et ils s'étaient avancés l'un vers l'autre. En le voyant sourire, elle avait pensé avoir découvert ce qu'elle cherchait depuis toujours...

Leur service terminé, il lui avait pris la main pour l'entraîner sur la plage. Ils avaient marché pieds nus sur le sable chaud tandis que les vagues s'écrasaient à quelques mètres d'eux ; la grande main solide de Marshall tenant la sienne, son épaule lui frôlant le bras, elle s'était crue arrivée au paradis.

Puis, en pleine chaleur, au milieu des rires et des bavardages émanant des restaurants du bord de mer, il l'avait attirée contre lui et embrassée avec passion. Elle s'était accrochée à lui comme à une bouée de sauvetage, chaque fibre de son corps tendue... Elle avait eu envie de lui, du plaisir que lui, et lui seul, pouvait lui donner.

Après l'avoir soulevée dans ses bras, il avait traversé en courant la plage et l'avenue qui la longeait pour s'arrêter au premier hôtel qu'ils avaient croisé. C'était ce soir-là qu'avait débuté leur liaison en une explosion de passion insatiable. Deux semaines plus tard, ils s'étaient séparés de façon abrupte, quand il avait été muté avec son bataillon dans un endroit inconnu alors qu'elle s'apprêtait à regagner la Nouvelle-Zélande.

Depuis, il lui manquait tant qu'elle avait l'impression qu'il avait emporté un morceau de son cœur avec lui. Bon sang, ce n'était pas prévu au programme... Pas plus que de rentrer chez elle enceinte.

— Aimee a besoin de son père, papa.

Jamais elle n'avouerait qu'elle se comportait en adolescente amoureuse... Elle appréciait beaucoup la compagnie de Marshall, et c'était un amant exceptionnel, mais de là à l'aimer ? Il lui semblait bien que oui. Sinon, pourquoi rêverait-elle de lui presque toutes les nuits ? Et aussi le jour... Elle se prenait alors à s'imaginer qu'il venait vivre ici, à Taupo. Peut-être l'épouser ?

Hélas, la réalité n'était pas aussi enchanteresse, mais, même en sachant que son amour n'était pas payé de retour, elle devait continuer à le traquer. Pour sa fille, au moins. Elle rouvrit son portable.

Son père lui jeta un regard sérieux.

— Pourquoi ne pas faire une pause ? Garde ton énergie pour finir de te rétablir, et ensuite, tu ne jugeras peut-être plus essentiel qu'Aimee ait son papa près d'elle.

« Finir de te rétablir »... En était-il certain ? Bien qu'il ait tenté de dissimuler le frisson d'appréhension dans sa voix, elle ne fut pas dupe.

S'efforçant de repousser sa propre frayeur, elle fit face.

— Je dois absolument le retrouver. Il faut qu'Aimee ait un père, même lointain.

Marshall serait-il heureux ou furieux quand il apprendrait enfin la nouvelle ? Il n'existait qu'un moyen de le savoir...

— Tu passes la plupart de ton temps à ça depuis un an. Envoie des ondes, et vois ce qui en résulte.

Elle ne put s'empêcher de rire.

— « Envoie des ondes » ? D'où tiens-tu cette idée ?

— Gemma le dit souvent.

Son amie, infirmière au cabinet médical... Pas étonnant !

— Typique d'elle, mais je ne m'imaginais pas que tu envisages ce genre de solution !

Bizarre, songea-t-elle. Gemma leur rendait souvent visite, à elle et à Aimee, mais venait-elle en réalité pour son père ? Oh, après tout, peu importait !

— Charlie ! Ce que j'essaie de te dire, c'est que tu pourrais t'occuper de façon plus intéressante. Ça devient une obsession.

Elle s'adossa sur le canapé et fixa l'écran, y promena un doigt, prête à rouvrir la page internet. Pourrait-elle s'arrêter, au moins quelque temps ? Faire une pause, oublier ce sentiment d'échec qui l'accablait...

Ce ne serait pas facile car la pensée de Marshall, en effet, l'obsédait. Quand elle se levait le matin, son corps était si douloureux qu'elle n'avait qu'une envie : avaler des analgésiques et se rendormir.

Peut-être que, si elle suivait le conseil de son père, elle se sentirait libérée ? En tant que mère célibataire, sa fille était sa priorité. Aimee avait besoin qu'elle reste en bonne santé et concentrée sur la réalité.

Elle referma le portable puis observa son père, dont le front était creusé de profonds sillons. A cause d'elle. Son cœur se gonfla d'amour.

— D'accord, papa. Voici ce que je propose : je laisse tomber si tu acceptes de recommencer à vivre pour toi. Tu es au ralenti au cabinet médical, à présent ; va à la pêche, fais de l'escalade, joue au golf avec tes copains...

La lueur de nostalgie qui passa dans son regard ne lui échappa pas. Depuis qu'elle était rentrée d'Honolulu, elle lui avait vraiment gâché la vie...

— Et tâche de rencontrer des femmes, ajouta-t-elle. Trouve du temps pour ça aussi.

Devait-elle mentionner Gemma ? Mieux valait le laisser se débrouiller tout seul, pour l'instant du moins.

— Quoi ? Moi ? A cinquante-neuf ans ? Où as-tu la tête ?

— Oui, toi. A ton âge, tu...

Par chance, un bruit en provenance de l'intérieur la fit taire. En principe, elle entendait sa fille pleurer presque avant qu'elle ouvre la bouche, comme si un fil d'amour à la fois immatériel et solide la reliait à elle.

— Adieu le silence et la paix ! dit-elle en souriant.

Même si elle avait aidé pas mal de femmes à mettre des enfants au monde durant ses stages, cet amour inconditionnel pour un petit être avait été une révélation. Et Marshall avait manqué cela...

Son père s'esclaffa en retournant au nettoyage de son massif sous le pohutukawa.

— Vas-y vite, ça fait plus d'une heure que tu attends qu'elle se réveille.

— C'est vrai.

La panique de voir le temps s'enfuir, qui la poussait à désirer passer chaque minute avec sa fille, fut remplacée par une crainte toute maternelle : en faisait-elle trop ? Ne valait-il pas mieux lui enseigner la patience plutôt que de courir au-devant de ses appels ?

— Tu devrais la laisser pleurer cinq minutes. Tu n'as jamais souffert d'attendre que ta mère vienne te prendre, à son âge.

Il lui adressa un clin d'œil. Malgré lui, il lui fournissait la réponse…

Elle rit et se retint de sauter sur ses pieds, même si ceux-ci la démangeaient.

— C'est peut-être pour ça que je détestais rester au lit quand j'étais réveillée ?

— Si tu veux mon avis, c'est plutôt que tu étais hyperactive.

— Comme toi, et Aimee te ressemble. Je suppose que c'est dans les gènes…

Elle bâilla. Cela faisait longtemps qu'elle n'était plus très active… Elle avait oublié ce que c'était que d'être pleine d'énergie et de veiller tard. Quand elle avait repris son poste au cabinet médical après son cancer, elle pensait avoir recouvré ses forces, mais elle tombait de sommeil tous les soirs à 9 heures…

— Veux-tu que j'aille la chercher ?

La voix inquiète de son père ajouta à son sentiment d'impuissance et de culpabilité. Elle n'aurait jamais dû s'abandonner à bâiller devant lui.

Elle ébaucha un sourire.

— Je la fais attendre, je suis ton conseil !

Il lui lança un regard espiègle.

— Menteuse ! Regarde-toi, on dirait que tu es assise sur un ressort !

Elle secoua la tête. Il était trop gentil avec elle. Médecin lui aussi, il était sur le point de prendre sa retraite anticipée pour pouvoir enfin s'amuser un peu quand elle avait gâché tous ses projets… Elle en avait le cœur brisé. Lorsqu'il avait appris l'affreuse nouvelle, malgré ses protestations, il n'avait pas hésité à annuler le voyage en Europe dont il rêvait depuis si longtemps. Il s'était toujours occupé d'elle, surtout après la mort de sa mère.

Elle-même serait-elle une bonne mère ? Ce souci la rendait malade. Aimee avait éveillé un instinct chez elle, allumé l'amour… Un amour profond, inconditionnel, qui lui prodiguait une joie jusque-là inconnue. Elle était impatiente de regarder grandir son enfant. Déjà, elle retirait beaucoup de plaisir à la voir manger toute seule, vaciller sur ses jambes, trotter autour de la maison et distribuer des baisers mouillés. Elle était certaine que la suite serait grandiose.

Etait-elle trop optimiste ? Bien sûr, et cependant pas naïve au point de penser que sa fille serait parfaite. En fait, la perfection était une faute en soi. Il n'y avait pas si longtemps, elle pensait que sa vie ne pouvait plus changer, et les événements l'avaient détrompée... Retrouverait-elle un jour la sérénité qu'elle avait cru posséder à jamais ?

Elle frissonna et se frotta les bras. L'horrible angoisse qui la taraudait de façon quasi constante venait de la reprendre.

— Charlie ? Qu'est-ce qui t'arrive ?

Elle eut un sourire forcé.

— Rien du tout, papa.

Un nouveau cri... Cette fois, elle bondit sur ses pieds et se précipita vers le seuil de la porte.

— Bon, je file. Je veux sentir l'odeur de bébé endormi.

— D'accord. Maintenant que ma petite-fille est réveillée, je peux tailler les arbres derrière la maison.

Elle s'arrêta.

— Pourquoi ne vas-tu pas plutôt faire une partie de golf ? La haie peut attendre quelques jours... Amuse-toi un peu. Papa, je te demande pardon...

Elle vit ses traits s'adoucir quand il s'avança vers elle et la prit dans ses bras.

— Laisse tomber, Charlotte. Inutile de te flageller, tu n'es coupable de rien.

Refoulant ses larmes, elle s'efforça de sourire.

— T'ai-je déjà dit que tu étais le meilleur des pères ?

— Non, jamais !

La réponse habituelle...

— Demain, si le temps se maintient, je sortirai le bateau et je partirai pêcher sur le lac avec Bill. Qu'est-ce que tu en penses ?

— Génial ! Je vais prier pour qu'il fasse beau et préparer le barbecue.

Difficile d'attraper des truites au milieu de l'été mais, au moins, cela les amuserait d'essayer. Elle tiendrait des steaks prêts, au cas où...

Parfait... C'était un projet, ce qui était bon pour elle. Puis elle regarda autour d'elle : le soleil brillait dans le ciel bleu clair, donnant les couleurs du neuf au jardin et aux fleurs écarlates du pohutukawa. En fait, elle n'était pas si fatiguée... Elle se sentait plutôt mieux.

— J'ai l'intention de sortir mon vélo du garage et de gonfler les pneus... Même si l'exercice me prend toute mon énergie et que je dois faire la sieste après, c'est toujours un début.

Avant la naissance de sa fille, elle se levait aux aurores pour pédaler quelques kilomètres avant de partir travailler, et pendant ses jours de congé, elle naviguait à la voile, au gré des vents, sur le lac Taupo.

— N'en fais pas trop.

Son père — le médecin — s'éloigna en s'efforçant de dissimuler son inquiétude.

— Pas de souci !

A présent, elle jouait avec des poupées ou empilait des cubes avec Aimee...

Quel changement ! Elle se passa une main sur l'abdomen, sentit la boursouflure de sa cicatrice et tenta d'ignorer l'aiguillon de peur. Au moins, elle avait eu un enfant avant son hystérectomie... Elle avait adoré être enceinte, puis Aimee était née, et elle l'aimait.

Hélas, Marshall Hunter, médecin militaire, le père de sa fille, avait tout manqué.

S'il avait pu partager sa joie, poser la main sur son gros ventre quand le bébé donnait des coups de pied... Même si elle le retrouvait demain, impossible de revenir en arrière. Aimee avait dix-huit mois et rien ne ramènerait la sensation éprouvée quand elle l'avait tenue dans ses bras pour la première fois.

Comme ils avaient été stupides, tous les deux, de convenir de ne pas rester en contact ! Malgré sa peine, elle n'avait pas protesté. Il lui avait juré qu'il était célibataire, que personne ne souffrirait de leur liaison, mais qu'il ne cherchait pas de relation durable, et elle l'avait cru. Aucune prémonition ne l'avait avertie qu'elle aurait besoin de lui neuf mois plus tard...

Même s'il était parti sur la Lune, elle devrait pouvoir le joindre, bon sang !

Elle pouvait être obstinée quand c'était important. Mais aujourd'hui, elle ne se laisserait pas abattre : il était temps de recommencer à vivre pleinement.

Un cri plus sonore lui indiqua que la patience d'Aimee était épuisée. Elle voulait sortir de son lit tout de suite, et si on ne l'aidait pas, elle était tout à fait capable d'essayer de l'escalader. Aussi Charlie se précipita-t-elle. Si sa fille se brisait le crâne, cela n'arrangerait rien.

— Alors, ma belle, tu as bien dormi ?

Elle la prit dans ses bras, et son cœur se serra lorsqu'elle vit les marques laissées par les plis de l'oreiller, les joues rouges et les yeux qui la fixaient. D'un vert vif évoquant une émeraude taillée. Comme ceux de son père disparu. Par association d'idées, une formule toute faite résonna dans sa tête.

« Disparu en mission ». Elle frissonna. C'était tenter le destin. Surtout s'il était dans une zone de guerre avec son bataillon... Superstitieuse, elle toucha un barreau du petit lit pour conjurer le mauvais sort.

— Maman ! s'écria Aimee.

Impossible qu'il arrive quelque chose à Marshall.

— Ton papa est si viril, tellement plus grand que la vie, solide et sûr de lui ! Il regarde le monde dans les yeux comme pour le défier.

Elle eut un frisson. Qu'essayait-elle de faire ? De lui porter malheur ?

— Maman !

— Tu devrais apprendre un nouveau mot. « Papi », par exemple. Ou « papa ». Si seulement ça pouvait te servir...

Aimee lui entoura le cou de ses bras à l'étouffer.

Souriante, elle lui posa un baiser sur le front puis se dirigea vers la salle de bains.

— Tu es trempée, ma fille !

Après l'avoir allongée sur la table à langer, elle l'embrassa sur le ventre et les cris de joie résonnèrent. Son sourire s'élargit.

— Je ne regrette rien. Pour toi, je repasserais par les mêmes épreuves si c'était à refaire.

« Attention, se dit-elle aussitôt. Rien n'assure que tu ne le doives pas. »

La menace lui donna la chair de poule. C'était cette peur qui la rendait si prudente, l'empêchait de se détendre en se disant que le pire était passé, et la poussait à retrouver Marshall coûte que coûte.

— Maman, lever !

Le pied d'Aimee heurta sa mâchoire, la faisant reculer et se concentrer sur le présent. Sur sa fille. Un petit être très actif.

Outre les yeux verts de son père, Aimee avait hérité de son obstination... Sinon, elle avait les cheveux blond foncé de sa mère, son petit nez rond et ses taches de rousseur.

— Un jour, ma chérie, nous le retrouverons, et je parie qu'il sera surpris !

Ce n'était peut-être pas le bon terme... Découvrirait-il l'amour paternel ?

Mais d'abord, elle devait recouvrer ses forces. Elle soupira. Rien n'était facile, depuis le jour où les résultats du labo étaient arrivés, indiquant dans leur jargon qu'elle était atteinte d'un cancer du col de l'utérus.

Son univers s'était brisé en mille morceaux. L'avenir, surtout celui d'Aimee, était devenu une priorité si le pire se produisait. La peur l'avait guidée durant son opération puis son traitement et l'avait remise sur pied. Elle avait perdu sa mère du même cancer à l'âge de sept ans, mais elle avait eu son père pour l'aimer... Si Aimee se retrouvait orpheline, elle aurait besoin de Marshall.

Il était bien quelque part, bon sang ! Il l'avait tenue dans ses bras, embrassée avec passion, lui avait fait l'amour si souvent... Il n'avait pas été une apparition.

Oh, non ! Pas du tout.

Elle frôla ses lèvres du bout des doigts et se sentit fondre en se souvenant des grandes mains qui la caressaient, l'excitaient, adoraient son corps.

Aimee avait besoin de ses deux parents. Elle passa les doigts sur l'encadrement de la porte… Si elle ne survivait pas à sa maladie, Marshall devrait la remplacer.

Si elle parvenait à le trouver.

Il le fallait, il n'y avait pas d'alternative.

2

Le capitaine Marshall Hunter s'engagea dans Spa Road et ralentit pour vérifier de quel côté de la route il roulait.

— Satanés Kiwis ! Pourquoi ne conduisent-ils pas à droite comme tout le monde ?

Un coup d'avertisseur retentit, et il se rangea au bord du trottoir.

— Oui, oui, une minute ! Je ne suis pas d'ici, moi !

Il eut un sourire las. Epuisé comme il l'était, tout lui paraissait compliqué. Il décapsula la bouteille de soda achetée à la station-service et avala la moitié de son contenu. Au moins, le breuvage avait le même goût qu'aux Etats-Unis. Le décalage horaire, outre son manque de sommeil chronique depuis six mois, l'avait démoli. De corps et d'esprit.

L'avion militaire qui l'amenait du Kansas avait atterri à la base de Whenuapai à 5 heures ce matin. Une preuve de plus qu'il était fou à lier. Pourquoi avait-il sauté à bord d'un appareil qui allait à l'opposé de la Floride où il comptait passer une partie de sa permission avec la veuve et les enfants de Rod ? Une soudaine aberration du cerveau ? Sans doute. Il n'y avait pas d'autre explication à sa venue dans cet endroit nommé Taupo. Durant le vol, coincé entre les gars et le matériel, il s'était efforcé de ne pas réfléchir à cette action impulsive.

Que lui était-il arrivé, à lui si tranquille, qui planifiait tout dans sa vie ? Il avait horreur du hasard qui vous faisait buter dans une zone de combat ou, en tout cas, vous fourrait dans toutes sortes d'ennuis. D'ailleurs, il était officier dans l'armée, où la pensée latérale n'avait pas cours chez les hauts gradés.

Il grimaça. Il avait perdu la boussole à cause d'un désir confus pour quelque chose d'intangible, une femme qui venait régulièrement le visiter en esprit. Si proche, et pourtant si lointaine... Charlotte Lang.

Elle était responsable du brouillard qui encombrait son cerveau et de cette sensation lancinante qu'il touchait au but, plus de deux ans après leurs adieux à Honolulu.

Il ferma les paupières et s'adossa à son siège. Charlotte...

Il songea à son ami disparu.

— Rod, tu m'as incité à faire tout ce chemin sans même savoir comment je serais accueilli.

Elle serait heureuse de le voir, bien entendu... Ils s'entendaient si bien !

« Vous avez passé tout votre temps au lit. »

Et alors ? Ils pourraient recommencer pendant qu'il était ici. A moins que, depuis, elle ait trouvé quelqu'un d'autre... Il cessa de respirer. Non, impossible. Et pourquoi pas ? Elle était très belle et très sexy, et plairait à n'importe quel homme.

D'accord, inutile de se faire du mal. Mieux valait supposer, jusqu'à preuve du contraire, qu'elle était encore célibataire et désireuse de le revoir. Jamais il n'avait éprouvé tant de plaisir à faire l'amour. Un seul regard, et il avait été attiré dans ces deux lacs d'un bleu profond qui l'appelaient sous une épaisse frange blonde.

Son estomac protesta, aussi s'empara-t-il du sandwich acheté en même temps que le soda et il mordit dedans. Tout en mâchant, il espéra que c'était bien la faim qui se manifestait... Car, non, il n'était jamais nerveux, même pendant une opération où des insurgés armés l'attendaient pour l'éliminer.

Après avoir terminé son casse-croûte, il se sentit presque humain. Prêt à livrer bataille, s'il le fallait. Comment le recevrait-elle ? Il ne savait plus trop... A sa descente d'avion, il avait l'impression d'avoir commis une énorme ânerie et la ferme conviction qu'il devrait sauter dans le premier appareil qui sortait du pays, peu importe sa destination. En lieu et place de quoi, il se retrouvait à l'entrée de Taupo…

Il avait pu se laver, se raser, s'habiller en civil et prendre un repas correct dans une pièce installée à la base de Whenuapai grâce à un officier néozélandais qui l'avait ensuite amené à l'agence de location de voitures la plus proche.

Négligeant le bon sens qui lui conseillait de rester une nuit pour récupérer un peu de sommeil, il avait foncé, traversé Auckland, une capitale tentaculaire, puis parcouru des routes inconnues dans une campagne invraisemblable pour atteindre cette ville modeste nichée sur la berge de l'un des plus grands lacs du pays. Sans doute aurait-il été mieux préparé à ce qui l'attendait s'il avait bien dormi…

— Bien sûr…, marmonna-t-il avec un ricanement. Tu hésites, maintenant… Si tu n'es pas prêt à voir Charlie tout de suite, tu ne le seras jamais. Mais que vas-tu lui dire, hein ?

Il regarda le ciel.

— Rod, l'idée est de toi, alors aide-moi !

La sueur perla à son front et son cœur battit la chamade. Charlie était celle qu'il rejoignait en pensée la nuit après une journée de patrouille particulièrement affreuse, la femme qui l'avait ému comme jamais aucune autre. Il l'avait dans la peau, et elle ne le lâcherait pas… Bien entendu, il ne devrait pas la revoir : avec ses obligations, il n'y avait pas de place dans sa vie pour elle.

Pourtant, il était là.

— Il est encore temps de faire demi-tour et de retourner vers Auckland !

Mais, dans ce cas, il ne pourrait jamais tourner la page et passerait son temps à se demander le bénéfice qu'il aurait pu retirer de cette unique rencontre. Il voulait lui faire de véritables adieux pour que son cœur sache où il en était exactement, et, cette fois, il ne glisserait pas son adresse dans sa poche.

A Honolulu, il ne lui avait rien confié, même pas où il était né. Il s'était cru fort, malin, estimant qu'il lui faisait une faveur de lui accorder sa compagnie.

Lorsque, à la fin de cette aventure brève et excitante — pour ne pas dire étourdissante —, il avait pris un avion qui quittait Honolulu pour la base du Kansas en vue de rejoindre son nouveau poste en Afghanistan, il était tellement sûr de lui qu'il avait pu la laisser sans problème, certain qu'il l'oublierait vite. Eh bien, il s'était trompé...

Il avala le reste de son soda. C'était totalement égoïste, mais il ne voyait pas d'autre moyen d'exorciser Charlie Lang de son cerveau, où elle semblait avoir gravé sa marque, des images de son sourire émouvant, de son rire clair, de son corps sensuel. Bon sang, rien que d'y penser... C'était complètement idiot, mais il avait envie d'elle.

En fait était-il venu pour tourner la page ou pour sauter dans son lit ?

— Bon, d'accord, je ne sais pas trop ce que je veux en ce moment...

Bien qu'il ne lui ait jamais demandé où elle repartait après son stage à Honolulu — tant il était sûr de ne jamais avoir à la chercher —, elle le lui avait tout de même indiqué, avec des précisions telles qu'il lui était facile de la retrouver. Le monde pouvait être petit... A présent, il était là, tout près de chez elle. Bientôt, quand il la verrait en chair et en os, il saurait que ses rêves étaient mensongers, et ses merveilleux souvenirs s'évanouiraient en fumée. Il comprendrait que Charlie était une femme comme les autres, qu'il pouvait aller de l'avant, poursuivre sa carrière, même si ce n'était plus très gratifiant depuis que Rod avait été tué. Son sentiment de culpabilité l'accompagnait à chaque minute : son sens du devoir envers ses hommes était son credo.

Des enfants qui riaient le dépassèrent à bicyclette, libres comme les oiseaux. Parfois, il regrettait les vacances de son enfance et ses randonnées à cheval autour du ranch avec son grand-père...

— Tu n'omettrais pas quelque chose ?

Oui. Le temps qu'il passait avec ses parents, quand son père voulait imposer sa discipline. Dure, sans pitié, implacable comme lui. La loi du plus fort. Incroyable que ce soit le fils de son grand-père… Ils étaient si différents !

Mais bref… Il en revint aux questions qui l'obsédaient. Quel serait l'accueil de Charlie ? Et si elle était fâchée qu'il ait rompu le pacte passé à Hawaii ?

« Amusons-nous et ne cherchons pas plus loin. Pas de contacts après, pas de regrets. »

Au plus profond de ses nuits d'insomnie, il se demandait pourquoi elle avait accepté sans protester ce genre d'accord. Y avait-il un autre homme avec qui elle avait envie de fonder un foyer ? Avait-elle enterré sa vie de jeune fille avec lui à Honolulu ? Peu importe, il avait été on ne peut plus consentant…

— Ce n'est pas en restant assis dans cette voiture au bord de la route que j'en saurai plus.

Il posa la main sur la clé de contact, hésita encore… La mystérieuse impulsion qui l'avait amené là semblait avoir disparu.

Puis le moteur ronronna et son cœur se mit à battre plus vite. L'excitation… Oui, il voulait vraiment la voir, peu importait sa réaction. Si elle l'envoyait sur les roses, il s'inclinerait.

Il ralentit dans Hill Road, déchiffrant les noms sur les boîtes aux lettres, et trouva enfin le numéro. Il se gara le long du trottoir, descendit aussitôt et s'appuya au capot, bras croisés, pour observer à la dérobée la maison où vivait Charlie. Une villa ancienne, en bon état, une pelouse fraîchement tondue et un jardin plein d'herbes folles entouré d'une haie d'arbres inconnus de lui.

Il entendit un rire qui glissa sur sa peau et le réchauffa tout entier. C'était elle, il l'aurait reconnue entre mille. En scrutant la terrasse qui longeait la façade, il surprit un mouvement.

Un bébé tout vêtu de rose courait sur ses petites jambes vacillantes en hurlant de joie, un seau en plastique à la main. Et se dirigeait vers… Charlie, qu'il voyait enfin en chair et en os, aussi splendide que dans sa mémoire. Le souffle coupé, il se pencha pour mieux observer cette femme qu'il avait tenue dans ses bras, et la chaleur l'envahit. Avait-il eu raison de venir, en fin de compte ?

Elle parut se figer. Avait-elle remarqué sa présence ? Puis elle parla à la fillette et fut récompensée par un second hurlement de joie.

Il se rappela comment elle se précipitait pour se blottir contre lui, à la fin de leur longue journée aux urgences, pour l'embrasser à perdre haleine avant de l'attirer au lit. C'était nouveau et excitant pour lui de se laisser séduire... Cependant, certaines fois, c'était lui qui devait insister pour qu'elle le rejoigne...

Il se passa les mains sur le visage. Elle lui semblait plus mince, à présent. Peut-être pas. En tout cas, elle avait coupé ses magnifiques tresses couleur de miel, mais cette coiffure courte lui seyait aussi.

Soudain, elle souleva le bébé dans ses bras. Il pouvait lire sur ses traits l'amour qu'elle portait à cet enfant. Sans aucun doute sa fille...

Trop tard, elle avait un autre homme dans sa vie. Un violent pincement au cœur lui fit prendre conscience qu'il avait vraiment espéré qu'elle soit encore libre. Alors, à présent, que faire ?

— Tu pourrais lui dire bonjour...

Bien sûr ! Maintenant qu'il avait sa réponse, il souffrait tant que sa respiration était difficile. La déception, la douleur et le désespoir le submergèrent. Quel imbécile d'avoir traversé la moitié de la planète sur un coup de tête !

La réalité s'imposa soudain, aveuglante : il avait eu envie de la connaître vraiment, sous toutes les facettes qu'il avait refusé de voir lorsqu'ils étaient ensemble.

A présent, à l'arrière de la maison, quelqu'un sortait de dessous un immense arbre buissonnant. Un homme grand et mince. Marshall éprouva un violent pincement à l'estomac. Bon sang, si elle avait un enfant, celui-ci avait forcément un père. Inutile de se voiler la face.

— Toi, Marshall Hunter, tu dois disparaître, et tout de suite. Avant qu'elle ne te remarque. Tu ne serais pas goujat au point de frapper à sa porte en disant « Hé, tu te souviens de moi ? » !

Pas question de la faire souffrir. Pour être franc, il avait espéré reprendre leur aventure sans pour autant s'engager. Eh bien, il partirait plus tôt que prévu… Il irait de l'avant et se la sortirait définitivement de la tête.

Malgré tout, ses bottes restaient collées au goudron. Il venait de trop loin pour repartir sans lui parler.

— Tu croyais la trouver assise à faire de la broderie en attendant le jour où tu franchirais le seuil ?

Il la revit devant l'hôpital le dernier jour, clignant des paupières pour refouler ses larmes en prétendant qu'elle avait le soleil dans les yeux…

Il fallait en finir. Un mois après la mort de Rod, juste après avoir rendu visite à Karen et aux fils de son ami, il avait reçu un e-mail qu'il avait supprimé sans le lire : quand on était dans l'armée, impossible de s'engager avec une femme.

En la regardant courir après sa fille sur la pelouse, il songea qu'elle s'était épargné beaucoup de souffrance en trouvant un autre homme pour partager sa vie ; un qui serait là pour Noël et les anniversaires, pour réparer la voiture quand elle tomberait en panne, bêcher le jardin, l'emmener au restaurant. On l'envoyait régulièrement dans les coins les plus dangereux du monde, l'obligeant à être fort et à ne pas se soucier d'une épouse restée à la maison…

— Demi-tour ! Tu n'aurais jamais dû venir.

Il lança un dernier regard à la femme qui l'avait conduit jusque devant sa porte malgré elle. Son corps était tendu comme lorsqu'elle se jetait dans ses bras, sauf qu'à présent c'était sa fille qui l'intéressait…

— Allez, fiche le camp d'ici ! marmonna-t-il, la gorge serrée.

Il remonta dans la voiture et saisit la clé de contact d'une main tremblante. Ses yeux s'embuèrent. C'était trop tard, beaucoup trop tard.

3

En entendant une voiture ralentir devant le portail, Charlie leva les yeux, mais le véhicule lui était inconnu. Pourtant, le profil du conducteur lui fit battre le cœur plus vite… Non, elle se trompait forcément, ses rêves n'avaient aucune chance de se matérialiser. Elle résista à la tentation de courir vers la rue pour vérifier et reporta son attention sur sa fille.

Soudain, un grincement de métal froissé… Après avoir assis Aimee dans son bac à sable, elle se précipita au portail.

— Qu'est-ce que c'était ?

— Une manœuvre qui a mal tourné, on dirait ! s'exclama son père qui arrivait derrière elle.

En effet, l'avant de la voiture qu'elle avait remarquée tout à l'heure était encastré dans la portière du SUV de leur voisin, le capot en accordéon.

— Zut ! John sera fâché, mais, au moins, il semblerait que personne n'est blessé.

— Sauf si le conducteur a eu un malaise, ma chérie. Mieux vaut vérifier.

Charlie jeta un coup d'œil vers Aimee, tellement absorbée dans son jeu qu'elle ne regardait pas de leur côté. Elle suivit son père et se figea.

Le chauffeur jurait entre ses dents en faisant le tour de la voiture. Un accent américain…

Son cœur cessa de battre.

— Marshall ?

Lorsqu'il se tourna vers elle et riva son regard vert émeraude au sien, elle n'eut plus de doutes. Aussitôt, son corps s'embrasa au souvenir de leur passion, de leur avidité l'un pour l'autre. Marshall Hunter, celui qu'elle cherchait sans trêve depuis plus d'un an, était à son portail. Rêvait-elle encore ?

Sentant ses jambes se dérober, elle posa la main sur la barrière pour se retenir.

— Charlie !

Il était là, devant elle, les bras tendus pour la rattraper.

— Comment vas-tu ?

Cette question l'ébahit. C'était tout ? Pas de « Je suis venu pour te voir » ? Ni de « Comme je passais dans le coin, j'ai eu envie de te dire un petit bonjour » ?

Impossible de déglutir, une énorme boule lui bloquait la gorge à cause de ce sourire et de ces yeux verts qui surgissaient soudain dans son univers. C'était totalement irréaliste, mais elle ne pouvait plus nier : elle sentait la chaleur des deux grandes mains qui lui prenaient les bras, de ce torse puissant sur lequel elle s'était souvent endormie au petit matin…

— Charlie ? Je t'ai surprise, on dirait.

Il avait l'air content de lui…

— Non, tout va bien.

Et c'était vrai. Ne sachant pas s'il fallait rire ou pleurer, elle était changée en statue de sel.

Lorsqu'il l'attira à lui, elle eut la certitude qu'il était réel et ses joues se mouillèrent. De larmes ? Ce n'était pas son genre. Elle n'en avait versé aucune pendant son accouchement alors qu'elle aurait tant souhaité qu'il soit à ses côtés. Ni pendant les atroces journées qui avaient précédé les résultats des analyses, ni avant son opération ni lors de ses traitements.

— Tu es venu…, murmura-t-elle.

— Tu m'attendais ? demanda-t-il avec le sourire qui la faisait craquer.

Son cœur battit la chamade, ses joues se mirent à brûler.

— Ne te fiche pas de moi, Marshall.

— Pas du tout !

Ses yeux étincelèrent et son sourire s'élargit.

— J'ai tout fait pour te retrouver, mais on aurait dit que tu t'étais dissous dans l'air. L'armée a refusé de m'aider.

Il laissa retomber ses bras et recula si vite qu'elle vacilla.

— Bien sûr ! Ils ne donnent pas de renseignements si tu n'es pas inscrite sur ma liste de contacts.

La température avait soudain baissé de quelques degrés. Non qu'elle s'attende à figurer parmi ses proches, mais le fait qu'il le formule lui rappelait à quel point ils étaient loin l'un de l'autre. Ils avaient si peu de choses en commun... A part leurs nuits de folie, et une petite fille.

Elle se redressa. Elle n'avait jamais vraiment envisagé de quelle manière elle lui annoncerait la nouvelle. Quelle serait sa réaction ?

Elle l'étudia. Il n'avait pas changé du tout depuis le jour de leurs adieux. Sauf qu'à l'époque il était en uniforme et que, aujourd'hui, il portait un jean moulant et un T-shirt noir qui mettaient ses muscles en valeur. Ses cheveux en brosse d'un noir de jais avantageaient son visage hâlé, et sa bouche était toujours aussi sensuelle... Il était réellement séduisant.

Un raclement de gorge derrière elle... Elle avait oublié son père. Et Aimee ? Etait-elle encore dans son bac à sable ? Elle jeta un coup d'œil de l'autre côté de la clôture et se détendit un peu.

La fille de Marshall... Elle fut prise d'une colère soudaine.

— Qu'est-ce que tu fais ici ? Tu débarques comme ça, sans prévenir, comme si tu étais sûr que j'allais te sauter au cou ! Eh bien, tu t'es trompé. Tu n'es pas le bienvenu.

Il eut l'air choqué.

— Charlie, je te demande pardon, je n'ai pas pensé à téléphoner pour m'annoncer.

— Tu n'as aucune idée de ce que tu as fait !

Elle se retourna si brusquement qu'elle faillit heurter son père, dont le regard incrédule passait alternativement d'elle à Marshall.

— Charlie, je ne t'avais pas dit d'envoyer des ondes pour voir ce qui en résulterait ? Ça a marché, et plus vite que prévu, non ?

Comme d'habitude, la gentillesse personnifiée...

— Tu as raison, papa, je me demande ce qui m'a pris...

A présent, Marshall la regardait avec cette perspicacité à laquelle rien n'échappait. Les deux hommes semblaient être dans l'attente de son prochain geste, et elle ne savait que faire… Le cœur battant à tout rompre, l'estomac noué, tremblante, elle attendait aussi…

Enfin, son père s'approcha de Marshall, la main tendue.

— Brendon Lang, le père de Charlie.

Curieusement, les yeux de Marshall s'agrandirent de surprise et elle crut déceler un certain soulagement dans son attitude.

— Marshall Hunter. Enchanté.

Ils se serrèrent la main.

— Qu'est-il arrivé ? Vous étiez garé d'un côté de la rue, et vous avez heurté le SUV de John stationnée en face !

— J'étais distrait. J'ai oublié que vous conduisiez à gauche. Vous connaissez le propriétaire ? Il faut que nous fassions un constat.

— C'est notre voisin, et ça m'étonne qu'il ne soit pas encore sorti de chez lui, avec tout ce bruit !

— Je l'ai vu partir à moto, ce matin, papa.

Son père s'approcha des deux véhicules.

— Voyons les dégâts.

— Je vais laisser mes coordonnées et prévenir l'agence de location ! lui lança Marshall sans le suivre.

Pourquoi restait-il à côté d'elle, jouant avec ses nerfs ? Elle se raidit et leva la tête vers lui, ce qu'elle regretta aussitôt. Pas difficile de se perdre dans ces yeux… comme elle l'avait fait autrefois. Mieux valait se concentrer sur les véhicules accidentés.

— Ne vous inquiétez pas, ce n'est que sa voiture de fonction. Si vous aviez heurté sa Harley, il vous aurait démoli le portrait !

— Vraiment ? Il conduit une Harley ? Super !

Le sourire de Marshall était dévastateur. Encore un fan de motos… En fin de compte, elle ne savait rien de lui. A part qu'il était énergique, athlétique et que, le matin avant de se raser, il était magnifique.

Un frisson la traversa. Pas question de se laisser séduire par ce type qui n'avait même pas la politesse de s'annoncer. Et pourquoi pas ? Il ne faisait peut-être que passer… Waiouru, la base militaire, n'était qu'à quelques heures de route. Une visite éclair, sans doute. Elle devait en profiter pour le mettre au courant de la situation. Mais pourquoi était-il venu jusqu'à Taupo ?

— Quand tu as heurté cette voiture, tu repartais, non ? Tu n'avais pas l'intention de me parler !

— Piégé ! s'exclama-t-il en regardant son père, puis elle de nouveau. Désolé, Charlie, j'ai soudain décidé que c'était idiot d'arriver sans prévenir.

Elle lui prit le bras.

— Ne crois pas que tu peux disparaître aussi vite, alors que j'essaie de retrouver ta trace depuis des mois !

— Ah ? Et pourquoi donc ?

Elle réussit mal à feindre la nonchalance. Mais pas question de lui répondre dans la rue...

— Quand l'affaire des véhicules sera réglée, pourras-tu m'accorder une minute ?

— Bien entendu.

— Tu penses pouvoir faire marche arrière sans causer plus de dégâts ?

En réponse, il se pencha vers elle et passa un pouce sur ses lèvres.

— Comment vas-tu, Charlie ? Franchement ?

Son ventre se noua et elle entrouvrit la bouche. Elle lui appartenait déjà... Par chance, son père les surveillait. Elle rejeta la tête en arrière et leva les yeux vers cet homme habitué à toujours obtenir ce qu'il voulait.

— Très bien, pourquoi...

— Maman !

D'un mouvement brusque, elle se tourna vers sa fille, qui avait commencé à escalader la clôture. Son cœur fit un bond dans sa poitrine.

— Aimee ! Tu ne dois pas faire ça !

Elle ouvrit le portail et la prit dans ses bras.

— Viens.

— C'est ta fille ?

— Hmm...

Elle lut la déception dans ses yeux. Ainsi, l'idée qu'elle ait un enfant lui déplaisait... Cela allait à l'encontre de ses projets ? Lesquels, d'ailleurs ? Eh bien, il ne serait sans doute pas ravi d'entendre la suite...

Comment réagirait-il en apprenant qu'il était père ? Il pouvait nier, l'accuser de lui mentir, ou tout simplement refuser cette responsabilité. Ou alors insister pour qu'elle vienne vivre aux Etats-Unis pour se rapprocher de lui ? Hors de question, Marshall, hors de question...

— Occupe-toi de la voiture.

Voilà qu'elle devenait autoritaire... Mais elle n'allait pas tout lui expliquer là, au milieu de l'allée ! Lui tendre Aimee en disant : « Voici ta fille ! »

— D'accord.

Il se dirigea vers les véhicules puis se retourna.

— Je suis enchanté de te voir, Charlie. Vraiment...

En observant son large dos et ses hanches étroites, elle fut parcourue d'un frisson d'excitation. Que ferait-il après avoir appris la nouvelle ? S'enfuirait-il, cette fois pour toujours ?

Pas dans les prochaines minutes, en tout cas, étant donné l'état de sa voiture. Cela la rassura : il allait bien être obligé de s'attarder un peu.

Tout en regagnant son véhicule, Marshall s'efforçait de remettre ses idées en ordre. Ainsi, ce type était le père de Charlie... Il avait failli éclater de rire en l'apprenant.

— Tu n'es pas très avancé : cet adorable bébé est forcément la fille de quelqu'un !

Son sourire s'évanouit.

— Bon, réglons cette affaire, marmonna Brendon au moment où une Harley débouchait au coin de la rue.

Marshall tourna la tête vers la grosse cylindrée.

— Votre voisin ?

— Oui. Venez, je vais vous le présenter. Vous comptez rester à l'hôtel ?

Devant l'air soucieux de son interlocuteur, Marshall se raidit. Pourquoi cette question ?

— Oui, monsieur.

— Pour longtemps ?

Cet homme préférait sans doute qu'il ne s'attarde pas... Pour protéger sa fille ?

— Deux jours, ou trois, selon la date où je trouverai un avion qui rentre aux Etats-Unis. Et j'aimerais avoir le temps de bavarder un peu avec Charlie, si c'est possible.

— Vous feriez mieux de passer la nuit à la maison, dans ce cas.

Drôle d'idée, songea-t-il. Un peu trop personnel. Dormir sous le même toit qu'elle sans avoir le droit de la toucher ? Difficile...

— Sera-t-elle d'accord ? Et le papa de sa fille ?

Brendon lui adressa un sourire malicieux.

— Sans doute que non, mais elle en prendra son parti. Je vous préviens, vous serez peut-être obligé d'affronter sa mauvaise humeur.

— Hmm, j'en ai eu un aperçu. Allons voir ce voisin.

Par chance, John ne s'énerva pas et ils établirent le constat sans anicroche.

De la terrasse, Charlie les observait en se pinçant pour se convaincre que Marshall était vraiment là, en train de discuter avec son père comme s'ils se connaissaient depuis toujours. Pas d'animosité apparente chez ce dernier... Un peu de prudence, peut-être.

En dépit de sa tension, elle sourit. Son père avait dû être stupéfait en l'entendant prononcer le nom de Marshall, juste après lui avoir conseillé de laisser tomber ses recherches. Il faudrait qu'elle raconte l'épisode à Gemma, qui le trouverait sans doute hilarant. Pour l'instant, elle avait mieux à faire. Curieux qu'elle soit réticente, à présent... Mais quand Marshall saurait qu'Aimee était sa fille, celle-ci ne lui appartiendrait plus en propre, et il aurait aussi le droit de prendre des décisions pour elle. Aussitôt, elle se traita d'égoïste. Elle était injuste. Par ailleurs, si jamais il refusait cette paternité, rien ne changerait. Du moins, tant que sa santé ne se détériorait pas car, dans le cas contraire, il serait obligé de s'occuper d'Aimee. Mais, à présent, elle se rendait compte à quel point cette révélation allait bouleverser sa vie quotidienne…

Deux ans auparavant, il avait clairement affirmé ne pas souhaiter d'engagements, et elle était sur le point d'exiger de lui le plus important au monde… Chaque fois qu'elle avait tenté de l'interroger sur ses motivations, il s'était contenté de lui faire l'amour pour qu'elle oublie tout le reste.

— Maman ! Soif !

— Tu veux boire, ma chérie ? Viens, rentrons.

Incroyable, la vitesse à laquelle sa fille apprenait à parler ! Ses progrès étaient une joie renouvelée chaque jour, et c'était ce qu'elle devait faire comprendre à Marshall.

Des rires filtrèrent à travers la haie. Tout paraissait bien se passer. John n'était pas un mauvais bougre et son père était un bon médiateur. Quant à Marshall, de toute façon, il pouvait charmer n'importe qui.

Elle incluse… Il n'avait pas eu beaucoup de peine, car elle n'avait jamais pris autant de plaisir avec personne. Il savait exactement quoi faire pour qu'elle se retrouve dans son lit toutes les nuits.

Elle se dirigea vers la cuisine en rangeant au passage les jouets qu'Aimee semait partout. D'habitude, cette corvée la fatiguait mais, aujourd'hui, elle se sentait pleine d'énergie. Marshall Hunter était ici, à Taupo. Invraisemblable…

Enfin, les larmes jaillirent et ruisselèrent sur ses joues.

Marshall était sur des charbons ardents : Brendon l'avait invité à entrer le premier, en l'assurant qu'il le suivrait bientôt… Faisait-il exprès de le laisser en tête à tête avec Charlie ?

En serait-elle heureuse, ou allait-elle le chasser ? Même si elle lui avait permis de l'attirer dans ses bras, elle l'avait ensuite repoussé assez violemment…

Il franchit le seuil et s'arrêta pour prendre une profonde inspiration. Impossible de rebrousser chemin, à présent. Il n'avait jamais battu en retraite, même quand sa vie était en danger. Ou son copain.

Il eut soudain un goût amer dans la bouche. Ce n'était pas le moment de se rappeler cette journée infernale et ce qui était arrivé à Rod, qu'il avait insisté pour faire transférer en Allemagne alors qu'il était à l'agonie...

En longeant le couloir, il étudia les photos en noir et blanc accrochées au mur de gauche. Le lac Taupo avec les montagnes enneigées dans le fond, pour la plupart, signées « C. LANG » dans le coin droit. Charlie aimait donc la photographie ? Il la connaissait si mal...

Il la trouva dans la cuisine, le dos tourné, en train de donner à boire à sa fille.

Elle était plus mince que dans son souvenir. La grossesse l'avait-elle fait maigrir ? C'était plutôt le contraire dans la plupart des cas. Un régime trop sévère ? Il eut une vision d'elle courant sur la plage à Honolulu. Elle était en forme et adorait l'exercice physique. Presque autant que le sexe qui, en fait, était aussi une sorte de sport...

— Alors, comment a réagi John ?

— Nous nous sommes mis d'accord. J'ai téléphoné à l'agence, et ils s'occupent de tout, y compris de me donner un autre véhicule.

Il observait l'enfant, qui ressemblait fort à sa mère, à part les yeux.

— Tant mieux..., balbutia Charlie en reniflant.

Elle pleurait ? Il s'approcha et passa les doigts sur les traces humides que ses larmes avaient laissées sur ses joues.

— Calme-toi, mon cœur. Désolé de t'avoir bouleversée en arrivant sans crier gare. Si tu veux que je parte, je disparais tout de suite.

Il perçut une lueur de panique dans ses yeux.

— Non, pas encore !

De quoi avait-elle peur ? Il l'attira à lui, entoura ses épaules délicates de ses bras et la serra contre son corps comme pour la protéger. De lui-même ?

En tout cas, il avait agi impulsivement, et elle ne l'avait pas repoussé…

— Charlie ? Pourquoi trembles-tu ? Et pourquoi ces larmes ?

Pas de réponse.

Il s'écarta d'elle.

— Parle-moi. Raconte-moi tout de toi et de ta fille.

Elle pâlit, et la panique revint dans son regard.

Qu'avait-elle ? Pourquoi refusait-elle de lui confier ce genre de choses, somme toute banales ?

— Tu es mariée ?

— Non, et toi ?

— C'est ta maison ?

— J'y ai grandi et je la partage avec mon père. J'ai acheté un appartement en ville, que je loue. Papa m'aide à m'occuper d'Aimee. Il travaille encore au même cabinet médical que moi bien qu'il ait des horaires réduits à présent.

Il lui posa un doigt sur la bouche. Elle tremblait toujours.

— Pas si vite, Charlie. Tu vas bien, c'est sûr ?

— Oui. Mais je suis encore sous le choc de t'avoir revu. Pourquoi t'enfuyais-tu, tout à l'heure ?

— Ecoute… Je préfère te dire la vérité : je me suis garé et je t'ai observée cinq minutes en me demandant si tu serais heureuse de me voir ou non. Quand ton père est arrivé, j'ai cru que c'était ton compagnon. Je ne tenais pas à te causer des ennuis, ni à rompre l'accord que nous avions conclu à Honolulu.

— Alors, si tu ne t'étais pas trompé de côté en redémarrant, je n'aurais même pas su que tu étais venu ? Tu serais parti sans un mot ?

— J'estimais que c'était mieux pour toi.

— Tu imagines combien de temps j'ai passé à te chercher ? Et toi, tu repartais sans m'avoir adressé la parole !

Elle haletait, tentant visiblement de se maîtriser.

— Désolée de m'emporter. J'ai quelque chose de très important à te dire, mais je n'y arrive pas…

Un avertissement résonna dans la tête de Marshall. Sans comprendre où elle voulait en venir, il sentait approcher une embuscade. Il se recula, s'adossa au mur et croisa les chevilles, feignant la nonchalance, pendant que son esprit enfiévré passait en revue les différentes hypothèses possibles. Quelque chose d'énorme se préparait...

Elle tourna la tête vers l'enfant et étouffa un sanglot. Alors, soudain, la lumière jaillit : les yeux verts.

— Aimee est ma fille !

4

Charlie expulsa tout l'air contenu dans ses poumons et fixa le visage de Marshall, qui observait Aimee avec une expression indéchiffrable.

Son cœur cognait contre ses côtes. Allait-il partir ? Rester ? Au moins assez longtemps pour écouter la suite ? Allait-il l'insulter, lui reprocher de ne pas avoir pris de précautions ? Elle avait la chair de poule.

— Maman !

Elle détourna son regard de lui pour se tourner vers sa fille. Leur fille. Son estomac se noua, et elle plaqua une main sur sa bouche pour réprimer une nausée.

— Charlie, je ne me trompe pas ? Je suis bien son père ?

— Oui, murmura-t-elle en déglutissant péniblement. Elle...

La suite se coinça dans sa gorge.

— Ça alors !

Parfait, il ne se fâchait pas... Pour l'instant.

— Elle est née un peu plus de huit mois après mon retour d'Honolulu.

— C'est pour ça que tu me cherchais ! Et tu n'avais aucun moyen de me joindre.

Elle crut percevoir du regret dans sa voix.

— Oui. C'est dur à expliquer...

— Commence par le commencement.

Au moins, il voulait commencer... Mais il était sous le choc, et quand il aurait pris conscience de toutes les implications, sa réaction pouvait encore se modifier. Elle se tourna vers Aimee, qui avait renversé son gobelet et portait le fond à sa bouche. L'amour de sa vie... Une vague de chaleur l'envahit. Elle ne se lassait pas de la regarder.

— Lever, maman, lever !

En hâte, Charlie attrapa un bavoir pour lui essuyer le visage puis la souleva dans ses bras dans l'intention de la tendre à Marshall, mais elle en fut incapable. Elle croisa son regard, s'attendant à ce qu'il franchisse la porte pour ne jamais revenir.

Curieusement, ses traits s'adoucirent, et il eut l'air soudain émerveillé.

— Le rôle de mère te va bien.

— Tu vois, elle a tes yeux. Tu veux la prendre ?

Pour toute réponse, il enfonça les mains dans ses poches et recula d'un pas.

Trop tôt, sans doute... Toujours chargée de son précieux fardeau, elle mit la bouilloire à chauffer.

— Je prépare du café. Tu l'aimes comment ?

— Noir et serré.

Il avait tourné le regard vers la fenêtre.

Comme Aimee se tortillait pour descendre, elle la posa sur ses pieds et la regarda s'approcher de Marshall pour le fixer d'un air intrigué. Et s'il ne voulait rien savoir de sa fille ?

— Je me suis mise à te chercher dès que j'ai été certaine d'être enceinte. Pour te donner l'occasion de décider quel rôle tu souhaitais jouer dans la vie de ton enfant...

Il se tourna vers elle, mais ne répliqua pas. Son expression, cependant, ne semblait pas la condamner...

— J'ai fouillé tous les réseaux sociaux sur internet, puis j'ai commencé à appeler les numéros de téléphone de tous les Hunter aux Etats-Unis.

— Pas possible !

— Et crois-moi, ils sont nombreux...

Elle releva le menton.

— Marshall, je ne veux rien de toi, j'ai les moyens de l'élever seule. Mais j'aimerais que tu la connaisses parce qu'elle a besoin que son père existe quelque part.

Le regard surpris qu'il lui lança la déconcerta.

Marshall observa les émotions qui passaient sur le visage de Charlie tandis qu'elle parlait. Il lisait en elle comme dans un livre ouvert : autant elle éprouvait le besoin de se montrer franche et juste, autant elle redoutait qu'il gâche tout. Et il avait mal parce que c'était ce qui allait se produire… Comme il ne lui avait rien confié de personnel, elle ignorait qu'il ferait un père abominable à cause de l'éducation qu'il avait reçue. Et s'il avait hérité de la méchanceté de son géniteur ? Il ne prendrait pas le risque de tenter de le découvrir. Les enjeux étaient trop importants.

Il s'éclaircit la voix.

— Charlie, quoi qu'il arrive, sache que je n'essaierai jamais de t'enlever Aimee. Je veux dire que je n'exigerai pas qu'elle vive six mois avec moi, ou un autre truc de ce genre, tout aussi odieux.

— J'espère bien ! Je ne te laisserais pas faire, de toute façon.

— Je m'en doute. Ceci dit… tu aurais pu lui trouver un meilleur père.

Il vit ses beaux yeux s'arrondir.

— Si c'était l'opinion que j'ai de toi, je n'aurais pas passé tout ce temps à te chercher. Tu es merveilleux, et n'importe quelle fille serait fière que tu l'accompagnes à ses sorties scolaires.

— Quoi ? Tu vas trop vite pour moi, Charlie !

Il en était à s'efforcer d'admettre le fait que ce bébé qui empilait des cubes sur le sol dans le jus de fruit renversé était sa fille. Un peu désordre, mais si attachante ! Son cœur se serra. Avait-il vraiment fait cela ? Aidé à fabriquer Aimee ?

Il se passa les mains sur le visage. Oui, ce n'était pas un rêve.

Il se tourna vers la porte. Il avait besoin de respirer, de s'éloigner de Charlie et de son regard tragique.

D'ailleurs, pourquoi cette expression ? Elle riait tout le temps, avant !

Il trébucha sur les marches du perron, s'engagea dans l'allée en se retenant de partir au pas de course, et avisa le tas de tôle froissée qui l'avait amené d'Auckland. Quel gâchis ! La Nouvelle-Zélande ne lui valait rien...

Il fit demi-tour et fila dans la direction opposée. Mais Charlie était là, dans sa tête... Avec ce bout de chou nommé Aimee. Et elles ne le lâcheraient plus, même quand il se trouverait de l'autre côté de la planète, sur un champ de bataille. Bon sang ! Il était entraîné à affronter l'adversité, mais, à l'armée, on n'apprenait pas à encaisser la nouvelle qu'on avait une fille déjà âgée de dix-huit mois...

Pourtant, s'il était militaire, il était aussi médecin. Son rôle était de nourrir, soigner, réparer, sauver.

Il n'avait pas sauvé Rod.

Il jura tout haut et leva la tête vers le ciel.

— Qu'est-ce que tu dis de celle-là, hein ? Qu'est-ce que je suis censé faire, maintenant ? Quitter l'armée ? M'installer dans une petite ville touristique au bord d'un lac pour élever ma fille ?

Un crissement de freins...

— Hé, attention, monsieur !

Il se retourna. Un jeune garçon à vélo se remettait à pédaler.

— Pardon, mon garçon, je ne t'avais pas vu !

Un coup d'avertisseur retentit derrière lui. Décidément, il fallait qu'il se ressaisisse ! Il ne pouvait pas rester à invoquer les cieux au milieu de la rue.

Après un signe d'excuse, il se mit à longer le bord de la route qui menait à la berge du lac puis s'accroupit, pensif. L'eau agitée ne semblait pas décourager les enfants de plonger dans ses profondeurs glacées. Derrière eux passaient des voiliers et des canots à moteurs et, sur la rive, des gens bavardaient en riant sous des parasols. L'été, les divertissements innocents, les vacances en famille...

Il n'avait jamais rien connu de tel, excepté durant ses séjours chez ses grands-parents... Une onde de colère le submergea. On lui avait volé son enfance. Heureusement qu'il y avait eu le ranch et son grand-père...

Malgré tout, c'était son père et sa mère, dans une moindre

mesure, qui lui avaient servi de modèle. Tous deux dans l'armée, toujours sur la brèche, ne s'arrêtant jamais assez longtemps au même endroit pour se faire des amis... Et ils avaient fini précocement tous les deux...

Ce qui pouvait aussi lui arriver n'importe quand. Lorsqu'on était en service actif, on était en danger en permanence. Rod en avait fait les frais.

Il frissonna. Pourrait-il être un bon père pour Aimee ? Il ne serait pas souvent présent... Mieux valait conseiller tout de suite à Charlie de se trouver un type bien et de s'installer avec lui pour élever sa fille.

Dans la buanderie, Charlie pliait et empilait du linge propre tel un automate. Où Marshall était-il parti si vite, et, surtout, reviendrait-il ? Il lui semblait que son cœur cessait de battre à cette idée. C'était peut-être la dernière fois qu'elle l'avait vu. L'unique occasion où son père serait apparu à Aimee, qui ne saurait jamais ce qu'il était pour elle.

Pourtant, Charlie était convaincue qu'il n'était pas du genre à refuser ses responsabilités. Quand elle avait rencontré son ami Rod, celui-ci lui avait vanté son sens du devoir, son souci de la sécurité de ses hommes.

Il n'avait pas cherché à se dérober, refusé explicitement sa paternité, mais le chemin serait difficile... si jamais il revenait.

Avec un frisson, elle passa la paume sur le bois de la table.

— Je boirais bien une bière fraîche, pas vous, Marshall ?

— Ce n'est pas de refus !

Les deux voix émanaient de la cuisine... Elle frémit et laissa échapper un soupir en souriant. Il était là.

— Salut !

Quand elle croisa son regard, son ventre se noua et elle se prit à le désirer de nouveau. Il y avait plus que le désir physique, car elle se souvenait aussi de leurs promenades sur la plage ainsi que de cette camaraderie professionnelle qu'ils avaient partagée. Rien de tout cela n'existait plus...

— Salut, toi !

— Excuse-moi d'être parti si vite. J'ai fait un tour au bord du lac pour recouvrer mes esprits.

— Je n'étais pas certaine que tu reviennes. Bien entendu, je comprends que tu aies reçu un choc.

Il lui caressa les lèvres du pouce.

— Auquel je n'étais pas préparé, c'est vrai. Maintenant, je suis là, prêt à t'écouter pendant deux jours.

— Parfait…

Elle rangea la serviette qu'elle venait de plier sur la pile et se mit face à lui pour l'observer. En voyant les muscles de ses épaules, elle fut parcourue de frissons.

Il lui avait manqué. Depuis son retour chez elle, elle pensait à lui sans cesse, se demandant comment il allait, où il était, avec qui…

Elle se haussa sur la pointe des pieds pour poser ses lèvres sur les siennes, et ces longs mois de solitude s'évanouirent d'un coup. C'était comme s'ils n'avaient jamais été séparés. Elle glissa les mains dans son cou pour l'attirer plus près et approfondit le baiser.

La plaquant contre son torse puissant, il l'enserra dans ses bras, et son exigence la surprit. Donc, elle lui avait manqué aussi… Sa langue s'emmêla à la sienne et elle sentit son corps fondre, se coller au sien pour ne faire qu'un…

Elle oublia tout, consciente seulement de ses bras qui la serraient, de ses doigts brûlants sur sa peau, de ses cuisses musclées contre ses hanches et de son ventre dur contre le sien. Et de son désir.

— Je porte les bières sur la terrasse !

La voix de son père interrompit ce moment magique.

— Merci, papa ! dit-elle d'une voix rauque.

Marshall lui lança un regard gêné.

— Pardon, je n'ai pas pu m'en empêcher. Que va penser ton père ?

— Ne t'inquiète pas, il est si content pour moi que tu peux compter sur son indulgence.

Encore sous le coup de la fin abrupte de leur baiser électrique, elle eut un sourire tremblant. Elle aussi s'était laissé emporter…

— Il était au courant ?

Elle éclata de rire.

— Justement, ce matin, il m'a suggéré de faire une pause dans mes recherches pour m'occuper à des choses plus intéressantes. Je lui ai donné raison, et te voilà... Si j'avais su, je me serais épargné des heures de navigation sur internet !

— Donc il n'a pas l'intention de me mettre à la porte tout de suite ?

— Pas de risque ! Maintenant, allons lui tenir compagnie et trinquer avec lui.

Elle ouvrit le réfrigérateur et se versa un verre de limonade à laquelle elle ajouta un filet de jus de citron.

— Viens t'asseoir à l'ombre. A mon avis, papa a prévu d'allumer le barbecue pour te concocter un authentique dîner kiwi.

A la suite de Charlie, Marshall traversa la grande maison en étudiant au passage les pièces dont les portes étaient ouvertes. L'immense salon était décoré avec goût, et les meubles de style semblaient confortables. Il imaginait sans peine que ce devait être beaucoup de travail d'entretenir le tout.

Arrivé sur la terrasse, il prit la bière que lui tendait Brendon, dont l'expression semblait amicale quoique intriguée.

— Merci.

Un intérêt somme toute normal, pour un père. Il se sentait si gêné d'avoir été surpris en train d'embrasser Charlie...

— Asseyez-vous, Marshall.

Il eût préféré rester debout, après toutes ces heures en avion et en voiture, mais il s'exécuta. Charlie tira une chaise à côté de la sienne et s'y installa.

— Tu ne bois plus d'alcool ?

— Plus depuis ma grossesse.

Elle ne le regardait pas en face ; avait-il touché sans le vouloir un point crucial ? Pourtant, sa question était bien innocente... Mais il en savait si peu sur elle ! Etant donné les circonstances, impossible de s'en aller après une brève visite comme il l'avait prévu. Aimee existait, et autant admettre qu'il avait envie de rester avec elle et sa mère.

Il chercha un sujet de conversation moins périlleux.

— Cette maison est immense ! Vous devez vous perdre ! Prenez-vous des locataires ?

— Hors de question, bien que nous ayons cinq chambres et deux salons ! Chacun de nous a besoin d'assez d'espace pour s'isoler.

Charlie souriait par-dessus son verre, et l'éclat de ses yeux bleu-vert l'ensorcelait.

Brendon étendit les jambes.

— La villa a été bâtie il y a près de cent ans. Elle appartenait à la famille de la mère de Charlie.

— Maman est née ici, et moi aussi.

— Et maintenant Aimee ?

Il la chercha du regard. Sa fille. Ça alors ! Même s'il n'avait pas encore eu de vrai contact avec elle, sa poitrine se gonfla de fierté.

— Non, j'ai préféré accoucher à la maternité de l'hôpital, en bas de la rue.

Elle se pencha en avant et désigna un point du jardin.

— Regarde, elle est au bac à sable. Pour l'instant, c'est son lieu de prédilection. J'espère que ça va durer...

— Pour l'occuper quand tu ne peux pas la surveiller de près ?

— Oui. Je redoute le jour où elle choisira de grimper aux arbres. Il y a une cabane dans celui qui est près de la clôture, et j'y passais des heures lorsque j'étais enfant.

— Une fois, elle est tombée et elle s'est cassé le bras, ajouta Brendon en souriant. C'est pour ça qu'elle est si inquiète pour Aimee.

Marshall frissonna en levant la tête vers la cime.

— Je la comprends, ces arbres sont très hauts. Qu'est-ce que c'est ?

— Ils appartiennent à la flore originelle du pays. Celui-ci, c'est un rimu.

Charlie en désigna un autre couvert de fleurs écarlates, près du bac à sable.

— Celui-ci, un pohutukawa, et le grand dans le coin, un kauri.

Ce ne sont pas des variétés à cultiver en ville mais, chaque fois que papa parle de les abattre, je proteste. Il faut de longues années pour obtenir un kauri de cette taille.

— Ils ont dû être plantés lors de la construction de la villa. Depuis, le terrain a été divisé à plusieurs reprises au cours des ans...

Bon sang, comment vivre dans la maison où étaient nés ses arrière-grands-parents ? songea Marshall. C'était inconcevable. Lorsqu'il était enfant, son grand-père n'avait acquis son ranch que depuis vingt ans, et bien qu'il adore l'endroit où il passait ses vacances, il ne se voyait pas l'habiter en permanence. Il secoua la tête.

— Charlie, tu n'as jamais eu envie de déménager ? Et vous, Brendon ? Je suppose que vous vous êtes installé ici quand vous vous êtes marié ?

Deux paires d'yeux bleus perçants presque identiques le regardèrent avec amusement.

— Pour quoi faire ? répondirent en chœur le père et la fille.

— Le monde est vaste, et il y a tant de choses à découvrir !

Charlie semblait déconcertée, et il la trouva adorable avec ses sourcils bien épilés froncés.

— Mais Taupo est ma ville natale ! C'est là que je suis allée à l'école, que j'ai commencé à naviguer, connu mes meilleurs amis, et où maman est enterrée. Et c'est là que je veux qu'Aimee grandisse. Elle ne restera peut-être pas, mais j'espère qu'elle reviendra de temps en temps.

Un concept incompréhensible pour lui. Il s'adossa à son siège et but une gorgée de bière du pays. Glacée, excellente. Oui, il pourrait apprendre à l'apprécier... Mais il ne séjournait jamais assez longtemps au même endroit pour se familiariser avec quoi que ce soit.

— Où as-tu grandi, toi ?

— Partout et nulle part. J'étais fils de militaire, doublement, puisque ma mère aussi était dans l'armée.

La seconde gorgée lui parut amère. Rien de bien flamboyant, comparé à son enfance à elle... Une vie solitaire, sans perspective de changement.

Dans deux jours, peut-être trois, il rentrerait aux Etats-Unis, en partance pour Dieu savait où. Partout, il suivait ses hommes pour s'assurer qu'ils étaient en sécurité.

— C'est terrible. Je ne peux même pas imaginer...

Sa bouche se pinça, comme si elle souffrait pour lui, ou le petit garçon malheureux qu'il avait été.

Car, bien entendu, elle avait deviné qu'il n'avait pas eu une enfance heureuse... Il ne l'aurait jamais admis, à Honolulu ou ici, bien qu'il soit conscient que pas mal de choses lui avaient manqué, surtout des amis.

— Au moins, j'ai beaucoup voyagé.

En voyant ses yeux s'emplir de tristesse, il regretta ses tristes confidences et tenta de se rattraper.

— Ce n'était pas très drôle mais, pour compenser, je passais mes vacances au même endroit tous les ans, à la ferme de mon grand-père, jusqu'à l'âge de treize ans. J'y trouvais un peu de la stabilité qui me manquait.

Jusqu'au moment de l'accident qui avait déterminé son avenir... C'était en voyant sa grand-mère souffrir avant l'arrivée des secours qu'il avait décidé de devenir médecin.

Un hurlement leur parvint, et Charlie bondit sur ses pieds pour se précipiter vers le bac à sable. Elle se pencha pour prendre Aimee et la couvrit de baisers.

— Qu'est-ce qui t'arrive, ma chérie ? Ton camion t'a encore roulé sur les pieds ?

Secouant la tête, la petite fille mit un pouce dans sa bouche, et Charlie le lui ôta doucement pour l'embrasser avant de fouiller le sol du regard.

— Teddy est tombé du camion, c'est ça ?

Aimee fit un signe affirmatif, regarda Brendon, puis lui. Avec ses yeux à lui, ceux de grand-maman... C'était ce qui lui avait fait comprendre qu'il était son père et il avait été saisi d'un espoir et d'une joie insensés.

Pourtant, il n'avait jamais envisagé d'avoir un enfant... Cette étrange réaction était sans doute due à l'épuisement consécutif au décalage horaire. Mais était-il capable de l'élever sans devenir méchant ? Certainement pas, étant donné son ascendance.

Il cessa de respirer tandis que les yeux verts s'attardaient sur lui. Aimee lisait-elle dans ses pensées ? Impossible, à son âge, de concevoir la notion de père. Mais tôt ou tard, il faudrait qu'il avoue à Charlie la vérité sur son géniteur.

Il sentit monter la panique, sa gorge s'assécha, et il voulut boire, mais sa bouteille était vide.

— Tenez, Marshall.

Brendon lui en tendait une autre, glacée et couverte de buée. On aurait dit qu'il compatissait…

— Prenez votre temps.

Il regarda Charlie, qui gardait les yeux fixés sur lui. Bon sang, tout le monde guettait ses réactions ! Ils attendaient tous quelque chose de lui. Qu'il soit responsable d'Aimee, alors qu'il avait déjà tout un bataillon en charge…

Trois complices. Ces Lang étaient totalement à l'aise entre eux et dans leur mode de vie…

Charlie avait un lien fort avec son père qui perdurerait bien après que lui-même aurait regagné l'armée. Jamais il n'avait connu cela avec ses parents. Charlie et lui ? Le jour et la nuit. Ils n'avaient rien en commun, leurs existences étaient différentes. Aucun espoir de parvenir à un accord.

5

Le lendemain matin, Charlie s'habilla avec plus de soin que d'habitude. En fermant son short en jean, elle pesta entre ses dents et se mit en quête d'une ceinture. Il lui allait pourtant très bien quand elle l'avait acheté à Honolulu... Avant que son traitement n'ait brûlé tout le gras de son corps.

En farfouillant dans sa penderie, elle découvrit un débardeur en coton bariolé qu'elle n'avait pas porté souvent. Quand elle l'eut enfilé, les bleus et les rouges vifs ajoutèrent un peu de couleur à son visage. Elle n'avait même pas pris le soin de se faire bronzer cette année. Retrouverait-elle un jour son allure robuste et sa force ? Dix mois après sa dernière séance de rayons, elle avait encore du mal certains jours à marcher jusqu'à la boîte aux lettres...

Elle eut un sourire triste en se remémorant l'air ébahi de Marshall, hier soir à 9 heures, quand elle avait annoncé qu'elle allait se coucher.

— Déjà ?

Un jour, elle lui expliquerait, mais ce n'était pas le moment.

— Tu sais, être mère et médecin à la fois, c'est épuisant.

Une fois habillée, elle se glissa dans la chambre d'Aimee et eut un sursaut de frayeur. Le petit lit était vide ! Etait-elle en retard ? Elle consulta sa montre. Pas du tout, pourtant ! Elle se rassura en se disant que son père avait dû la lever.

Aucun bruit en provenance de la cuisine... La porte d'entrée étant ouverte, elle jeta un coup d'œil dans le jardin et s'arrêta net sur le seuil de la terrasse, ébahie.

Marshall était allongé sur la pelouse et Aimee marchait à quatre pattes autour de lui en riant aux éclats quand il la chatouillait. En le voyant totalement absorbé par ce jeu, Charlie sentit son cœur se serrer. Voilà ce qu'elle souhaitait pour sa fille : un père qui joue avec elle, qui prenne le temps de participer à sa vie. Le regard de Marshall était éberlué, comme s'il avait du mal à croire qu'il avait engendré cette petite merveille.

N'avait-il jamais songé à fonder une famille ? Peut-être pas, avec le peu qu'il avait raconté hier de son enfance... Elle éprouva un pincement douloureux à l'estomac. Depuis toujours, elle voulait des enfants, plusieurs, et elle était privée de ce bonheur. Reconnaissante d'avoir eu Aimee, elle souffrait tout de même de ne pouvoir lui donner de frères et sœurs. Ne plus jamais sentir un bébé grandir dans son ventre, c'était dur à admettre, certaines fois.

Marshall leva les yeux et lui sourit.

— Salut ! Tu es super, dans cette tenue !

— Merci.

— Maman, jouer !

Aimee assena un léger coup de poing sur le menton de son père.

— Hé, petite peste, attention à toi !

En souriant, il la souleva au-dessus de sa tête et la balança doucement tandis qu'elle hurlait de rire.

Eh bien, il plaisait à sa fille, visiblement. Tant mieux.

— J'espère que ça ne t'ennuie pas que je l'aie levée. Elle bavardait dans son lit quand je me suis réveillé. Alors, je me suis dit que, si je l'amenais au jardin, tu pourrais dormir quelques minutes de plus. Hier soir, tu tombais de sommeil.

Elle s'assit au bas de l'escalier.

— J'étais un peu sonnée. Le choc de t'avoir revu, je suppose.

— Mauvais pour moi, si ma vue t'endort !

Les yeux de Marshall pétillaient de malice. Elle sentit son cœur s'emballer et le rouge lui monter aux joues.

Sous son regard brûlant, elle se souvint de leurs nuits à Hawaii. Ils ne dormaient jamais avant les petites heures du matin...

— Je manque sans doute d'entraînement, murmura-t-elle.

— C'est vrai ? On peut arranger ça.

— Tu es bien sûr de toi, ce matin !

Elle l'observa : il avait visiblement passé une excellente nuit. C'était triste que sa présence ne l'empêche pas de dormir. De toute façon, elle aurait du mal à tenir le rythme d'Honolulu...

Un frisson la parcourut et un pincement familier de peur gâcha sa bonne humeur. A présent qu'il était revenu dans sa vie, l'incertitude de l'avenir l'angoissait encore davantage. Elle aurait dû se satisfaire de savoir que même s'il repartait il resterait un père pour Aimee, mais, à présent, cela ne lui suffisait plus. Elle ne se libérerait jamais de lui...

— Charlie ? Tu es toute pâle. Tu te sens bien ?

Marshall s'était levé, Aimee dans les bras.

— Oui, ne t'inquiète pas...

S'approchant, elle embrassa Aimee sur la joue.

— Bonjour, ma chérie !

Elle comptait faire de même avec Marshall, mais il tourna la tête et frôla ses lèvres des siennes.

— Bonjour, beauté, murmura-t-il contre sa bouche. Tu es réjouissante pour la vue.

— Maman, manger !

A regret, elle s'écarta de lui.

— Incroyable ! Tu lui as appris de nouveaux mots ?

— J'ai essayé : « J'aimerais que tu me dévores de baisers », mais « manger » était plus simple.

Il se baissa pour poser Aimee qui se tortillait pour descendre, puis se redressa pour entourer les épaules de Charlie de son bras.

— Veux-tu que je m'occupe du petit déjeuner ? Je suis très fort pour faire griller les toasts.

— Comment résister ? lança-t-elle avec un sourire espiègle.

— Bonjour tout le monde ! cria son père qui arrivait sur la terrasse en tenue de pêche.

Il se pencha sur Aimee pour l'embrasser sur le front.

— Manger !

— J'allais justement préparer un festin. Il faut ingurgiter un truc solide avant de partir sur le lac pour nourrir sa famille !

Il regarda Marshall.

— Vous connaissez la pêche à la truite ?

— Non. J'ai pêché le saumon au Canada une fois, mais je suis revenu bredouille.

— Je vous emmènerai, si vous repassez par ici.

Un peu lourd, comme allusion, songea Charlie en retenant son souffle. Pourtant, Marshall ne laissa rien paraître.

— Avec plaisir. Vous avez besoin d'aide pour le petit déjeuner ?

Une réponse peu compromettante... Elle ravala sa déception. Mais c'était préférable à des promesses qu'il ne tiendrait pas.

— Si vous voulez, oui.

Son père semblait admettre cette non-réponse. La situation était également déstabilisante pour lui : il pouvait craindre qu'elle accepte de partir pour les Etats-Unis... Mais il n'avait pas à s'inquiéter, il n'en était pas question.

Souriante, elle les regarda se diriger vers la cuisine, Aimee trottinant derrière eux. En apparence, ils s'entendaient comme deux larrons en foire... Son père faisait-il un effort ? Elle espérait que non. Mieux valait que personne n'influence Marshall dans ses décisions. De toute façon, il était militaire et son métier l'amènerait rarement en Nouvelle-Zélande...

Son cœur se serra. Bien fait pour elle, cela lui apprendrait à être aussi heureuse de sa présence. Elle savait parfaitement qu'il n'abandonnerait pas sa carrière, et il n'avait pas caché qu'il était soldat avant d'être médecin. Quand il avait reçu l'ordre de rejoindre son bataillon plus tôt que prévu, il n'avait pas discuté : il était immédiatement allé prévenir le patron qu'il partait, sans demander si cela dérangeait le service. La première de ses préoccupations, c'était l'armée...

— Et ton jogging ? murmura-t-elle en sortant les assiettes du placard.

— Je peux m'en passer, pour une fois. Peut-être voudrais-tu m'accompagner demain ?

— Euh... Je ne cours plus trop.

— Ah bon ? Et pourquoi ?

— J'ai dû arrêter pendant les derniers mois de ma grossesse, et je n'ai jamais repris.

Il lui posa une main sur l'épaule, l'obligeant à le regarder en face.

— Charlie... Tu me caches quelque chose ?

— Je... Bon, j'irai avec toi, mais si tu ne forces pas trop.

N'avait-elle pas décidé hier de se remettre à l'exercice ? Elle se dirigea vers la porte avec les assiettes.

Les yeux de Marshall devinrent deux minces fentes. Il ouvrit la bouche, mais rien n'en sortit. Il se pencha et l'embrassa sur les lèvres.

— Appelons ça un rendez-vous.

Il voyait bien qu'elle ne lui disait pas tout, mais il la sentait si mal à l'aise qu'il préféra laisser tomber pour l'instant. C'était un peu tôt pour l'interroger. Demain, pendant leur exercice matinal, il trouverait sans doute un moyen d'avoir des éclaircissements. D'ailleurs, ils ne courraient pas longtemps, étant donné son peu d'énergie. Avait-elle eu un problème grave lors de son accouchement ?

En attendant, il lui fallait affronter le père qui, sous son air amical, devait mourir d'envie de le bombarder de questions. Il prit les œufs et le bacon dans le réfrigérateur et les lui tendit.

— Brendon... Je peux vous promettre que j'agirai au mieux vis-à-vis de Charlie et Aimee.

Mais je ne peux pas jurer que je ne les ferai pas souffrir, pensa-t-il. *Et je ne demanderai jamais à Charlie de s'attacher à moi pour le restant de sa vie. Elle ne vivrait qu'à moitié, je serais rarement avec elle.*

— Je vous crois.

Pas possible, ce type se moquait de lui !

— Vous ne savez rien de moi, pourtant.

Pas plus que Charlie, tout bien réfléchi...

— C'est vrai, mais j'ai confiance dans le jugement de ma fille.

Marshall se redressa et lui fit face.

— Allons, Brendon, je suis persuadé que vous avez des questions à me poser, alors n'hésitez pas.

— Comment aimez-vous les œufs ? Bien cuits ?

Marshall sentit monter la colère. Le père de Charlie essayait-il de l'impressionner en se comportant de façon absurde ?

— Selon Charlie, vous avez voulu la convaincre de cesser de me chercher. Vous auriez préféré que je ne vienne pas ?

Cela dit, à aucun moment il n'avait paru mécontent de sa venue… L'huile grésilla dans la poêle et un œuf glissa dedans.

— Je l'ai vue passer des mois à tenter de vous retrouver, et chaque soir un peu plus déçue et malheureuse. Alors, non, je suis ravi que vous soyez là.

Un second œuf rejoignit le premier.

— Pouvez-vous faire griller le pain ? Nous mangeons sur la terrasse. Les couverts sont dans le tiroir du haut.

Pourquoi cette précision ? Brendon devrait se rappeler qui avait essuyé et rangé les couverts hier après le barbecue… Quelque chose le tracassait, et Marshall voulait savoir quoi. Mais impossible de persécuter ce chic type.

— Que prend Aimee le matin ?

— Des tartines de miel.

Charlie pointa son nez dans la cuisine, apparemment plus à l'aise que tout à l'heure.

— Je meurs d'envie d'une tasse de thé. Pas toi, Marshall ?

Elle mit la bouilloire à chauffer puis s'appuya au comptoir et croisa les bras sous sa splendide poitrine.

— Je préfère du café.

Il détourna le regard vers le grille-pain. Si jamais il laissait brûler les toasts, Brendon ne serait pas content. Mais son esprit vagabondait sur le contenu de ce débardeur aux vives couleurs ; des souvenirs lui revenaient de ses seins dans ses mains, de ses pouces caressant les mamelons jusqu'à ce qu'elle crie de désir…

L'alarme du grille-pain sonna au moment où son téléphone vibrait dans sa poche arrière. Le pain qu'il était censé surveiller fumait… Il arracha la prise du mur et jeta le toast carbonisé dans l'évier sous le regard moqueur de Charlie et de Brendon.

Un large sourire aux lèvres, ce dernier éteignit la sonnerie.

— Rappelez-moi de ne plus vous demander de cuisiner quoi que ce soit à l'avenir. Ah, et au fait, ni de conduire une voiture !

— Ton père est un cas désespéré, ma chérie, renchérit Charlie en soulevant Aimee dans ses bras.

En remettant des tranches à griller, il lui rendit son sourire.

— Nous en reparlerons, murmura-t-il.

Elle rougit et changea de sujet.

— Tu viens de recevoir un message, non ?

— Hmm, répondit-il en sortant son portable.

Il lut le texto et fronça les sourcils.

— Mon avion part plus tôt que prévu. Ce soir à 20 heures, et je dois être à la base une heure avant. Bon sang !

Il envoya une réponse puis remit le téléphone dans sa poche.

— Je ferais mieux de passer prendre ma nouvelle voiture de location tout de suite après le petit déjeuner.

Le visage de Charlie se ferma. Elle avait sans doute espéré qu'il reste plus longtemps... Ils n'avaient parlé que de leur fille, et il repartait. Elle devait avoir tant d'autres choses à lui dire... Et des baisers à partager ?

— Et si nous y allions à pied avec Aimee ?

— C'est une idée..., murmura-t-elle.

— La journée s'annonce encore torride, dit-il en poussant Aimee dans l'allée.

— J'espère que papa n'a pas oublié sa crème solaire. Incroyable, le nombre de fois où il rentre du lac rouge comme une écrevisse. Lui, un généraliste qui est censé avertir ses patients des risques de mélanome !

— Tu es devenue médecin parce que ton père l'était ?

— Certainement. Le voir aider les gens à se sentir mieux me plaisait. De toute façon, je ne me souviens pas d'avoir voulu faire autre chose. A dix ans, j'admirais les chirurgiens, et à douze les radiologues. La pathologie a suivi, jusqu'à ce que papa me démontre à quel point les chercheurs pouvaient être isolés.

— En effet, je ne t'imagine pas toute la journée devant un microscope.

— J'aime les contacts, et ça me convient d'être généraliste.

Quoique… Avant de m'apercevoir que j'étais enceinte, j'ai caressé l'idée de me spécialiser en médecine d'urgence.

— A cause de ton stage à Honolulu ?

— Inutile d'arborer ce sourire suffisant. Rien à voir avec nos nuits, mais, oui, tu as réussi à rendre mon passage dans ce service intéressant. Ça me stimulait d'ignorer jusqu'au dernier moment le problème qui allait se présenter, ça m'obligeait à mesurer sans cesse ma capacité d'adaptation.

— Et tu as changé d'avis parce que tu étais enceinte ? Pourquoi ?

— Je voulais accoucher à Taupo et être auprès de mon père. Il m'a élevée tout seul et je tenais à ce qu'il participe à l'éducation d'Aimee. Or, l'hôpital d'ici ne possède pas de service des urgences digne de ce nom.

— J'ai vu sur internet qu'il y avait un établissement plus important pas très loin, à Rotorua.

Là où elle avait subi les traitements pour son cancer… Elle n'avait aucune envie d'y travailler.

— Oui, je l'ai envisagé, mais j'ai renoncé.

Ainsi, il avait fait des recherches sur la région… Pouvait-elle lui en dire plus ? Il partait dans quelques heures, et elle ignorait s'il reviendrait un jour. Devait-elle lui parler de sa maladie avant d'être certaine d'être totalement hors de danger ?

— Tu es associée, au cabinet médical ?

Après avoir regardé des deux côtés de la route, il s'engagea sur le passage piéton avec la poussette.

— On dirait que tu as fait ça toute ta vie !

Elle éclata de rire devant son air stupéfait.

— Tu crois ? C'est la première fois que j'emmène un bébé en promenade.

— Tu as donc des talents cachés…

Elle désigna un bâtiment plus bas dans la rue.

— Voilà ton agence de location. Pour répondre à ta question, pas encore, mais j'envisage d'acheter la part de mon père, qui veut prendre sa retraite.

Bien entendu, elle n'était pas parvenue à lui faire accepter son argent... Il ne cessait de répéter qu'il n'en avait pas besoin et qu'elle devait conserver l'héritage de sa mère.

— Nous cherchons un autre associé. Le nombre de patients augmente, et c'est très difficile de les mettre à la porte.

— Je comprends.

Il s'arrêta devant la devanture de l'agence.

— Je vais régler cette affaire.

Elle le regarda slalomer entre les voitures étincelantes. Le dos et la tête bien droits, les épaules en arrière. Un soldat... Elle avait gaspillé sa salive avec son allusion pitoyable à un troisième partenaire. Le travail de généraliste dans un cabinet médical lui paraissait sans doute monotone et ennuyeux.

Envisagerait-il un jour de quitter l'armée pour se consacrer à la médecine ? Peu probable. Même s'il retournait à la vie civile, il ne s'installerait pas en Nouvelle-Zélande, surtout dans une petite ville comme Taupo. Il était habitué au frisson des zones de combat et aux urgences du champ de bataille, à découvrir sans cesse de nouveaux paysages et des visages différents...

Son cœur chavira. Elle s'était fait des idées. L'aimait-il assez, de toute façon, pour souhaiter vivre avec elle ? Etre le père de sa fille ne l'obligeait pas à l'épouser, pas plus que deux semaines merveilleuses passées au soleil.

Pourquoi pensait-elle au mariage, soudain ? Parce qu'elle était à présent certaine de l'aimer. Entre sa grossesse, la naissance d'Aimee et son cancer, elle n'avait pas eu le loisir de trop y réfléchir, et maintenant, elle savait au fond de son cœur qu'elle n'aimerait jamais que lui. Mais si jamais elle le lui avouait, il risquait de disparaître de nouveau sans laisser de traces, alors qu'Aimee pouvait avoir besoin de lui s'il lui arrivait malheur à elle...

Un coup d'avertisseur la tira de ses réflexions. Marshall était derrière elle, au volant, un sourire avantageux aux lèvres.

— Je vous emmène, madame ?

— Que me proposez-vous ?

Il lui adressa un clin d'œil.

— Vous avez la mémoire courte !

Le rouge lui monta aux joues tandis qu'elle se souvenait de

ses doigts et de sa langue sur sa peau, du poids de son corps sur le sien…

— Je me trompe peut-être, s'il faut en croire ce regard nostalgique…

Il s'esclaffa et descendit du véhicule pour détacher Aimee de sa poussette.

— Venez, les filles, je vous offre un café et un jus de fruit ! Aimee est beaucoup trop petite pour la ceinture de sécurité ! ajouta-t-il en fronçant les sourcils.

— Pas de problème, cette poussette se transforme en siège auto.

Lorsque Aimee fut installée, Charlie le regarda.

— Et si nous allions jusqu'aux chutes Huka ? Il y a un bar et, au moins, tu aurais vu quelque chose de Taupo.

Il lui souleva le menton et riva son regard au sien.

— Je reviendrai, Charlie. Je ne sais pas quand, mais je te le promets.

Il était sincère, elle n'en doutait pas, mais elle aurait voulu des précisions. Des dates exactes, pas un vague espoir. Pourtant, en le regardant dans les yeux, elle eut le souffle coupé et ne rétorqua rien.

A cet instant-là, son portable sonna. Elle consulta le numéro affiché sur l'écran : c'était Molly, la réceptionniste du cabinet. Elle se tourna vers Marshall.

— Désolée, il faut que je réponde. Oui, Molly, que se passe-t-il ?

— Une urgence à l'aéroport… Un avion de tourisme qui s'est écrasé avec des parachutistes à bord. La police cherche à contacter tous les médecins. Je n'ai pas réussi à joindre ton père. Peux-tu y aller ?

— Bien sûr. Papa est parti pêcher sur le lac. Une minute, ne quitte pas.

Elle regarda Marshall.

— Un accident d'avion, et ils font appel à tous les médecins disponibles. Tu voudrais nous aider ? Tu n'es pas inscrit ici mais, sous ma responsabilité, c'est possible.

— Alors qu'attendons-nous ?

Il prit place du côté passager.

— Mieux vaut que ce soit toi qui conduises, nous gagnerons du temps.

Tout en parlant à Molly au téléphone, elle se glissa sur le siège.

— J'arrive avec un autre médecin, un urgentiste. Il est américain, mais je pense que ce n'est pas un problème.

— Parfait !

— Je suis en ville. Il faut que je fasse garder Aimee, que j'ai emmenée.

— Gemma est à côté de moi. Elle dit qu'elle peut te retrouver dans cinq minutes avec une trousse médicale et qu'elle ramènera ta fille ici.

— D'accord. Nous sommes devant l'agence de location de voitures.

6

Une fois l'échange fait et sa fille repartie avec Gemma, Charlie boucla sa ceinture puis embraya.

— Allons-y.

Sur le trajet, Marshall imaginait le genre de blessures qu'il s'apprêtait à soigner, et Charlie avait manifestement la même préoccupation.

— Nous pouvons nous attendre à des dégâts à la colonne vertébrale, des ruptures d'organes et des fractures.

— Tu les supposes donc tous survivants ?

— Sinon, on n'aurait pas fait appel à nous.

— Exact. Je me demande à quelle altitude volait l'appareil. Il a pu heurter le sol nez en avant. Nous avons eu un accident à l'atterrissage pendant ma dernière période en Afghanistan. Je sais à quoi ça ressemble.

— Et comment t'en es-tu sorti ? Tu connaissais certains des hommes ?

— Oui.

Il regarda par le pare-brise, mais ne vit que des blessés. Il entendait Rod gémir, les mains serrées autour de sa plaie béante pour tenter de juguler l'hémorragie. Il ferma les yeux et prit une profonde inspiration. S'il avait pu le sauver… Il n'aurait pas ce poids sur les épaules. Et il devait se rappeler que la même chose pourrait lui arriver n'importe quand.

La voix douce de Charlie l'interrompit dans ses sombres pensées.

— Je me demande combien ils étaient. En principe, ils sont au maximum six, en tandem, plus le pilote.

Charlie ralentit pour s'engager sur le terrain de l'aéroport.

Il se tourna pour la regarder.

— Et qu'en faisons-nous après ? A quel hôpital va-t-on les envoyer ?

— Selon la gravité des blessures, ils sont dispatchés soit vers Rotorua, soit vers Waikato à Hamilton. L'un de nous deux devra sans doute les accompagner.

Une voiture de police les guida. Des camions de pompiers entouraient l'endroit où l'avion s'était écrasé, et d'où s'élevait une fumée noire qui obscurcissait le ciel. Des ambulances stationnaient non loin, portes arrière béantes, et les équipes de secours apportaient du matériel vers les victimes.

S'arrêtant près des véhicules, Charlie prit une profonde inspiration.

— Nous y sommes.

Elle bondit de la voiture et s'empara de la mallette que Gemma lui avait remise.

Marshall, qui courait à côté d'elle, lui saisit la main pour la serrer très fort.

— Tout va bien se passer, tu verras, comme quand nous étions à Honolulu.

Une fois sur le site de l'accident, ils observèrent le tas de métal froissé et brûlé qui n'avait plus rien d'un avion au milieu d'un cratère creusé par l'impact. Autour, des corps éparpillés...

— Charlie, content que tu sois là ! s'exclama Joseph, un généraliste d'un autre cabinet de la ville.

Il serra la main de Marshall pendant qu'elle faisait en hâte les présentations. Elle reconnut aussi le second praticien et l'infirmière qui s'occupaient déjà des victimes.

— Deux morts, quatre blessés graves. Nous avons opéré un triage des pauvres diables qui sont encore en vie.

— Où veux-tu que nous allions ? Joseph, tu as compris que Marshall est un médecin militaire américain, et qu'il n'est pas inscrit à l'ordre des médecins ici ?

Joseph hocha la tête en le regardant.

— Vous êtes probablement plus habitué à ce genre de scénario que nous. Occupez-vous de ce couple, près des pompiers. Ils sont encore attachés ensemble...

L'homme et la femme avaient été projetés sur le sol, leurs deux corps entravés par les brides de butée, et tous deux étaient inconscients.

— A peine vivants..., murmura Charlie après avoir pris le pouls de chacun à la carotide.

— Il va falloir les dégager, même si nous courons le risque d'empirer les choses, dit Marshall. Commençons par mesurer les constantes.

Charlie, d'instinct, se dirigea vers la jeune femme. Du moins, elle la supposait jeune, car les blessures au visage ne lui permettaient pas d'en être assurée...

Elle chercha du regard un secouriste.

— Pouvez-vous apporter deux minerves ?

La première précaution à prendre avant de séparer leurs deux victimes et de les déplacer... Elle entreprit d'examiner la blessée avec minutie.

— Fracture sur le côté du crâne et des pommettes. Humérus droit cassé, côtes fêlées, rate palpable.

Marshall remarqua des blessures similaires chez son patient aux endroits qu'il pouvait atteindre. Aidés par deux sauveteurs, ils posèrent les minerves puis supervisèrent le travail des pompiers qui ôtaient le parachute du dos de l'homme.

— Doucement, dit Marshall pendant que la blessée était transférée sur le brancard.

Charlie vérifia de nouveau les signes vitaux.

— La tension baisse et le rythme respiratoire faiblit.

Soudain, elle ne sentit plus battre le cœur.

— Arrêt cardiaque ! cria-t-elle en commençant les compressions.

Elle fit un signe de tête au secouriste le plus proche.

— Une canule et un masque à oxygène, et le défibrillateur !

Quinze, seize, dix-sept... Elle continua de compter à haute

voix tandis que le sauveteur enfonçait le tube dans la bouche de la patiente et lui mettait le masque.

— Vingt-neuf, trente !

Elle s'écarta pour observer le sac d'oxygène, qui bougea deux fois, puis reprit le massage cardiaque pendant que le secouriste se chargeait du défibrillateur.

— Reculez ! ordonna-t-il soudain.

Elle cessa son mouvement et se jeta en arrière puis recommença en comprenant que le choc électrique n'avait pas fait repartir le cœur. Un second choc, une nouvelle série de compressions...

— Pas question que j'abandonne ! dit-elle, plus pour elle-même que pour les autres.

— J'ai un pouls ! s'écria soudain le sauveteur, soulagé.

— O.K., faisons le nécessaire avant de la transférer à l'hôpital. Où est Joseph ?

— Ici ! Vous l'envoyez à Waikato ?

— Aussi vite que possible. Oh ! Bon sang !

Les moniteurs cardiaques qu'ils venaient d'installer donnaient l'alerte.

— Elle recommence ! Etat de choc. Les hémorragies internes doivent être importantes.

Après avoir de nouveau fait repartir le cœur, ils mirent en place une perfusion de fluides et préparèrent la blessée pour l'évacuation en hélicoptère.

Charlie rejoignit Marshall pour l'aider à poser des attelles aux deux jambes de son patient.

— Comment ça va ?

Il lui sourit.

— Eh bien, je ne me sens pas particulièrement en vacances. Tu m'avais dit que Taupo était une ville tranquille...

— En principe, oui.

Elle regarda le lieu de l'accident en frissonnant. L'impact avait réduit l'appareil à un tiers de sa longueur originelle.

Plus loin, les secouristes chargeaient le brancard de sa patiente dans l'hélicoptère.

La bouche de Marshall se pinça.

— Comment reviendras-tu ?

— Le pilote m'attendra. Je serai de retour dans deux heures environ.

Elle consulta sa montre et son cœur se glaça. D'ici là, il serait parti. Elle avait encore tant de choses à lui dire ! Elle n'avait même pas son adresse… Lorsqu'elle se releva, ses jambes tremblaient.

— Charlie, ils t'attendent !

— J'ai horreur des adieux, Marshall. Appelle-moi dès que tu arrives aux Etats-Unis, s'il te plaît !

Elle embrassa ses doigts qu'elle lui posa sur la joue puis se mit à courir vers l'appareil et vers sa patiente qui avait besoin de sa compétence, s'éloignant de l'homme qu'elle aimait. Le reverrait-elle un jour ?

Marshall conduisait prudemment vers Auckland. Il était à peu près à moitié du chemin, et à chaque kilomètre, son cœur s'alourdissait. Ce qu'il laissait derrière lui était vraiment spécial : une famille fantastique qui l'avait accueilli à bras ouverts.

Malgré tout, en secourant ces blessés avec Charlie, il s'était cru revenu au bon vieux temps d'Honolulu, quand il ne savait rien d'elle. Elle n'avait pas perdu la main, bien au contraire, son assurance semblait accrue.

Vérifiant sans cesse qu'il ne roulait pas à droite, il s'efforça de chasser de son esprit la façon dont ils s'étaient quittés, cette fois. Même s'il était habitué aux imprévus, il avait eu du mal à la laisser partir dans cet hélicoptère…

La veille, quand il l'avait revue, il avait eu l'impression de retrouver sa moitié, et le courant était passé entre eux tout de suite. Même l'époustouflante nouvelle qu'il avait apprise ne lui avait pas donné envie de s'enfuir à toutes jambes. Du moins… Si l'on exceptait ce bref moment au bord du lac.

Pourtant, il repartait en laissant Aimee et Charlotte Lang, dont l'image le tourmentait depuis deux ans, colorant ses rêves, bousculant ses opinions bien arrêtées et ses principes.

Il avait vraiment cru pouvoir passer quelque temps avec elle puis disparaître complètement ? Eh bien, c'était idiot. Rod, qui avait compris avant lui, lui avait répété qu'il avait le béguin, mais chaque fois il avait protesté en riant, arguant qu'on ne tombait pas amoureux en deux semaines.

Pourtant, il était venu, mais quand il avait une idée en tête... A présent, pas de regrets à avoir : il devait se remettre dans sa peau de médecin militaire avant de retrouver ses hommes. Impossible de se comporter en adolescent transi, en homme qui quittait la femme de sa vie et l'adorable petite fille qu'il avait conçue. L'unique façon de ne faire souffrir personne, c'était de rester seul.

Le panneau de signalisation indiquait Hamilton, tout droit. Pour Auckland, il fallait prendre à droite pour éviter le centre-ville.

Il mit le clignotant sans hésiter.

« Tu n'avais pas envie de découvrir pourquoi les yeux de Charlie étaient parfois si tristes ? »

— Rod, je t'entends. Si, mais je n'ai pas réussi. Cet accident d'avion nous a privés de nos dernières heures ensemble.

« Et ça t'est égal de ne pas savoir ? Ou tu fuis parce que tu as peur de ce qu'elle pourrait te révéler ? »

— Cesse de me poser des colles, laisse-moi me concentrer sur la conduite. Ces Kiwis sont assez vindicatifs.

« Des prétextes... »

Non, il ne s'enfuyait pas, ce n'était pas son genre ! Sentant soudain le SUV ralentir, il observa les voyants du tableau de bord. Tout était normal. Que se passait-il ? Il avait levé le pied de l'accélérateur, voilà tout... Pour retarder son départ ?

Il se remémora la douceur des doigts de Charlie sur sa joue. Ils s'étaient embrassés deux fois, ces dernières heures. Des baisers pleins de désir, de regret, de tendresse. Qui promettaient tant de choses...

Il se gara sur le bord de la route et éteignit le moteur. Impossible de conduire en pensant à tout cela. S'il n'était pas du genre à fuir, pourquoi partait-il ? Il n'avait pas reçu l'ordre de rejoindre le Kansas aujourd'hui ! Le pilote l'avait prévenu qu'il décollait plus tôt que prévu, et il s'était précipité... Une habitude prise dans l'armée, obéir sans discuter. Obtempérer sans penser pour éviter les décisions sérieuses.

« C'est tout toi. »

— Bon sang, Rod, tu n'as personne d'autre à tarabuster ?

Il donna un coup sur le volant. S'il faisait demi-tour pour retourner vers Charlie, n'y verrait-elle pas plus de promesses que ce qu'il était prêt à offrir ? A l'idée de s'engager, il sentait l'angoisse lui nouer l'estomac.

Il saisit la clé de contact puis retira sa main.

Que voulait-il faire, vraiment ? S'il renonçait à sa carrière militaire, irait-il la rejoindre sans une hésitation ?

Difficile de s'imaginer ne plus être dans l'armée, qui était pour lui une famille. Même si c'était une institution impersonnelle, où l'amour n'avait pas cours... Mais, de toute façon, il n'avait pas l'intention de la quitter, il voulait juste passer quelques jours de plus avec Charlie.

« A ta place, je tâcherais de tirer le meilleur parti de cette opportunité. »

« Opportunité », c'était un mot pour ce qui l'attendait à Taupo. « Engagement » en était un autre. Pouvait-il s'engager à faire partie de la vie de Charlie et d'Aimee à distance ? A rester sauf pour ne pas les faire souffrir ? Comment connaître la réponse sans essayer ?

Ce fut d'une main tremblante qu'il tourna la clé de contact, une vision de Charlie à l'esprit : s'il l'admirait de n'avoir rien exigé de lui pour sa fille, en vérité, il voyait surtout ses yeux bleus pleins de compréhension, de désir... et de tristesse. Pourtant, les rares fois où elle riait, elle exprimait autre chose à son égard. L'aimait-elle ? Il ne lui était pas indifférent, sans doute, mais comment savoir... Il manquait d'habitude sur ce terrain-là.

Il mit son clignotant et attendit une accalmie dans le trafic pour faire demi-tour.

Il n'en avait pas fini avec Charlotte Lang. Pas pour l'instant.

Après avoir farci la truite d'ail et de zestes de citron, le père de Charlie l'enveloppa dans le papier aluminium.

— Elle passe bientôt au barbecue. Tu veux une salade aussi ?

— Volontiers !

En fait, peu lui importait, car elle doutait de sentir le goût de quoi que ce soit. Marshall était parti. Cette fois, il avait laissé une adresse e-mail où elle pourrait le contacter, et elle aurait dû lui en être reconnaissante, mais cela ne lui suffisait pas. Ils ne s'étaient mis d'accord sur rien au sujet d'Aimee. Ni en ce qui concernait le reste.

— Charlotte ?

Son père s'assit à côté d'elle à la table de la cuisine. Quand il l'appelait par son prénom officiel, elle savait que c'était sérieux, mais elle n'avait aucune envie d'écouter. Que pouvait-il dire pour lui remonter le moral ? Elle fit la grimace.

— Il m'a promis qu'il ne vous ferait pas souffrir, toi et Aimee.

— Eh bien, ce sont des promesses en l'air, tu vois bien !

Elle alla se chercher de l'eau.

— Moi, je lui fais confiance. Il n'est pas responsable du fait que son avion parte plus tôt, et il ne pouvait pas prévoir que tu devrais accompagner ta patiente à Waikato. Laisse-le respirer, ma chérie.

Elle étudia le contenu de son verre.

— D'accord. Mais s'il ne revenait jamais ? Je ne lui ai pas tout dit. Il faut qu'il comprenne pourquoi c'est si important que nous restions en contact.

Elle aurait mieux fait de le mettre au courant lors de leur balade en ville, mais cela lui avait semblé prématuré…

— Je suis convaincu que tu le reverras.

— J'espère que tu as raison.

Elle avala une gorgée d'eau en tentant de dissimuler les larmes qui perlaient à ses paupières. A présent qu'elle s'était avoué qu'elle aimait Marshall, elle devait l'oublier et aller de l'avant, mais c'était difficile. Toutefois, pour le bien de son père, autant s'efforcer de retrouver un semblant de contrôle sur ses émotions…

— J'emmène Aimee dans sa piscine, papa.

Sa fille était folle de l'eau, au point que Charlie en était parfois inquiète. Mais elle ne put s'empêcher de sourire en la voyant faire des éclaboussures qui la faisaient hurler de joie.

— Vas-y, ma chérie !

— Un vrai poisson, comme sa mère !

Cet accent traînant, américain...

Elle sursauta et se leva si vite de sa chaise de jardin qu'elle trébucha. Marshall la retint en riant.

— Apparemment, tu es contente de me voir !

Il posa les lèvres sur les siennes pour un baiser si passionné qu'elle se liquéfia tout entière, et qu'elle oublia tout ce qui n'était pas le corps de l'homme qui la soutenait. Elle poussa un soupir d'aise.

Il s'écarta pour murmurer contre sa bouche.

— Tu m'as manqué, Charlie.

Puis il se remit à l'embrasser.

Ah ? Voulait-il dire depuis deux ans ou depuis quelques heures ? Peu importe, il était là.

Elle lui passa les bras autour du cou et le serra fort.

— Je suppose que je dois aller chercher des bières ? demanda son père derrière eux.

Marshall releva lentement la tête, à regret, visiblement.

— Oui, monsieur, avec plaisir !

Puis il reposa les lèvres sur les siennes pour un bref baiser avant de la lâcher.

— J'aime beaucoup Brendon.

— Il doit être surpris que tu sois déjà revenu... Jusqu'où es-tu allé ?

— Juste avant Hamilton, au croisement pour Auckland.

— Ton vol a été reporté ?

Il lui prit la main pour l'entraîner vers un fauteuil de la terrasse où il l'assit sur ses genoux, la retenant d'un bras par la taille. Pas de souci, elle ne risquait pas de s'enfuir !

— Etant donné que ma permission ne se termine que dans une quinzaine de jours, j'ai dit aux gars que je me débrouillerai pour rentrer plus tard. Si ça ne t'ennuie pas, j'aimerais passer un peu de temps avec ma fille. Et aussi avec sa mère.

Une onde de chaleur la parcourut.

— Tu peux rester chez nous !

— Tu es sûre que c'est une bonne idée ? Tu devrais demander à ton père ce qu'il en pense, non ?

— Que doit-on me demander, à moi ?

— Papa, Marshall a encore quinze jours de permission, et je l'ai invité à s'installer ici.

— Pas de problème, mais ne vous sentez pas obligé, jeune homme. Si vous préférez être tranquille…

— Dans ce cas, j'irai courir, ou prendre une bière au pub. Merci à tous les deux, j'accepte volontiers.

Charlie était aux anges. Il était revenu, c'était tout ce qui comptait. Elle avait le temps de tout lui dire, à présent. Et elle était prête à lui laisser un peu de liberté… A condition qu'ils ne s'embrassent pas trop souvent comme tout à l'heure, sinon, elle ne donnait pas cher de ses bonnes intentions.

Un sourire étrange, qu'elle ne comprit pas très bien elle-même, étira ses lèvres.

7

Le lundi matin, ce fut la sonnerie du réveil qui la tira du sommeil. Il était 6 heures. Elle se leva d'un bond, inquiète : pourquoi Aimee ne l'avait-elle pas réveillée ?

Elle enfila sa robe de chambre et se précipita dans le couloir. Le lit de sa fille était vide.

Marshall s'en était peut-être occupé… Elle se rendit dans la cuisine, et stoppa net sur le seuil.

Assis à la table, Marshall, une tasse de café dans une main, tenait fermement de l'autre Aimee qui sautait sur ses genoux. Le sourire qu'il arborait fit chavirer le cœur de Charlie : émerveillement, bonheur, tendresse… Il avait accepté Aimee comme son enfant sans problème. Bien plus vite que ce qu'elle aurait imaginé.

Elle ouvrit la bouche pour parler, mais les mots se bloquèrent dans sa gorge.

— Regarde qui arrive !

Il s'adressait à sa fille, mais son regard était posé sur elle.

— Comme elle s'énervait un peu, je me suis chargé d'elle. Mais, vu ton air, je n'aurais pas dû ?

— Si, bien sûr !

Elle inspira profondément pour se maîtriser. Inutile de lui préciser ses sentiments à son égard pour l'instant. Ou plus tard. Maintenant qu'il avait accepté l'idée d'être père, il pourrait lui venir à l'esprit de vouloir d'autres enfants, et les ennuis commenceraient. Elle aurait tant souhaité en être capable… Elle se secoua. Mieux valait se concentrer sur le présent.

— Comme c'est elle qui me réveille, d'habitude, j'ai eu peur qu'il lui soit arrivé quelque chose quand mon réveil a sonné.

Présenté ainsi, ce moment de panique semblait stupide. Sur un haussement d'épaules, elle mit la bouilloire à chauffer pour le thé et posa un baiser sonore sur le visage rayonnant d'Aimee.

— Bonjour, ma chérie.

— Et moi ?

Elle se pencha pour embrasser Marshall sur le menton, mais il lui saisit le bras pour la retenir et prit sa bouche.

De nouveau, ils s'embrassaient... Et elle devait admettre qu'elle adorait.

Aimee agrippa une poignée de cheveux de sa mère et tira.

— Maman !

— Aïe ! Attention, ça me fait mal à la tête !

Son cuir chevelu était très sensible depuis sa chimiothérapie. Se détournant pour échapper au regard scrutateur de Marshall, elle versa l'eau sur son thé.

Quand elle s'assit pour le boire, elle avait recouvré la maîtrise de ses émotions.

— Tu es un lève-tôt !

— J'aime bien courir avant la grosse chaleur. Mais ce matin, j'ai été détourné.

Il fit sauter Aimee sur ses genoux, ce qui déclencha des éclats de rire.

— Hmm, elle a l'art de faire perdre son temps à tout le monde. Si tu veux, je m'en occupe. Dès que j'ai terminé mon thé, je vais prendre ma douche et je l'emmène. C'est le meilleur moyen de la laver.

— On se douche en famille, alors ! dit Marshall, le regard espiègle.

Aussitôt, elle sentit ses joues la brûler.

— Nous n'avons pas besoin de toi.

L'air faussement malheureux, il se plaqua une main sur le cœur.

— Que tu es cruelle !

— Va courir. Je n'ai pas l'habitude de ta présence dans la maison, et je ne suis pas encore prête à une quelconque intimité.

Son sourire devint malicieux, ainsi que la lueur dans ses yeux.

— Pas encore ? Il me reste donc de l'espoir ? Si je suis sage ?

— Tu es un cas désespéré !

Son sourire s'élargit de plus belle.

— Tu crois ça ? Qu'est-ce qu'on parie ?

— Va courir. Je n'ai pas de temps à perdre en âneries à cette heure de la journée. Je travaille, aujourd'hui.

— Des âneries ? Tu as entendu, Aimee ? Ta maman est vraiment dure, je t'assure !

Puis son visage redevint sérieux.

— Tu peux quand même m'accompagner ?

Bien sûr, mais en avait-elle envie ?

— Je risque de te ralentir.

— Faisons un essai. Nous rentrerons quand tu veux.

— Je reviendrai seule, tu n'auras qu'à continuer. Je vais prévenir papa.

— A quelle heure dois-tu partir ?

— J'emmène Aimee à la crèche du cabinet, ouverte aux enfants des membres de l'équipe et à ceux des patients le temps de leur consultation. Un peu après 8 heures, enfin, quand je suis prête...

Il prit l'air ébahi.

— Mais à quelle heure commences-tu ton travail ?

— Dès mon arrivée. Je ne suis pas dans l'armée, Marshall, ajouta-t-elle avec un petit rire. Pourvu que nous soyons là pour nos premiers rendez-vous à 9 heures, le reste n'a pas d'importance. En principe, je passe une demi-heure à prendre connaissance des résultats d'analyses arrivés la veille au soir, je regarde quels patients je dois voir et je vérifie leur dossier. Mais si jamais je ne peux pas finir, ce n'est pas une catastrophe, je fais tout ça au fur et à mesure.

Elle se leva et prit Aimee.

— Mon cœur, viens dire bonjour à ton grand-père !

— Mais quand les horaires sont stricts, on fait moins d'erreurs et on gagne du temps ! protesta Marshall en portant les tasses dans l'évier. C'est sûr que, dans l'armée, ce serait impossible de laisser chacun commencer quand ça lui chante...

Son air sérieux la fit sourire.

— Nous ne sommes pas dans une zone de combat, bien que certaines fois on en ait l'impression.

— Evidemment.

Elle le vit se détendre et son sourire réapparut.

— Je reconnais qu'hier, à l'aéroport, la coordination était super. Tout le monde semblait savoir quelle était sa tâche. A deux ou trois reprises, je me suis retenu de hurler un ordre parce que je me suis aperçu que le nécessaire était déjà en train de se faire.

— Il existe divers moyens d'obtenir le maximum des gens, Marshall. Pardon, mais je n'ai plus le temps de bavarder. Je vais courir.

— Tu es certaine d'être assez en forme, ma chérie ?

— Juste quelques kilomètres, papa, tout se passera bien.

Elle soupira. Son père était devenu un peu trop protecteur, mais comment lui en vouloir ? Il avait perdu la femme qu'il adorait d'un cancer et vivait dans la terreur de voir sa fille disparaître à son tour… Quant à elle, elle devait s'efforcer de recouvrer son énergie d'autrefois.

La matinée était déjà chaude, et Marshall transpirait en courant sur l'allée qui conduisait au lac. Il tourna la tête et, surpris de ne pas trouver Charlie à sa hauteur, fit du surplace pour l'attendre.

— Tu ne plaisantais pas en disant que tu manquais d'entraînement !

— Oui, répondit-elle en haletant. Je vais rentrer.

Visiblement, elle était déçue.

Il s'immobilisa et lui prit la main pour marcher avec elle.

— Respire à fond.

Il sentit ses doigts s'enrouler autour de sa main, et la chaleur l'envahit.

— Pas mal pour un premier essai.

— Tu trouves ? Avant, je courais une heure ! Et ça me met vraiment en rage de ne plus pouvoir.

— Tu as cessé quand Aimee est née ?

— C'est une longue histoire. Je te raconterai ça plus tard. Maintenant, je vais être en retard si je ne me dépêche pas.

— Je t'accompagne.

— Pas question, continue. A tout à l'heure !

Puis elle tourna les talons.

Décidément, elle lui cachait pas mal de choses..., songea-t-il. De nouveau, il avait perçu sa tristesse. Mais il lui parlerait plus tard, il avait besoin d'exercice pour bien commencer sa journée. Si tant est qu'il sache comment remplir les heures jusqu'à ce qu'elle revienne du cabinet médical...

Il pourrait lui proposer de se charger d'Aimee un moment. Sa fille le fascinait. Et s'il la photographiait ? Ce serait formidable de garder des images d'elle !

Même s'il n'était pas présent au quotidien dans la vie d'Aimee, il gagnerait son amour. Il communiquerait avec elle par e-mail, vidéotéléphone, par téléphone quand elle serait plus grande, et il lui enverrait des cadeaux pour Noël et ses anniversaires.

Cela lui aurait-il suffi, à lui, quand il était enfant ? Non. Ce n'était pas ce qui rendait un enfant heureux.

Il frissonna. Pourquoi vivait-il si loin d'elles ? Charlie accepterait-elle de s'installer aux Etats-Unis ? Ce n'était pas juste de le lui proposer : elle se sentirait seule, sans Brendon et ses amis, et son travail lui manquerait.

Il accéléra l'allure et réussit un moment à oublier ses interrogations. Puis il rentra à la maison... chez Charlie. Elle et son père le stupéfiaient, avec leur gentillesse et leur franchise. Personne ne lui demandait de comptes, c'était si anormal pour lui ! Pourtant, cela ne lui déplaisait pas. Il sentait même qu'il pourrait s'en accommoder.

Il ouvrit le portail comme s'il l'avait fait toute sa vie. Comme si c'était normal de rejoindre une merveilleuse femme et son enfant...

« Bon sang, fais demi-tour, et vite ! », se dit-il. Mais ses pieds n'obéirent pas, et il alla se doucher puis avaler son petit déjeuner avant de retourner s'occuper d'Aimee.

Charlie éclata de rire.

— A mon avis, tu devrais essayer une approche plus… physique.

— C'est-à-dire ?

Elle passa la bride de son étui d'ordinateur à l'épaule et prit ses clés de voiture au crochet fixé à la porte de la cuisine.

— Elle est trop jeune pour qu'on lui ordonne d'« aller faire pipi ». Tout ça est encore un mystère pour elle. Il faut que tu l'emmènes aux toilettes, que tu lui ôtes sa culotte et que tu l'assoies sur le pot.

— Et tu ne m'en crois pas capable ?

Il sourit, mais ses yeux restaient sérieux. Il considérait cela comme un défi. Ce qui n'était bon ni pour lui ni pour Aimee.

Elle lui mit une main sur le bras.

— Je ne confierais jamais ma fille à quelqu'un que je juge incapable de s'en occuper. Même pas à son père.

Il se rengorgea.

— Tu essaies de me flatter, ma chérie.

Se haussant sur la pointe des pieds, elle posa un baiser sur son menton bien rasé.

— A tout à l'heure, au cabinet. Bien propres, tous les deux, et tout sourire.

— D'accord. Nous allons te surprendre, Charlotte Lang !

Sur un signe de la main, elle sortit. Une nouvelle journée magnifique commençait, et Marshall était là. Encore là. Elle avait été étonnée de le voir revenir. Il ne se dérobait pas face à ses responsabilités, même celles qui lui étaient tombées dessus la veille sans crier gare.

Etrange, de partir travailler sans Aimee. Elle expliqua à l'employée de la crèche que sa fille arriverait plus tard puis s'absorba dans les résultats d'analyses et de radiographies. Lorsqu'elle lut un rapport de mammographie anormal pour l'une de ses patientes, elle oublia Marshall et Aimee un moment. Keisha Harris avait trente-cinq ans, et deux garçons splendides qu'elle adorait. Elle avait été sa camarade de classe, elles avaient fait partie de la même équipe de volley, et elles avaient des amis communs…

Maintenant, voilà que Keisha aussi était peut-être atteinte de cette sale maladie, et sa vie en serait tout autant affectée que la sienne si les résultats complémentaires étaient positifs.

Le cœur lourd, Charlie prit son téléphone et composa le numéro de sa patiente, mais tomba sur le répondeur. Elle sortit pour se renseigner à la réception.

— Molly, sais-tu si Keisha travaille pendant les vacances scolaires ? Il faut que je lui parle.

— Elle et Toby sont partis passer quinze jours à Phuket avec les enfants. Je pense qu'ils rentrent ce week-end.

— Je vais lui laisser un message.

Pas question de l'alarmer, mais elle devait lui demander de se mettre en contact avec elle le plus tôt possible. Le centre de radiologie l'avait sans doute rappelée pour des radios supplémentaires. Cependant, inutile d'interrompre ses vacances en famille : quelques jours de plus ou de moins ne feraient guère de différence, et autant qu'elle en profite bien, car les semaines qui suivraient risquaient d'être pénibles.

— Charlie, ta première patiente est arrivée !

Elle renouvela des ordonnances, soigna une cheville foulée et un adolescent un peu dépressif avant que Mme Withers ne vienne se plaindre de douleurs à la poitrine.

Avec l'aide de Gemma, Charlie fit de rapides analyses et appela en hâte une ambulance pour transférer sa malade à l'hôpital.

Elle reçut ensuite Vicky Donaldson qui lui amenait Josh, six ans, dont la peau était couverte d'énormes boutons et qui ne cessait de se gratter.

— J'en ai marre ! Ça me démange, et ça m'empêche de dormir la nuit !

— Qu'a-t-il mangé juste avant que ça commence ? demanda-t-elle à la maman.

— Rien de spécial… Des sandwichs au poulet, de la glace et des pêches. Il n'a jamais eu d'allergie à la nourriture.

Charlie sourit.

— Difficile d'être mère, n'est-ce pas ? Chaque fois que je pense avoir franchi un obstacle avec Aimee, elle en invente un nouveau. Comme je le craignais, elle a commencé à grimper partout.

— Je vois très bien ce que tu veux dire. On a l'impression d'être au beau milieu d'un champ de mines. Je me figurais que, quand il aurait l'âge d'entrer à l'école, il n'aurait plus de problèmes...

Charlie regarda l'enfant.

— Josh, où es-tu allé jouer hier ?

— Papa nous a emmenés nous baigner dans la rivière, expliqua-t-il en se grattant de plus belle. J'ai vu une anguille, et Karla a glissé sur les rochers.

La fin du récit fut assortie d'un léger sourire. Il ne semblait pas mécontent de la mésaventure arrivée à sa petite sœur...

— Pas de mouches des sables, d'abeilles, de guêpes ? Je te prescris de la crème pour les démangeaisons, et une infirmière va te faire un test d'allergie qui prendra environ une heure.

— J'aimerais bien que ce soit Gemma.

— D'accord.

La mère et le fils disparurent, et en sortant chercher sa patiente suivante, Charlie se heurta à son père dans le couloir.

— Qu'est-ce que tu viens faire si tôt ?

— On m'a remplacé, à la maison. Mon petit déjeuner m'attendait quand je me suis levé, et Aimee était dans sa chaise, en train de bombarder la cuisine de morceaux de toasts, apparemment ravie que Marshall s'occupe d'elle. Par contre, lui semblait estimer que c'était plus facile de partir en expédition avec ses hommes que de surveiller une fillette de dix-huit mois.

Elle s'esclaffa.

— Si j'avais pu être une petite souris pour voir ça !

— Tu pourrais au moins faire semblant d'avoir de la peine pour lui !

— Pas question, ça lui fait du bien.

— Tu es dure, Charlotte Lang !

— Et je le tiens de qui, à ton avis ?

Elle entra dans la salle d'attente.

— Kathy, suis-moi.

A 11 heures, au moment où elle savourait un café et des biscuits bien mérités, Gemma apparut sur le seuil, les yeux ronds.

— Moi qui croyais que les dieux grecs avaient disparu avec

leur civilisation ! Il y a un type à la réception, avec Aimee dans les bras, qui doit descendre tout droit de l'Olympe !

Charlie ressentit un pincement à l'estomac et sourit.

— Très grand, les épaules larges, les cheveux courts et un visage à se damner ?

— Exact. Aimee est collée contre lui comme si elle ne voulait plus le lâcher.

Pas si drôle, songea Charlie. Cela pouvait devenir un problème...

— Je ferais mieux d'aller à son secours.

Sentant monter l'excitation, elle fit le tour de son bureau. Il n'y avait que trois heures qu'elle n'avait pas vu Marshall, et elle devait admettre qu'il la mettait dans un drôle d'état. Bon sang, mais elle était au travail !

Gemma se mit à rire.

— Tu m'as caché ça ! C'est le père de ta fille ? Tu ne m'as jamais dit qu'il était si beau !

— Il l'a annoncé en arrivant ? Qu'il était le père d'Aimee ?

— Oui. Il avait l'air assez fier de lui. Ensuite, il a suivi Brendon qui lui a présenté tout le monde. Ils semblent s'entendre à merveille, tous les deux.

— C'est vrai, mais je soupçonne mon père de faire un effort en pensant à mon avenir et celui de sa petite-fille.

Un petit sourire aux lèvres, l'infirmière poussa un soupir.

— C'est tout à fait son genre, en effet !

— Au fait... Il t'apprécie beaucoup, lui aussi, ajouta Charlotte. Je tenais à te dire que si jamais il t'intéressait, j'en serais heureuse et j'approuverais pleinement.

Elle lui devait tant ! C'était Gemma qui l'avait accompagnée lors de ses séances de chimiothérapie, emmenée choisir des perruques quand elle avait perdu ses cheveux... Qui l'écoutait exprimer ses appréhensions et sa terreur. Gemma, qui avait quinze ans de plus qu'elle et qui était sa meilleure amie.

Gemma la prit dans ses bras.

— Je suis contente que tu me l'aies dit, mais j'en étais sûre. Maintenant, file récupérer ton type avant de te le faire faucher par une autre !

8

Le mardi matin, Charlie enfila sa tenue de joggeuse dès son lever.

— J'ai des courbatures partout ! grommela-t-elle en courant à côté de Marshall. Il va me falloir des semaines pour me remettre en forme.

— Haut les cœurs !

Il lui donna un petit coup de coude, et quand elle releva la tête, il lui souriait.

— Facile à dire pour toi ! Une seule de tes foulées est égale à deux des miennes ! Demain, je t'accompagne à vélo, et nous verrons qui est le plus rapide !

Son rire l'emplit de joie, et elle rit aussi en constatant qu'il était obligé de s'arrêter pour récupérer son souffle. Elle en profita pour prendre la tête. Pas longtemps...

— Hello ! lança-t-il en la dépassant.

Mais ses poumons et ses jambes commençaient à protester.

— Je rentre, à plus tard !

Il se retourna et courut quelques mètres à reculons.

— J'apporte le déjeuner, tout à l'heure !

— D'accord, nous irons pique-niquer au bord du lac.

Assise sur une couverture, Charlie avala une bouchée de panini au poulet.

— De quoi as-tu parlé avec les autres médecins hier tout l'après-midi ?

— De médecine, évidemment. Ils se passionnent pour les urgences sur le terrain.

Il mâchonna un brin d'herbe en contemplant les vaguelettes que la brise légère faisait courir à la surface.

— Je ne leur donne pas beaucoup de détails, mais c'est sûr que ça doit être excitant, comparé à la routine d'un cabinet médical. Ils ne s'imaginent pas que, ces temps-ci, j'échangerais volontiers ma place contre la leur. J'en ai un peu assez de soigner des infirmes ou des patients dont la poitrine a été trouée de balles.

Soudain, elle n'avait plus faim.

— Comment peux-tu supporter ça en permanence ?

— Je m'efforce de penser aux gars que j'aide et d'oublier le reste.

Elle se traita mentalement d'idiote : pour une fois qu'il se confiait, elle lui avait fourni l'occasion de faire marche arrière. Percevant le chagrin dans ses yeux, elle posa une main sur la sienne et sentit qu'il tremblait. Sa peau était moite et froide, et il haletait.

— Marshall ?

— Ne t'inquiète pas.

— Si, justement, je m'inquiète.

Elle jeta un coup d'œil à Aimee, qui jouait tranquillement avec des cailloux au bord de l'eau.

— Raconte-moi.

Il ouvrit la main pour serrer la sienne.

— Tu te souviens de Rod ? Mon meilleur ami ? Deux mois après notre départ d'Honolulu, nous étions en Afghanistan. Un avion qui transportait la moitié de mon bataillon s'est écrasé en bout de piste à l'atterrissage. Rod n'a pas survécu. J'ai fait le maximum pour le sauver, puis j'ai demandé son transfert en Allemagne, et je ne l'ai jamais revu.

Que dire ? Les mots étaient inutiles en pareil cas. Elle serra sa main plus fort et posa la tête sur son épaule.

— Je suis navrée, Marshall.

— Moi aussi. Et le pire… c'est qu'il était certain qu'il ne s'en tirerait pas, et qu'il voulait rester avec moi à la base. Mais j'ai insisté pour qu'il parte parce que j'espérais qu'il réussisse d'une façon ou d'une autre à dire adieu à sa femme et à ses fils... Qui sait, j'aurais peut-être pu le garder en vie... En tout cas, je m'en veux de ne pas avoir été avec lui pour lui tenir la main pendant son transfert.

Son regard était lointain.

— Tu n'as rien à te reprocher, tu as fait au mieux.

— J'aurais pu l'accompagner.

— Jusque dans un autre pays ?

— J'ai choisi d'être médecin pour sauver des gens.

Elle percevait des sanglots dans sa voix.

— Un jour, tu m'as fait remarquer qu'on ne pouvait pas les sauver tous.

— C'était mon meilleur ami, Charlie.

— Tu n'es pas responsable, Marshall.

Impossible de le laisser se ronger de culpabilité. Levant la tête, elle l'embrassa dans le cou et sur les lèvres.

Marshall lui agrippa la main. Sa bouche douce et tendre remuait quelque chose à l'intérieur de lui, le réchauffait.

Rien à voir avec la dure réalité de sa vie. Pourquoi s'était-il confié à elle ? Il avait horreur des épanchements et, pourtant, il venait de lui raconter ses malheurs...

Une pierre heurta son genou et roula vers son pied. Aimee était à côté de lui, main tendue, souriante. Il l'attira à lui.

— Approche, ma chérie.

Sa fille d'un côté, Charlie de l'autre... un portrait de famille, en somme. Comme il n'en avait jamais eu. La raison pour laquelle il était dans l'armée, survivant de mission en mission pour continuer.

A la fin de la semaine prochaine, il serait reparti, et il ignorait totalement quand il pourrait revenir. Charlie souffrirait, mais pas autant que s'il s'engageait avec elle et qu'il était tué. Il ferait son possible pour Aimee. Pour le reste, elles étaient mieux sans lui, toutes les deux.

La nuit venue, Charlie se retourna dans son lit sans parvenir à trouver le sommeil. Chaque fois qu'elle fermait les yeux, elle revoyait l'angoisse dans le regard de Marshall et entendait le chagrin dans sa voix...

Malgré tout, elle était heureuse qu'il se soit confié à elle. C'était peut-être le signe que leurs sentiments évoluaient, qu'une amitié naissait entre eux, susceptible de les souder dans les années à venir. Mieux valait oublier qu'elle l'aimait. Ce ne serait pas facile, mais il était préférable de le laisser aimer d'abord sa fille, la principale intéressée dans cette affaire.

Au matin, les rayons du soleil filtrèrent à travers ses volets peu après 5 heures. La tête lourde à cause de sa nuit d'insomnie, elle sortit du lit pour prendre une douche froide.

— Tu n'as pas très bonne mine ! Mal dormi ?

Marshall était dans le couloir.

En bâillant, elle ouvrit la porte de la salle de bains.

— Trop chaud...

Les yeux verts scrutèrent les siens, pleins d'inquiétude.

— Il y a quelque chose qui te tracasse, Charlie ?

Oh, presque rien ! Juste savoir comment elle allait passer la journée en tombant de sommeil, comment Aimee réagirait quand il partirait, comment elle s'en sortirait elle-même s'il ne donnait plus signe de vie...

— Une de mes patientes...

Inutile de lui avouer la vérité. Il la détesterait si elle lui demandait exactement ce qu'il pensait faire, s'il comptait voir Aimee de temps en temps ou souvent... Et s'il accepterait de se charger de sa fille au cas où elle serait privée de sa mère.

Il parut contrarié.

— Vraiment ?

Avait-il deviné qu'elle lui mentait, ou aurait-il préféré que la situation la tracasse ? Rien n'était simple, ce matin. Une douche, une tasse de thé et un cachet pour la migraine la remettraient d'aplomb.

— Tu sors courir ?

— Bientôt. Tu m'accompagnes ?

— Je sais que je devrais, mais... je n'ai pas le courage.

— Va te doucher, je mets la bouilloire à chauffer.

— Merci.

Elle se dévêtit et se regarda dans le miroir en tentant de se voir à travers les yeux de Marshall. Elle ne ressemblait plus au jeune médecin avec qui il avait eu une aventure... Se demandait-il où était passée la femme énergique qu'il avait connue ? Il rendait sans doute la maternité responsable de ses cernes profonds et de sa fatigue chronique.

En dépit de l'épuisement qu'elle éprouvait, elle sourit. Il était si séduisant, si viril ! Durant ses périodes d'insomnie, elle ne songeait qu'à lui, qui dormait dans la chambre au bout du couloir, et la tentation était grande ; toutefois, elle conservait un brin de bon sens, sachant que ce serait stupide d'aller se glisser dans son lit, pour l'instant : s'ils se remettaient à passer des nuits aussi torrides qu'à Honolulu, jamais ils ne seraient capables de discuter et de faire des projets pour l'avenir d'Aimee.

Mais combien de temps pourrait-elle se retenir ? Et s'il insistait ? Son corps fut envahi de chaleur à cette pensée, et son ventre se crispa de désir.

Elle promena le doigt sur sa cicatrice. Plus de bébés... C'était dur à accepter, surtout maintenant que Marshall avait réapparu. De quel droit pourrait-elle exiger qu'il renonce à avoir d'autres enfants ?

Elle appuya sa tête douloureuse à la paroi vitrée, refoulant son envie de pleurer. Ce n'était pas son genre...

Marshall regarda la porte se refermer. Charlie traînait des pieds, ce matin. Pourquoi était-elle aussi fatiguée ? La maternité et son métier exigeant ? Il sentait confusément qu'il y avait autre chose...

Il remplit la bouilloire, sortit du placard ses céréales favorites et compléta son bol d'un fruit coupé en tranches. Il aimait faire ces petites choses pour elle. Comme s'il participait à la vie de famille qui était la sienne. Qu'il vive ou non avec Charlie, il avait une famille à lui. Aimee Hunter-Lang était sa fille.

Il avait été aussi stupéfait qu'heureux en voyant son certificat de naissance. Elle portait son nom associé à celui de Charlie... Il était devenu père sans le savoir, sans avoir à prendre la décision, et c'était loin de lui déplaire, alors qu'il aurait dû en toute logique en être épouvanté... Malgré tout, il lui fallait garder ses distances avec elle autant qu'avec sa mère, car toutes les deux obsédaient son esprit et occupaient tout son temps.

Il devait parler à Charlie. Rien n'avait changé pour lui. Il était obligé de repartir, ne reviendrait peut-être plus pendant un an, et pour un temps très court. Elle devait le comprendre.

Un hurlement retentissant émana de la chambre d'Aimee, et il se précipita.

— J'arrive, ma chérie !

Il sourit. Sa fille n'était ni délicate, ni timide, ni tranquille. Tout en elle était exagéré, comme chez lui.

— Bonjour, Marshall !

Brendon était sur le seuil.

Marshall se sentit mal à l'aise. Avant son arrivée, c'était probablement le père de Charlie qui s'occupait de sa petite-fille le matin, et il devait souffrir d'en être privé.

— Ah, Brendon, bonjour ! Je vous la laisse, je vais préparer le café.

— Ne faites pas l'idiot, jeune homme. Votre fille veut se lever, et moi, j'en ai assez de changer les couches.

Marshall sourit. Cet homme était d'une générosité incroyable. Il prit Aimee et l'embrassa sur les deux joues, ce qui la fit rire aux éclats. En parcourant le couloir, il s'arrêta pour observer les centaines de photos qui couvraient pratiquement tout un mur : Aimee depuis sa naissance jusqu'à présent. Il y en avait même déjà une où c'était lui qui la tenait.

— Je vais en ajouter d'autres, bientôt.

Charlie, appuyée à l'encadrement, le regardait en souriant. Elle s'approcha pour embrasser et câliner Aimee, leva les bras...

Marshall en perdit la respiration. Le haut de la robe de chambre de Charlie venait de s'ouvrir, découvrant le sillon entre ses seins adorables et si tentants... Une poitrine modeste, mais parfaite. Sa bouche s'assécha tandis qu'il se souvenait du poids de ces deux globes splendides dans ses mains, de son halètement quand il caressait ses mamelons, de ses gémissements de désir...

— Maman ! cria Aimee en donnant des coups de pied pour se libérer.

Heureuse diversion, qui ne fit toutefois pas ralentir son sang dans ses veines. Il se pencha pour poser sa fille sur le sol.

— Ton petit déjeuner est prêt, Charlie. Ton thé va refroidir.

— D'accord, je m'habille. Je ne serai pas longue. Oh...

Visiblement confuse, elle referma d'un geste vif le col de sa robe de chambre et se rua dans le couloir.

Il la suivit du regard, savourant le spectacle du balancement de ses hanches sur lesquelles le satin glissait, accentuant ses courbes.

Malgré lui, il laissa échapper un gémissement de désir. Combien de temps pourrait-il se retenir de la toucher, de la rejoindre la nuit ? Mieux valait courir à fond pour se calmer, et si cela ne suffisait pas, se mettre sous une douche froide en rentrant.

— Aimee, tu restes avec maman, je sors.

— Avec toi !

— Une autre fois, mon bébé. Charlie, tu t'occupes d'Aimee ?

— Pas de problème !

Elle prit sa fille dans ses bras sans le regarder. Visiblement, elle s'était habillée si vite que son corsage était boutonné à la diable.

— Viens manger, mon cœur. Bonjour, papa !

Marshall tourna les talons en hâte et franchit le seuil.

En refermant la porte, il ne put s'empêcher d'entendre ce que Brendon annonçait à Charlie.

— Samedi, je pars pêcher sur le Tongariro avec Billy, et nous passerons la nuit dans la cabane qu'il a là-bas pour être sur place très tôt le dimanche.

Tâchant d'oublier ces paroles qui ne lui étaient pas destinées, il prit la direction du lac. Si Brendon n'avait pas été dans la maison, il aurait rejoint Charlie dans sa chambre depuis longtemps... Mais il se refusait à abuser de son hospitalité.

Il s'arrêta sur le trottoir, regarda à gauche puis à droite... Zut, il s'était encore trompé... Il regarda à droite puis à gauche, et traversa la route vers l'allée qui menait sur les berges. Ce matin, le lac était calme, et au fond, à des kilomètres, les montagnes blanches étincelantes s'élevaient dans le bleu pâle du ciel matinal. Impossible de nier l'extraordinaire beauté du lieu.

Son cœur se serra. Il n'avait pas envie de partir, mais l'armée et ses hommes l'attendaient.

Après sa douche, Charlie sourit en voyant son bol de céréales prêt.

— C'est si agréable que je m'y habituerais très vite...

— N'espère pas trop, marmonna son père.

— Tu ne crois pas qu'il reviendra nous rendre visite ?

Son cœur se serra. En vérité, elle non plus n'y croyait pas, mais elle ne pouvait s'empêcher d'avoir de l'espoir. En tout cas, elle était certaine qu'il la désirait, bien qu'il n'ait fait aucune tentative d'approche...

— Bien sûr que si ! Simplement, je ne voudrais pas que tu souffres. Il tiendra sa parole, mais ça n'implique pas qu'il te prépare ton petit déjeuner tous les matins pendant cinquante ans.

— J'ai toujours su qu'il ne souhaitait pas de relation durable ; je ne peux pas me plaindre, je récolte ce que j'ai semé. Si jamais il change d'avis, ce sera un plus.

En dépit de sa fatigue, elle se sentit soudain délivrée de ses tracas, libre de ne plus tenter de faire admettre à Marshall son point de vue. S'il n'avait pas envie de s'engager, tant pis. Elle trouverait un autre moyen pour qu'Aimee n'en pâtisse pas. Lequel, elle n'en avait aucune idée, mais Marshall était là encore pour une longue semaine et elle aurait bien une illumination d'ici son départ...

En fait, pourquoi était-il venu la voir ? Puisqu'il ignorait qu'il avait un enfant, ce ne pouvait être que parce qu'il avait un bon souvenir de leur aventure. Avait-il envisagé de la recommencer ? Elle poussa un soupir de regret. Ce ne serait pas désagréable de passer quelques nuits avec lui... Mais c'était hors de question.

Elle ne lui avait toujours pas parlé de sa maladie, de la menace qui planait au-dessus de sa tête. Après avoir avalé sa dernière bouchée, elle se leva. Elle aurait certainement l'occasion d'en discuter ce week-end. Mais, d'abord, il fallait arriver au bout de la journée. Aujourd'hui, elle avait des patients à examiner et c'était son tour de préparer le dîner.

Lorsque la voiture de Charlie s'engagea dans l'allée, Marshall poussa un soupir de soulagement. Elle était très en retard ce soir.

— Bonsoir, Charlie !

— Bonsoir, Marshall. Ce vendredi n'a pas été trop dur ? Je t'ai attendu pour le déjeuner, mais il paraît que tu as été très occupé avec les victimes de l'accident de bateau ?

Son sourire s'évanouit.

— Ne m'en parle pas… Juste avant de te retrouver, j'ai remarqué un attroupement sur la plage et je suis allé voir ce qui se passait. Bien entendu, je me suis porté volontaire pour secourir les blessés. Il y avait des enfants, dont deux qui n'étaient pas munis de gilet de sauvetage. Comment des parents peuvent-ils être aussi négligents ?

Elle lui tendit un sac de provisions et descendit de voiture.

— Tous les ans, le Conseil national de sécurité nautique se bat contre ça. Mais bien qu'ils inondent les programmes de télévision de publicités pour les gilets de sauvetage et punissent les contrevenants d'une amende conséquente, nos statistiques de noyés sont toujours aussi effrayantes.

— La Nouvelle-Zélande est constituée d'îles, ce qui explique peut-être ces chiffres si élevés. Mais laisser monter des enfants en bateau sans se soucier de leur sécurité, ça me dépasse…

Il secoua la tête, et Charlie sourit.

— Voilà pourquoi Aimee va apprendre à nager bientôt. Je vois que tu penses en père responsable !

Il lui rendit son sourire.

— Oui. C'est tout à fait ce que je me sens : un père responsable.

Comme à son habitude, elle ne réagit pas et détourna la conversation.

— D'après Joseph, tu as été hyper-compétent, là-bas. Tu l'as impressionné.

— Tant mieux. C'est la seconde fois que j'ai l'occasion d'aider depuis que je suis ici. En fin de compte, je peux être médecin ailleurs que sur un champ de bataille !

Et il en était très heureux, curieusement, ce qui était pour lui matière à réflexion.

La voyant lever les yeux au ciel, il lui entoura les épaules de son bras libre et l'attira à lui avec un petit rire.

— Charlie… Nous sortons, ce soir. Tous les deux. Nous dînons chez Camper. Je crois que leur cuisine est délicieuse.

— Et Aimee ?

— Brendon a proposé de la garder. Selon lui, il doit rester à la maison pour préparer ses affaires de pêche et un pique-nique pour demain à midi.

— Quoi ? Mais ses affaires de pêche sont toujours prêtes !

— Oui, je m'en suis douté, mais je ne voudrais pas refuser de lui laisser sa petite-fille. Donc, ma chère, pourquoi ne pas courir prendre un bon bain pour te décontracter, et ensuite passer une tenue chic pour aller en ville ?

Il ressentit un pincement d'excitation à l'estomac. Une soirée au restaurant avec Charlie !

9

Il fixa l'apparition qui flottait dans le couloir à sa rencontre, un nuage de rose et de jaune ondulant sur des hauts talons. Une fragrance de frangipane lui agaça les narines, lui rappelant des soirées sur la plage d'Honolulu... Et, sur le visage de cette merveille, le plus grand, le plus doux sourire qu'il ait jamais vu.

Il resta sans voix. Charlotte était vraiment la plus belle femme qu'il connaissait !

— Marshall ? Il y a un problème ? Je peux changer de robe si celle-ci ne te plaît pas.

Il se ressaisit et s'avança pour lui prendre les mains.

— Non, tout va bien, je t'assure. Tu es sensationnelle. Tu m'as coupé le souffle, c'est tout.

C'était beaucoup..., songea-t-il. En principe, aucune femme ne lui coupait le souffle. Mais Charlie n'était pas comme les autres. Si jamais il tombait amoureux un jour, ce serait de quelqu'un dans son genre.

Il lut le soulagement dans ses yeux rieurs.

— J'en suis heureuse ! J'ai cru que j'allais devoir courir me remettre en jean !

— Tu veux dire bonsoir à ton père et Aimee ?

Il fallait qu'il l'emmène le plus vite possible. Il était venu à Taupo avec la vague idée de l'avoir pour lui tout seul, et ce soir, c'était l'occasion. Leur soirée ensemble, enfin.

Le serveur les guida vers leur table, près de la fenêtre, d'où l'on pouvait admirer les chutes de Huka. Marshall avait bien choisi. Elle se sentit vraiment spéciale, et décidée à être de bonne humeur et spirituelle. Et à ne pas tomber de sommeil, au moins jusqu'au dessert.

— C'est magnifique, murmura-t-elle en prenant place sur la chaise qu'il tenait pour elle après avoir congédié le serveur d'un regard noir.

Décidément, il en voulait à ce jeune employé qu'il contraria encore en déplaçant son assiette et ses couverts pour être assis à côté d'elle.

— Autant que je profite du panorama, moi aussi !

Sa voix la caressait... Que voulait-il dire exactement ? S'il avait envie de la contempler, elle, il serait resté en face... En sentant sa cuisse et sa hanche frôler les siennes, elle poussa un soupir de plaisir.

Lorsqu'il s'empara de sa main, elle prit une mine espiègle.

— Nous mangeons d'une main, ce soir ? Du riz ou de la purée ?

Son large sourire la réchauffa tout entière.

— Enfin, Charlie ! Tu m'as manqué ! C'est super de séjourner chez toi et de connaître ta famille, mais, pour l'instant, je ne veux que toi. Toute seule, et tout entière.

Hmm... La soirée promettait d'être intéressante. Son sang coula plus vite dans ses veines et une onde de chaleur la parcourut. Elle adorait être traitée ainsi, se sentir femme de nouveau.

— Je vais prendre une coupe de champagne, je crois.

Au diable son régime sans alcool, pour une fois. Elle avait envie de s'amuser un peu. Dommage qu'elle n'ait plus ces cheveux longs où il adorait enfouir ses mains...

— Tu as raison. Fêtons nos retrouvailles.

Une bouteille d'excellent champagne apparut peu après sur la table.

— Tu l'avais déjà commandé ?

— Je n'ai pas oublié à quel point tu aimais ça. Etonnant, d'ailleurs, que tu ne boives plus du tout de vin !

Elle détourna la tête. Cette réflexion l'empêchait de se détendre totalement, mais elle n'avait aucune envie de gâcher la soirée en racontant sa triste histoire.

— J'ai laissé tomber l'alcool dès que je me suis doutée que j'étais enceinte, ensuite j'ai allaité Aimee, et, finalement, j'ai totalement arrêté.

Elle leva son verre.

— A toi, Marshall, en te remerciant d'être revenu. Tu n'as pas idée de ce que ça signifie pour moi.

Le bord de la coupe de Marshall heurta doucement la sienne.

— Tout le plaisir est pour moi. Tu me manquais vraiment, je pensais à toi chaque jour davantage, et j'étais curieux de savoir où en était ta carrière depuis ce stage à Honolulu.

Elle le regarda boire une gorgée, les yeux rivés à ses lèvres qui avaient le pouvoir de lui faire perdre la tête d'un seul baiser.

— Je ne regrette pas d'avoir suivi mon instinct.

— Combien de fois es-tu reparti en mission depuis Hawaii ?

— Deux.

En voyant son regard s'assombrir, elle s'en voulut de sa question.

— Parle-moi de tes grands-parents et de leur ranch. Tu m'as bien dit que tu y passais les vacances ?

Manifestement, ce sujet lui convenait mieux car la tension de la main qui tenait la sienne diminua. Elle se tourna un peu pour scruter les expressions de son visage. Elle n'aurait jamais assez de temps pour les apprendre, pour absorber tout entier cet homme à qui elle avait donné son cœur...

— Tu les aurais adorés. Ils étaient bons et généreux, comme ton père. C'était un drame chaque fois que mes parents revenaient me chercher pour la rentrée. Je ne comprenais pas pourquoi il m'était impossible d'aller à l'école la plus proche de chez eux.

— Tu en as changé souvent ?

— Trop. Pas comme toi, n'est-ce pas ? Je me demande ce qu'on ressent quand on vit toujours au même endroit.

— Je ne connais rien d'autre. A part la mort de maman, j'ai eu une enfance heureuse. J'ai appris à naviguer sur le lac et à pêcher. Avec l'école, nous partions en classe de neige à la montagne l'hiver, et pour la journée à Rotorua, aux mares de boue.

— On dirait une brochure de voyage !

Les bulles du champagne lui brûlèrent la langue.

— Délicieux ! Comment ai-je pu m'en priver depuis deux ans ? Et si nous commandions ?

— Tu es pressée ? s'enquit-il en saisissant le menu.

— J'ai faim.

Inutile d'expliquer qu'à 21 heures tapantes, elle risquait de se transformer en citrouille...

Elle choisit un steak et des champignons, et lui de l'agneau grillé.

— Autant que je goûte ce qui rend ce pays célèbre !

— Tu as parlé d'Aimee à quelqu'un, aux Etats-Unis ?

— Pas encore, je préférais en discuter avec toi avant.

— Ce n'est pourtant pas sorcier de comprendre ce que j'en pense ! Si je n'avais pas souhaité que tes proches soient au courant, je t'aurais mis dehors au moment où tu as franchi le portail.

Tandis que le serveur posait devant eux les plats qu'ils avaient commandés, il l'embrassa sur la joue.

— Il m'arrive de me tromper à ton sujet.

— Nous nous connaissons peu, c'est vrai.

Pourtant, elle avait eu le coup de foudre...

Durant toute l'heure suivante, ils bavardèrent en appréciant la bonne chère et le vin, elle évitant d'évoquer sa maladie et lui sa carrière militaire et ses parents. En revanche, il s'étendit sur la ferme du Montana où il montait déjà à cheval à neuf ans, et elle parla de ses amies et de toutes les folies de leur adolescence, en formulant le souhait qu'Aimee s'amuse autant qu'elle à cet âge.

— Certaines vivent encore ici ?

— Jacqui est prof au lycée de Taupo et Lisa radiologue près de l'hôpital de Waikato. Nos familles et nos carrières ne nous laissent plus trop le loisir de nous voir, mais deux fois par an, nous allons passer un week-end au Spa, entre copines.

Marshall posa le menton dans sa paume. Il était si séduisant ! Ses yeux étincelaient de malice et elle sentit le désir monter en elle. Comment avait-elle pu se tenir loin de son lit toute cette semaine ?

— Epargne-moi la suite... Je vous imagine bien en train de jacasser sans arrêt pendant deux jours !

Il consulta la carte des desserts.

— J'ai envie de framboises, et toi ?

— Bonne idée, moi aussi, dit-elle en bâillant pour la première fois.

Comme prévu, elle avait attendu la fin du repas... Mais peut-être aurait-elle mieux fait de ne pas boire de champagne. Elle se plaqua une main sur la bouche, sentant arriver un second bâillement, et se concentra sur le menu.

— Avec un café bien fort, pour moi.

En la voyant bâiller pour la troisième fois, Marshall refusa de s'avouer déçu. Normal, il était plus de 21 heures... Pourtant, il avait espéré qu'un changement de décor et un dîner romantique l'aideraient à passer le cap, mais, visiblement, il s'était trompé. Il se pencha pour l'embrasser sur la joue, puis sur ses lèvres au goût de champagne.

— Viens, rentrons.

Il se leva et lui tendit la main, tout en lui posant un baiser sur le sommet du crâne. L'effluve exotique familière l'enveloppa de nouveau. Si érotique...

Curieusement, elle se rencogna contre sa chaise.

— Attends un peu ! Nous avons commandé le dessert et le café, et j'aimerais en profiter !

Elle avait les yeux écarquillés comme si elle s'efforçait de lutter contre le sommeil.

— Tu voudras que je te porte pour sortir ?

Elle s'esclaffa puis jeta un regard à la salle comble.

— Rien que pour voir leur tête, ce serait amusant !

— C'est oui, donc.

Il se rassit et l'attira à lui, sentant la chaleur de sa cuisse contre la sienne, et éprouva un agréable sentiment d'appartenance. Il n'avait pourtant jamais voulu appartenir à personne. Cela signifierait vivre ici chaque fois qu'il n'était pas en service actif... Ce qui ne lui déplairait pas, en fin de compte.

Non, il ne supporterait pas de voir se ternir l'éclat de son regard quand il ferait ses bagages pour la laisser seule de longs mois. Il ne connaissait que trop la peine et la colère que ses yeux exprimeraient...

Elle lui donna un petit coup de coude.

— Marshall ? Où étais-tu ?

— Ici, ma chérie.

Elle réprima un autre bâillement. Incroyable qu'elle soit tout le temps fatiguée ! Il faillit poser la question, mais décida de se taire. Mieux valait profiter de cette bonne soirée. Cependant, plus tard, il lui parlerait. Il l'obligerait à prendre rendez-vous chez un confrère.

Quand le dessert fut servi, ils se remirent à bavarder de choses et d'autres.

S'il n'eut pas à la porter pour sortir du restaurant, ce fut en revanche le seul moyen de lui faire franchir le seuil de la maison. Elle était légère comme une plume. Ses yeux s'étaient fermés et comme le maquillage ne réussissait pas à masquer sa pâleur, il ressentit un violent besoin de la protéger. Il ferait n'importe quoi pour qu'elle soit en sécurité, et heureuse. Sauf démissionner de l'armée et laisser tomber ses hommes ? Cela commençait à lui paraître étrange.

Brendon apparut sur le seuil de la cuisine.

— Vous vous êtes bien amusés ? Charlie s'est endormie, on dirait...

Marshall vit passer la tristesse dans ses yeux. Il alla jusqu'à la chambre et Brendon, qui l'avait suivi, ouvrit le lit.

— Dommage, elle était si heureuse d'aller dîner au restaurant ! Il y avait longtemps que ça ne lui était pas arrivé.

Ainsi, songea Marshall, elle n'était pas sortie avec d'autres hommes... Elle était pourtant séduisante et sympathique, et ce n'était pas parce qu'elle avait un enfant qu'elle n'intéresserait personne.

— Le repas était délicieux et le décor enchanteur.

Il l'allongea sur son lit et la borda puis recula pour la contempler.

Cette femme avait réussi à ouvrir son cœur qu'il croyait verrouillé à jamais... Bon sang, il l'aimait ! Pour sa façon de l'accepter sans rien exiger en échange, ni pour sa fille ni pour elle. Il devait la protéger, s'assurer qu'elle et Aimee ne manqueraient de rien.

Brendon s'éclaircit la voix.

— Si ça ne vous ennuie pas, j'ai pensé partir ce soir. Nous apprécions de commencer à pêcher avant le lever du jour, et Bill m'attend déjà là-bas.

Marshall croisa son regard. Lui qui ne voulait que le bien de sa fille et de sa petite-fille, il le laissait seul avec elles pour le week-end. Ne se doutait-il pas de ce qui pouvait arriver ? Bien sûr que si, se dit-il en voyant son expression compréhensive.

— Pas de problème. Ramenez-moi une truite, d'accord ?

— Je n'y manquerai pas ! Alors, j'y vais.

Il se pencha pour embrasser Charlie sur la joue.

— Dors bien, ma chérie.

Quand il se redressa, il clignait des paupières...

— Brendon ?

Mais le père de Charlie sortit sans se retourner en faisant un signe par-dessus son épaule.

— A dimanche soir !

Puis la porte se referma, le moteur de la voiture ronfla et le bruit se perdit dans la nuit.

Perplexe, Marshall fit le tour de la maison pour tout fermer à clé et éteindre les lumières. Pourquoi Brendon était-il bouleversé ? Redoutait-il qu'il emmène Charlie et Aimee aux Etats-Unis ? Ou pire, dans une base militaire ? Il n'avait pas à s'inquiéter. Il n'exigerait jamais une chose pareille, ce serait trop injuste.

Il ouvrit la porte de la chambre d'Aimee et sourit en la voyant dormir comme un ange, son ours en peluche serré contre elle. Comment avait-il pu engendrer cet être si mignon que son cœur lui faisait mal quand il le regardait ? Une vraie petite Kiwi, et cette idée lui plaisait.

Et maintenant ? Sa soirée avait été écourtée, et même s'il n'avait pas eu de projet précis, il ne s'attendait pas à ce que Charlie s'endorme si tôt. Ainsi, il l'avait ennuyée. Pourtant, elle semblait plutôt contente de se serrer contre lui…

S'il voulait pouvoir l'aider à surmonter cette curieuse fatigue, il était temps de découvrir ce qu'elle lui cachait.

Un verre de bourbon à la main et la bouteille dans l'autre, il retourna dans la chambre de Charlie et s'installa dans le fauteuil relax, étendant ses jambes sur le cuir. Il se sentit si détendu qu'il aurait pu y passer la nuit… Il veillait souvent, quand il était en mission. Ce soir, l'objet de son attention était Charlie, et si elle gémissait dans son sommeil, il serait là. Bien entendu, ce n'était pas ce qu'il avait espéré en montant à bord de cet avion pour Auckland…

Pourtant, il était heureux. Evidemment, il n'aurait pas demandé mieux que de se glisser dans son lit pour lui faire l'amour, l'amener jusqu'à l'extase, l'entendre crier et le supplier de venir en elle. Mais il s'apercevait qu'il était attaché à elle d'une autre façon et ce serait d'autant plus difficile de la quitter…

Il sirota son bourbon en s'efforçant d'oublier qu'il repartait bientôt.

Charlie se retourna dans son lit, passa la main entre ses seins où la sueur ruisselait, sur son cou humide, puis se rendit compte qu'elle portait toujours sa robe. Pourquoi ne s'était-elle pas déshabillée ?

Se redressant, elle repoussa le drap et chercha à tâtons l'interrupteur de la lampe de chevet. Une lumière dorée éclaira la pièce, et elle cessa de respirer en voyant Marshall allongé dans le fauteuil où elle avait si souvent allaité Aimee. Les bras pendants, les mains frôlant le tapis, il émettait un adorable petit ronflement…

Soudain, tout lui revint : le restaurant, le repas succulent, et le dessert. Elle lui avait donné la becquée, framboise après framboise, et chaque fois, il lui léchait les doigts, envoyant des frissons dans tout son corps. Elle s'était crue au paradis, heureuse d'avoir pu veiller un peu plus tard pour apprécier enfin une nuit avec lui.

Eh bien, visiblement, elle l'avait laissé tomber… Elle se rappelait lui avoir pris le bras pour franchir le seuil et marcher dans la rue, mais ensuite, plus rien... Il avait dû la porter et la mettre au lit. Maintenant, il dormait comme un loir ici, au lieu d'avoir regagné sa chambre. Peut-être avait-il attendu, espérant qu'elle sorte de son sommeil pour pouvoir terminer leur soirée de la façon envisagée ?

A présent, c'était possible... L'excitation la fit frissonner et la chaleur l'envahit. Elle allait le réveiller et l'attirer dans son lit. Ou alors, le déshabiller peu à peu, embrassant chaque parcelle de peau découverte...

Elle se leva sans faire de bruit et ôta sa robe, dévoilant son shorty en dentelle noire et son soutien-gorge assorti. Elle ressentit un instant de panique en voyant sa cicatrice très visible sur sa peau blanche. Il allait demander des explications... Et quand il les aurait obtenues, il la repousserait.

Ce n'était pas le bon moment pour lui faire des confidences. Elle décida de mettre du fond de teint sur la balafre pour l'atténuer puis retraversa la chambre sur la pointe des pieds pour s'agenouiller entre les jambes de Marshall, haletante. Dieu, qu'il était beau !

Même habillé, il dégageait une impression de force et de virilité. Et si elle se penchait, elle pouvait le toucher...

Mieux valait ne pas le réveiller tout de suite, pour profiter au maximum de son déshabillage. Les doigts tremblants, elle saisit la boucle de la ceinture. Quand elle eut réussi à la défaire, elle entreprit de descendre la fermeture Eclair, un cran après l'autre, le cœur battant de plus en plus vite. Lorsqu'elle atteignit le bas, une bouffée de désir lui coupa le souffle.

Depuis Honolulu, elle n'avait rien connu de tel. Depuis que cet homme l'avait révélée à elle-même en lui apprenant tant de choses qu'elle n'aurait pas cru possibles...

Un mouvement soudain, et elle se sentit saisie par les mains. Il s'était réveillé... et pressait son sexe érigé contre sa paume. De sa main libre, il lui attrapa la nuque pour l'approcher de lui.

— Arrête ! dit-elle dans un souffle. S'il te plaît.

Il la laissa aller sans toutefois lui lâcher la main et tenta de se redresser. Elle l'en empêcha. C'était elle qui menait le jeu.

Elle s'aperçut qu'il la regardait, les yeux pleins de désir, en passant la langue sur ses lèvres. Quand il essaya de nouveau de bouger, elle le repoussa en secouant la tête.

— Attends.

Elle descendit le bas de la fermeture Eclair, cette fois sans précautions, puis glissa la main dans son boxer-short et entoura son sexe érigé dont la peau semblait faite de soie.

— Charlie, oh, mon Dieu...

Elle se pencha vers lui et sa bouche prit le relais, le caressant et le léchant, tandis que le désir montait en elle, de plus en plus violent, jusqu'à ce qu'elle meure d'envie de lui appartenir.

Il lui agrippa les cheveux puis se redressa pour l'attirer à lui.

— Pas question, Charlie, toi d'abord !

Sa voix était rauque de désir.

Elle se mit sur ses pieds pour se dévêtir puis revint sur lui.

— Non, Marshall, ensemble.

Il lui enlaça la taille.

— Les préservatifs, dans la poche droite de mon pantalon.

Ainsi, il avait tout prévu... Inutilement, car elle ne risquait pas d'être enceinte. Son grognement satisfait lui signala qu'elle s'était souvenue des gestes qu'il lui avait enseignés à Hawaii...

Sa main trouva son centre mouillé qu'il se mit à caresser. Elle serra les dents, sentit ses muscles se contracter alors qu'elle luttait pour conserver la maîtrise d'elle-même et tendit le bras vers lui. C'était leur nuit, ils devaient la partager, jouir en même temps. Mais elle perdit cette bataille, soudain parcourue d'ondes de plaisir qui irradiaient à travers son corps.

Elle cria son nom, et la bouche de Marshall couvrit la sienne pour lui dérober le cri suivant. Sa langue dansa avec la sienne pendant que la jouissance la balayait jusqu'au plus profond d'elle-même.

Enfin, peu à peu, l'intensité décrut et son rythme cardiaque revint à la normale. Elle posa la tête sur son torse.

— Tu as triché, murmura-t-elle.

— Je ne jouis jamais le premier.

Puis elle sentit son sexe dur reprendre ses mouvements de va-et-vient.

Penchée sur lui, elle épousa sa cadence, qui augmentait en rapidité. Il lui agrippa les épaules tandis qu'elle le chevauchait de plus en plus vite, de plus en plus fort. De nouveau, elle cria son nom ; le monde se referma sur eux, et leurs deux corps n'en firent plus qu'un.

Ils ne bougèrent pas pendant quelques minutes puis Charlie roula sur le côté. Marshall lui prit la main et lui caressa le dos.

— Chaque fois que tu as envie de me réveiller de cette manière, surtout ne te gêne pas !

Il l'embrassa de plus en plus passionnément jusqu'à ce qu'elle pense exploser de désir. Tremblante, elle s'écarta de lui et, lui prenant la main, elle se dirigea vers le lit.

Il la suivit sous les draps et l'attira contre son torse. Elle s'étira pour éteindre la lampe, mais il arrêta son geste.

— Non, je veux te voir. Tu commences à être floue dans mon souvenir...

Avec un haussement d'épaules, elle laissa retomber son bras et se cacha les seins, sentant la panique monter.

— J'ai des vergetures, depuis Aimee. Je préfère que tu te souviennes de moi avant.

Il s'appuya contre la tête de lit.

— Charlie, qu'est-ce qui se passe ?

Il avait parlé d'un ton tendre et léger, mais elle comprit qu'il était sérieux...

— Pourquoi es-tu couchée tous les soirs au crépuscule, et pourquoi t'es-tu endormie juste après le restaurant ? Pourquoi refuses-tu de me montrer ton corps ? Il est splendide, je me rappelle la nuit où tu as dansé nue pour moi...

Voilà, songea-t-elle, on y était... Elle prit une profonde inspiration et se tourna pour le regarder dans les yeux. Elle voulait voir son expression au moment où elle lui apprendrait la nouvelle. S'il serait là pour Aimee malgré tout.

— Marshall... J'ai une cicatrice. J'ai subi une hystérectomie.

Il eut l'air choqué, mais ne réagit pas.

— Je n'aurai plus jamais d'enfants. Aimee sera fille unique, comme moi, et comme toi.

— Et alors ? Nous avons vécu sans frères et sœurs, tous les deux ! Mais pourquoi cette opération ? Une conséquence de l'accouchement ?

— Deux mois après la naissance d'Aimee, j'ai fait faire un frottis de routine chez mon gynécologue, qui a découvert une grosseur à l'utérus. Une tumeur maligne.

Une lueur de panique passa dans son regard.

— Et tu es guérie ? Tu vas bien, maintenant ?

— Pour autant qu'on puisse dire, oui, mais il m'arrive d'avoir peur de l'avenir. C'est une épée de Damoclès suspendue en permanence au-dessus de ma tête.

— Tu as dû vivre des moments affreux. Tu es sûre d'être rétablie ? Tu ne me caches rien ?

— Je peux te montrer les rapports médicaux, si tu veux.

— Inutile, ma chérie. Je regrette de n'avoir rien su, vraiment. Tu as traversé cette épreuve toute seule...

Il l'attira contre lui.

— Bien sûr, ton père était là, mais... J'ignore ce que j'aurais fait de plus, mais j'aurais souhaité être à tes côtés.

— Je te crois. C'est aussi pour ça que je te cherchais.

Elle aurait pu rester dans ses bras pour toujours, à profiter de sa force et de sa tendresse...

Pourtant, elle s'écarta pour lui faire face.

— J'ai perdu ma mère à l'âge de sept ans, elle est morte de ce même cancer. Mais malgré le vide laissé par son absence, je ne me suis jamais sentie seule : papa a été vraiment formidable et n'a cessé de s'occuper de moi. Lorsque je suis rentrée d'Hawaii enceinte, il l'a accepté sans problème, et ma maladie a été pour lui un grand choc qui lui rappelait la tragédie de la disparition de maman... Mais il a fait le maximum pour m'aider et me soutenir.

— Hmm, j'ai pu constater à quel point il était généreux et vous aimait, toi et Aimee.

Il se redressa et riva son regard au sien.

— Charlie... Je m'explique maintenant pourquoi tu me cherchais si assidûment. S'il t'arrivait quelque chose, tu souhaiterais que je sois pour Aimee le père que Brendon a été pour toi.

Il ne se trompait jamais, c'était l'une de ses qualités. Il pouvait être d'une sincérité redoutable, mais il comprenait tout de suite.

— Exactement. Aimee aurait besoin de toi, si les choses tournaient mal pour moi, et j'aimerais savoir si tu te chargerais d'elle.

Le regard assombri, il s'assit sur le bord du lit et, la tête dans les mains, il resta muet un long moment. Elle ne bougea pas, consciente que sa réaction ne serait pas celle qu'elle espérait.

Enfin, il leva les yeux vers elle. Il semblait désespéré.

— Je t'entends, je te comprends, Charlie, mais... je ne suis pas Brendon. Je ne suis pas de sa trempe.

Une franchise brutale, en effet... Son cœur chavira. Il avait réfléchi vite et sa réponse ne s'était pas fait attendre.

— Tu as été fantastique avec Aimee, cette semaine, et d'une patience exemplaire, Marshall. Pourtant, tu rejettes cette opportunité de voir si nous pouvons bâtir quelque chose ensemble.

Il se leva, traversa la chambre, ouvrit le rideau et la fenêtre pour pouvoir se pencher au-dessus de l'appui.

— Mon enfance a été difficile. Mon père commandait avec ses poings. Et si j'étais comme lui ?

— Tu as déjà frappé quelqu'un ?

— Non.

— Tu es fort, Marshall, mais tu n'es pas méchant. Je suis convaincue que tu ne ferais pas de mal à ta fille.

Son dos se redressa, et il se retourna.

— Merci.

Son regard se fit scrutateur.

— As-tu jamais eu l'intention de me retrouver pour nous deux sans penser à Aimee ?

Son cœur fit un bon dans sa poitrine. Où voulait-il en venir ?

— Marshall... Pendant que je te regardais partir, à Honolulu, j'ai failli te rattraper pour te demander de rester en contact avec moi, de me rejoindre de temps en temps quand tu le pourrais.

Elle avala la grosse boule qui s'était formée dans sa gorge.

— Bien que tu m'aies clairement dit que tu refusais toute

attache, j'aurais tout donné pour passer encore une semaine avec toi. Ou plus. Alors, oui, je voulais te trouver pour moi, pour nous deux. Et Dieu sait que j'ai essayé, même si je craignais que tu sois fâché si je te retrouvais.

— Jamais de la vie !

— Tu m'avais laissé ton adresse e-mail, et tous mes messages me revenaient... Je ne comprenais plus.

— A l'époque, mon opinion était que tu vivrais mieux sans moi. Et elle n'a pas changé...

Il s'appuya au montant de la fenêtre et croisa les bras.

— Mais... Ce séjour à Hawaii a été particulier, n'est-ce pas ?

— C'est pour ça que tu es ici ?

— J'étais incapable de t'oublier. Comme si nous avions terminé une relation avant de l'avoir commencée. J'ai cru qu'à la fin de ma dernière mission, en rentrant à la maison, je parviendrais à prendre du recul...

— Et ça n'a pas marché ? Alors tu es venu voir si j'étais prête à recommencer...

L'amertume qu'elle percevait dans sa propre voix l'écœurait, mais elle ne put s'empêcher de poursuivre.

— Etonnant que tu sois resté après avoir appris que j'avais un enfant de toi. Ce n'était pas ce que tu espérais, n'est-ce pas ?

Il s'avança vers elle, la saisit par les coudes et l'entraîna sur le lit, les yeux pleins de colère et de peine.

— Arrête, Charlie ! Je ne mérite pas ça. J'admets que j'ai reçu un choc, mais je suis encore là. Et nous resterons en contact, pour Aimee, pour toi, peu importe ce que l'avenir nous réserve. Je te le promets.

Puis il l'embrassa, avidement, comme s'il n'avait pas approché une femme depuis très longtemps. Comme s'il l'avait attendue, elle... et que ce qu'ils venaient de faire ensemble n'avait pas comblé le manque qu'il éprouvait. Il se mit à la caresser.

Elle s'écarta pour le regarder.

— Pardon, Marshall, je ne suis qu'une égoïste. En fait, je suis heureuse de cette promesse. De toute façon, j'espère que ma santé va s'améliorer, et que nous n'aurons plus à reparler de tout ça.

Puis elle reposa les lèvres sur les siennes. Pour l'instant, peu importait que son cœur se serre d'angoisse à l'idée de son départ proche.

N'écoutant que le désir qui l'envahissait, elle s'abandonna au moment présent.

10

Installée sur le canapé de la terrasse, Charlie surveillait Aimee qui jouait dans sa piscine, tandis que Marshall nettoyait le barbecue dont il s'était servi à midi pour préparer le déjeuner.

— Pourquoi souris-tu ?

— Je pensais à cette étrange coïncidence : juste quand papa me conseillait de cesser mes recherches, le monde t'a ramené à moi. Incroyable !

— Ce n'est pas le monde qui m'a ramené, c'est un avion de transport de troupes.

Il s'assit sur la première marche et rejeta la tête en arrière pour la regarder.

— Mais peu importe !

— Je te promets de ne pas passer mon temps à scruter le ciel après ton départ.

Malgré sa gorge serrée, elle s'efforçait de continuer à sourire.

Il lui posa une main sur le genou.

— J'ai entré toutes mes coordonnées dans ton ordinateur, comme tu me l'avais demandé. Appelle ou envoie-moi un message quand tu veux, je répondrai. Peut-être en retard si je suis parti en patrouille, mais aussitôt que possible.

— Merci.

C'était bon de savoir qu'il était joignable ; n'était-ce pas ce qu'elle souhaitait au début ? Mais à présent qu'elle était sûre de l'aimer, elle désirait bien davantage. Elle se secoua. Il lui restait six jours pour profiter de sa compagnie, pourquoi les gâcher en étant malheureuse ?

— Et si on allait pique-niquer à Acaia Bay après la sieste d'Aimee ?

Il lui jeta un regard malicieux.

— Bonne idée. Ceci dit, elle n'a pas l'air d'avoir sommeil. Je la trouve pleine d'énergie, cet après-midi. A mon avis, elle sait ce que nous comptons faire pendant qu'elle dort...

Charlie sourit. Elle n'imaginait pas de meilleur moyen de passer son temps.

— Ne t'en fais pas, si elle ne manque pas de tonus, elle va bientôt manquer d'eau à la façon dont elle éclabousse tout !

— Ou sinon, je peux toujours percer discrètement le fond de sa piscine...

Elle lui donna un petit coup de coude.

— Tu n'as pas honte, Marshall Hunter !

Elle sursauta au bruit d'une portière de voiture qui claquait. Ils n'attendaient personne... Puis le portail s'ouvrit pour laisser passer Keisha, Toby et leurs fils. Elle frissonna. L'après-midi s'assombrissait.

— C'est Keisha, murmura-t-elle.

— Ta patiente qui a une grosseur au sein ? demanda Marshall en se levant.

— Oui. Je comprends qu'elle vienne me voir dès son arrivée. Mais ça ne va pas être facile.

Elle s'avança à leur rencontre.

— Vous êtes rentrés !

— Oui, nous avons dormi à Auckland cette nuit et nous avons fait la route aujourd'hui.

Elle prit la main de Keisha qui avait l'air d'un lièvre pris dans les phares.

— Ne t'en fais pas. Je suis passée par la même épreuve.

— C'est... ça veut dire que j'ai...

Charlie la regarda droit dans les yeux.

— Nous ne savons pas encore. Entre, nous allons en discuter.

Marshall se mit à côté d'elle et donna une poignée de main à Toby.

— Marshall Hunter, un ami de Charlie. Je peux faire une partie de foot avec vos garçons pour que vous soyez tranquilles. Nous avons un ballon au garage.

— Oh ! C'est gentil à vous ! Calib et Zac, vous restez avec M. Hunter pendant que nous parlons au Dr Lang, d'accord ?

— O.K., répondit Calib. Avec Aimee, aussi ?

Charlie embrassa Marshall sur la joue.

— Merci.

— Nous rattraperons le temps perdu ce soir, murmura-t-il en lui posant un baiser sur la bouche.

Ainsi, se dit-elle, il n'avait pas l'intention de se cacher...

Elle fit signe au couple d'entrer.

— Ce n'est qu'un ami ? Dommage ! chuchota Keisha, les yeux écarquillés.

Charlie comprit que sa patiente tentait de retarder la conversation qui allait suivre.

— C'est le père d'Aimee. Installez-vous, je fais du café. Vous avez passé de bonnes vacances ? Vous êtes tout bronzés !

— Oui, merveilleuses. Mais nous avons eu ton message en arrivant à la maison...

— Et il fallait que nous venions tout de suite, ajouta Toby. Sans attendre lundi.

— Vous avez bien fait.

Elle s'assit puis posa les coudes sur la table et le menton sur ses mains.

— Keisha, on a découvert une anomalie dans ta mammographie, mais, pour l'instant, impossible de déterminer exactement de quoi il s'agit.

Son interlocutrice pâlit et son mari lui prit la main.

— Le centre de radiologie a dû te laisser un message également.

— Oui, il faut que j'y retourne pour un autre examen. Elle a parlé de clichés d'un sein qui ne sont pas très lisibles.

— C'est la formule consacrée. De toute façon, la secrétaire n'est au courant de rien.

Elle se tourna pour arrêter le percolateur.

— J'ai déjà pris le rendez-vous pour toi. Lundi, à 11 heures, mais tu peux changer si ça ne te convient pas.

— Nous y serons, marmonna Toby.

— Le radiologue va faire une échographie, et peut-être un prélèvement pour l'envoyer au labo. Maintenant, tant que nous n'aurons pas les résultats, il n'y a rien de plus à faire.

— Sauf nous rendre malades d'angoisse. Dans combien de temps les aurons-nous ?

— Il faut quelques jours. Je ne nie pas que l'attente sera pénible. Si tu as besoin de me parler, n'hésite pas à téléphoner ou à passer ici.

Des cris de joie leur parvenaient par la fenêtre : Marshall et les garçons tapaient dans le ballon tandis qu'Aimee trottinait autour d'eux en tentant d'attraper la balle.

— Il sait s'y prendre avec les enfants, commenta Toby.

— C'est vrai. Pourtant, la notion de paternité est toute nouvelle pour lui.

Le regard de Keisha passait alternativement de Calib à Zac, et ses yeux se remplirent de larmes.

— Mes fils… Que leur arrivera-t-il si… ?

— Ne pense pas à ça.

Charlie se traita mentalement d'hypocrite. Comme si elle-même n'y avait pas songé…

Keisha se tourna vers elle.

— D'accord. Comment as-tu fait, toi, pour ne pas t'en inquiéter ?

— Je reconnais que je n'ai pas réussi, Keisha. Ce moment d'attente est très effrayant. Le labo va faire le maximum pour te communiquer les résultats au plus tôt.

— Il faut que je prononce le mot, Charlie : j'ai peut-être un cancer, c'est ça ?

Toby pâlit.

— Ma chérie…

— C'est important que je le formule, Toby. Même si la semaine prochaine on nous apprend que ce n'est pas si grave…

Sa lèvre inférieure tremblait, mais Charlie se contenta de lui prendre la main, sachant que rien de ce qu'elle pourrait dire ne chasserait sa terreur.

Un cri aigu leur parvint, la faisant bondir de sa chaise.

— Aimee ?

Des pleurs qui ne trompaient pas suivirent, entremêlés de paroles de consolation prononcées par une voix mâle.

— Excusez-moi une minute, je file consoler ma fille. Son père est auprès d'elle, mais il n'a pas l'habitude.

Toby lui jeta un regard grave.

— Laisse-lui un peu de temps, Charlie. Il me semble qu'il se débrouille. Allons, permets-lui de montrer à Aimee qui il est pour elle.

Elle se rassit lentement.

— Toby a raison, il s'en occupe bien, renchérit Keisha. Tu vois, elle est déjà calmée.

— C'est vrai.

Le cœur de Charlie se gonfla de fierté. Marshall était un père fantastique. Si seulement elle parvenait à lui en faire prendre conscience...

Marshall regarda Toby aider Keisha à monter en voiture et fermer la portière.

— Pauvre diable... Il ne sait pas quoi faire d'autre que ne pas la lâcher d'une semelle.

— Et que faire d'autre, de toute façon ? Tant qu'ils n'ont pas de certitude, ils vont se demander si elle a vraiment un cancer, si elle va mourir, si elle va vivre assez longtemps pour voir grandir ses enfants... Ils envisageront tous les cas de figure, l'avenir des garçons au cas où ils seraient privés de leur mère...

Elle parlait d'expérience. S'il avait lu ses messages, il aurait été là pour la soutenir dans ces atroces moments. A condition, bien sûr, que l'armée lui ait accordé une permission.

— Combien de temps as-tu attendu ?

— Dix jours, qui m'ont paru dix ans. Je n'ai presque pas dormi, je gardais les yeux fixés sur Aimee, si petite et si vulnérable, qui serait perdue sans moi…

Sa voix s'étrangla.

Il lui entoura les épaules d'un bras et l'attira à lui.

— Mais tu es là, et l'avenir ne se présente pas trop mal. Aimee est heureuse, et elle a la chance d'avoir une mère telle que toi. Tu t'en es sortie, Charlie. Oublie le passé.

— Je m'y efforce, mais, aujourd'hui, Keisha m'a rappelé de mauvais souvenirs.

— Tu es chaque jour plus forte. Promets-moi de m'avertir quand tu n'as pas le moral, je veux pouvoir parler avec toi.

— Merci, oui, ça me fera du bien.

Elle n'en était pas convaincue outre mesure…

Il faisait nuit quand Marshall arrangea une mèche de cheveux de Charlie derrière son oreille pendant son sommeil. Il n'avait pas beaucoup dormi par peur de manquer un moment avec elle. Ce qu'elle lui avait confié au sujet de sa maladie l'avait beaucoup touché. Comment avait-elle supporté cette angoisse tout en ayant à s'occuper d'un bébé ? Bien entendu, elle avait eu Brendon, mais c'était différent…

Il serra les poings. A présent, il s'en voulait d'avoir supprimé les messages sans les lire… Mais s'il lui était impossible de changer le passé, il pouvait changer l'avenir. Il devait absolument rester en contact avec elle.

Quand les premiers rayons du soleil pointèrent derrière les rideaux, il fit la grimace. On était vendredi. Demain, ce serait son dernier jour ici…

Il avait passé le plus de temps possible auprès d'Aimee, avec qui le contact s'était établi très vite, pas comme avec Charlie…

Etait-il déconnecté à ce point de la médecine généraliste pour ne pas avoir reconnu les signes de sa maladie et les conséquences du traitement ? Il savait que cela l'obséderait durant ses insomnies.

Désormais, il se couchait en même temps qu'elle et la tenait serrée contre lui. Il l'écoutait respirer, sentait ses seins se soulever contre son bras, absorbait sa chaleur et son parfum, espérant lui transmettre un peu de sa force.

Environ une heure plus tard, elle se réveillait et cherchait des lèvres sa bouche, de la main son corps... Ils faisaient l'amour, quelquefois si lentement et délicieusement qu'il en était tout retourné, d'autres fois si passionnément qu'ils devaient se retenir de crier pour ne pas réveiller toute la maison...

Ensuite, elle retombait dans un profond sommeil et il la gardait serrée dans ses bras. Il l'aimait chaque jour davantage, et refusait de dormir pour ne pas perdre une minute avec elle. Le temps était précieux et s'enfuyait vite.

Son billet d'avion pour samedi soir était rangé dans une poche de son sac, mais ne pas l'avoir sous les yeux ne changeait rien au fait qu'il rentrait aux Etats-Unis. A la base. En laissant derrière lui cette femme sensationnelle, et leur fille.

Les heures s'écoulaient à une vitesse folle, sauf quand elle n'était pas avec lui. Il lui arrivait de détester le cabinet médical, et il se reprochait ensuite son égoïsme : elle devait s'occuper d'Aimee, de ses patients, de son père et de lui, alors qu'elle était épuisée... Pourtant, chaque nuit, elle partait se coucher avec une lueur malicieuse dans les yeux et, chaque matin, elle se réveillait avec enthousiasme.

Elle lui manquerait tant ! Elle habitait son corps et son esprit de façon définitive, il le savait. Jamais il ne pourrait l'oublier. Elle serait son ange gardien durant ses missions, quand il serait en train de recoudre des soldats dans des hôpitaux de fortune où que ce soit à la surface du globe. Mais il était hors de question de la faire souffrir en lui confiant toutes ses angoisses.

Samedi matin... Charlie fixa le creux que la tête de Marshall avait laissé sur l'oreiller. Il lui avait fait l'amour au lever du soleil, de façon très tendre, en silence, mais elle avait perçu ce qu'il ne disait pas : il n'était pas loin de l'aimer, elle en était convaincue. Et il la quittait.

En se préparant à aller courir, il avait les yeux mouillés. Il avait évité la main qu'elle tendait vers lui.

— Si je retourne au lit avec toi maintenant, je ne pourrai jamais partir.

Une fois seule, elle avait laissé libre cours à son chagrin. Elle sentait les larmes glisser sur ses joues puis tremper l'oreiller, mais ne tentait pas de lutter : elle savait que, après ce moment d'apitoiement sur son sort, elle se lèverait et continuerait à vivre.

D'abord, elle devait traverser cette éprouvante journée où il allait monter dans sa voiture et prendre la route. Elle se redressa. Soit elle montrait sa tristesse et rendait tout le monde malheureux, soit elle acceptait son destin qui n'était pas si affreux : ils s'étaient retrouvés, et Aimee avait un père.

Se levant d'un bond, elle ouvrit un tiroir et choisit un débardeur à fines bretelles d'un bleu très clair assorti à ses yeux. Puis elle sortit une minijupe en jean qui mettait ses jambes en valeur et moulait sa chute de reins ; un string et un soutien-gorge push-up en dentelle noire rejoignirent le reste sur son lit.

Marshall n'aurait peut-être pas l'occasion de voir ses sous-vêtements, mais elle se sentirait plus féminine, et lorsqu'elle ferait son entrée dans la cuisine, il aurait un aperçu de ce qu'il laissait derrière lui. Au moins, il se souviendrait d'une femme séduisante, pas d'une mère fatiguée par sa fille et son métier...

Elle ne s'était pas trompée. Marshall, qui était appuyé au comptoir en train de boire un verre d'eau, avala de travers, les yeux hors de la tête. Quand il eut fini de tousser, il la regarda.

— Tu es époustouflante ! C'est le grand jeu, ce matin !

— Pour le petit déjeuner aussi, qui sera plutôt un brunch : œufs au bacon, saucisses, champignons et tomates.

— Nous pourrions ouvrir une bouteille de champagne... J'en ai mis une au frais, intervint son père qui entrait.

— Excellente idée, papa ! J'ai envie de préparer aussi une salade de fruits pour le dessert.

Marshall était toujours appuyé au comptoir, l'air éberlué. S'était-il attendu à ce qu'elle pleure discrètement dans son mouchoir jusqu'à son départ ? Eh bien non, elle ne lui montrerait pas à quel point elle souffrait. Les larmes viendraient plus tard, au milieu de la nuit, quand son absence l'empêcherait de dormir...

Elle s'empara de la bouilloire.

— Ote-toi de mon chemin. J'ai besoin d'une bonne tasse de thé pour commencer la journée.

Il se déplaça à peine, se contentant de s'écarter un peu de la cuisinière pour la laisser passer.

— Je peux t'aider ?

— Allez d'abord vous changer, Marshall, intervint son père. Et lever Aimee. Plus tard, vous me donnerez un coup de main pour les grillades.

Quelle tristesse dans cette voix, malgré son enjouement apparent ! Elle comprit qu'en fait, tout le monde feignait la bonne humeur...

— Eh bien, je vois que nous avons de l'occupation ! Merci à vous deux.

Elle le regarda sortir puis sentit une main se poser sur son épaule.

— Il n'est pas plus heureux que toi, tu sais !

— Alors pourquoi part-il ?

— Il est engagé dans l'armée, ma chérie.

Sous l'effet de cette compassion, toutes ses résolutions s'évanouirent, et ce fut en pleurant qu'elle prépara le thé.

Peu après, des petits bras lui entourèrent les genoux.

— Maman, suis levée !

— Bonjour, mon cœur ! Tu es venue toute seule ?

Souriant, Marshall se tenait sur le seuil, toujours en tenue de jogging.

— Je l'ai trouvée en train d'escalader les barreaux. A mon avis, ce serait plus prudent de lui installer un vrai lit de jeune fille, maintenant.

Puis il tourna les talons, sans doute pour aller enfin se doucher et se changer.

Une fois de plus, il se retrouva en train de ranger après le barbecue. C'était devenu son travail attitré depuis son arrivée... Comme s'il avait une place dans la famille. Encore une nouveauté pour lui : il ne s'agissait pas d'exécuter un ordre, mais de partager les tâches avec les gens qu'on aime et qui nous aiment.

Charlie couchait Aimee pour sa sieste. Il l'avait gardée sur ses genoux pendant le repas, puis avait joué au football avec elle et, enfin, l'avait embrassée en lui disant au revoir. Son cœur avait failli se briser, mais il fallait qu'il parte. Un jour, Aimee et Charlie l'en remercieraient. Elles comprendraient. Du moins l'espérait-il...

Il consulta sa montre : 13 h 30, presque l'heure de se mettre en route. Brendon venait d'entrer dans le garage, où il avait son atelier. Il allait prendre congé de lui en s'efforçant d'exprimer à quel point il l'appréciait.

Le père de Charlie, debout devant son établi, ponçait une table avec tant d'énergie que Marshall le soupçonna de passer ses nerfs dessus.

Il s'éclaircit la voix.

— Brendon... Je tiens à vous remercier de votre hospitalité, et de tout ce que vous avez fait pour moi.

Brendon ne cessa pas son travail, mais ses jointures blanchirent sur le bloc de papier de verre.

— Revenez quand vous voulez.

Autrement dit, c'était une obligation... Marshall sentit dans sa bouche un goût amer. En réalité, il n'avait pas l'intention de réapparaître de sitôt pour ne pas compliquer les choses ni donner de faux espoirs à Charlie.

— Merci de votre invitation.

Brendon posa son outil et s'essuya les mains.

— Parfait.

Du regard, il fit le tour du garage et arrêta les yeux sur un petit catamaran rangé dans un coin, couvert de toiles d'araignées, attaché à un anneau par une chaîne.

— Je l'ai surprise en train d'essayer de le tirer à l'extérieur il y a deux mois, au prétexte d'aller naviguer sur le lac.

Marshall réprima un soupir. Il savait qu'ils finiraient par parler de Charlie. C'était inévitable.

— Ça m'a brisé le cœur de la voir incapable de cet effort, si facile autrefois pour elle. J'ai fixé le bateau au mur pour qu'elle ne recommence pas. Elle était si robuste, avant !

Et, comprenait-il, Brendon avait peur qu'elle ne recouvre jamais ses forces... Mais pas question de s'apitoyer.

— Elle est très forte mentalement.

— Vous avez raison. J'espère qu'elle le sera assez, car les prochaines semaines vont être dures.

Un coup imparable, cette fois... Il se sentit touché au cœur.

— Je dois partir, Brendon. Je n'ai pas le choix.

— Parce que vous êtes militaire, ou parce que vous ne voulez pas rester ?

— Je ne connais que cette vie.

Mais de l'endroit où il la considérait à présent, elle lui semblait bizarre...

— C'est un prétexte !

Charlie était sur le seuil, les mains sur les hanches.

— Tu ressors toujours cette excuse. Tu as été conditionné pour le penser. Non, tu n'es pas forcé de vivre ainsi. Tu peux choisir l'existence qui te convient et en profiter.

— Peut-être que c'est justement celle-ci qui me convient, mais, de toute façon, je dois obéir aux ordres, aller où on m'envoie, retourner où on m'appelle.

Bien entendu, son contrat se terminait dans quelques semaines et rien ne l'obligeait à en signer un nouveau, mais que faire d'autre ? S'installer comme généraliste dans cette petite ville ? Tout bien pesé, ce serait encore aider des malades et leur famille...

Brendon passa devant Charlie et sortit sans piper mot. Il n'aurait donc pas droit à un au revoir chaleureux, mais comment lui en vouloir ?

Ellc s'avança vers lui, les yeux pleins d'amour.

— Ecoute-moi, à présent, j'ai quelque chose à te dire. Marshall, je t'aime, de toute mon âme... Je crois que je t'ai aimé dès notre première rencontre.

Elle se haussa sur la pointe des pieds et l'embrassa sur la bouche.

Malgré lui, il l'enlaça et lui écarta les lèvres du bout de la langue. Ses genoux faiblirent ; ce serait si facile de rester... De faire comme s'il n'avait pas d'autre engagement, comme si tout allait s'arranger. De croire qu'il serait un père et un mari merveilleux, et un généraliste compétent dans un cabinet médical de Nouvelle-Zélande...

Il rassembla ses dernières forces pour la repousser.

— Et tu penses que ça change quelque chose ? Non, Charlie, je ne serai pas à tes côtés.

Il vit ses yeux étinceler.

— Tu n'as rien compris : t'avoir à moi un peu, c'est mieux que jamais. Puisque je t'aime, je tiens à te laisser libre d'être qui tu souhaites, je refuse d'essayer de te transformer ou de t'attacher. Ce serait le moyen le plus sûr de gâcher notre relation.

C'était tentant... S'arrêter de temps en temps pour passer un moment avec elle et leur fille, avoir une famille tout en poursuivant sa carrière dans l'armée...

Non, ce serait injuste. Il imaginait Aimee pleurant à chacun de ses départs, le suppliant de rester encore un peu, de l'emmener à l'école le matin suivant...

— Je retourne chez moi, Charlie. Aimee et toi, vous méritez mieux. Tu peux trouver un chic type qui t'aime, qui rentre à la maison tous les soirs, qui t'écoute raconter ta journée et accompagne Aimee au terrain de sport.

— Oui.

Elle était pâle, et son évidente souffrance lui brisait le cœur. Mais, même si c'était difficile, il devait poursuivre.

— Qui parte avec vous en vacances... Bref, tout ce que moi, je ne ferai pas.

Il avait du mal à respirer et se sentait sur le point de s'évanouir. Il se retenait de l'attirer à lui, de lui avouer qu'il ne pensait pas un mot de ce qu'il venait de dire et qu'il restait. Mais c'était impossible.

— Trouve-toi un homme qui t'accompagne jusqu'à la vieillesse, Charlie.

Des larmes coulaient de ses yeux, mais son dos était droit et son menton levé.

— Tu te trompes encore à mon sujet, Marshall. Je n'ai pas besoin qu'on s'occupe de moi. C'est toi qui m'intéresses, et toi seul, que tu sois là tout le temps ou non.

Il posa les mains sur ses épaules et sentit sa tension, le tremblement de son corps.

— Fais attention à toi, Charlie.

Puis il sortit d'un pas résolu, alors que son cœur était loin de l'être.

Le panneau indiquait de continuer tout droit pour Hamilton, et de prendre à droite pour contourner la ville en direction d'Auckland.

Marshall cligna des yeux. Déjà là ? Il n'avait rien vu de la route depuis qu'il avait quitté Taupo, tant il était absorbé par le souvenir de Charlie et Aimee.

Il mit le clignotant. Aujourd'hui, il ne ferait pas demi-tour…

Il déglutit pour tenter de faire passer la grosse boule qu'il avait dans la gorge, en vain. Le moteur rugit et la voiture fila jusqu'à ce qu'il lève le pied de l'accélérateur.

« Attention, Marshall, tu ne pourras jamais fuir cet amour et cette tristesse dans les yeux de Charlie. »

Il regarda le ciel.

— Oui, Rod, peut-être, mais je ne vais pas mettre mon cœur en péril et faire des promesses que je ne tiendrai pas.

Il aimait Charlie, mais comment être sûr que cela durerait ? Pouvait-il jurer qu'il serait toujours là pour elle, en esprit ? Non. En dépit du sentiment d'appartenance qu'il éprouvait, l'idée que quelqu'un compte sur lui l'épouvantait.

— D'ailleurs, j'ai échoué avec toi, n'est-ce pas ?

Un ami si proche qu'il aurait pu être son frère… Son chagrin et sa culpabilité n'avaient pas disparu.

Il s'engagea sur l'autoroute. L'aéroport se rapprochait.

Charlie avait assez souffert sans qu'il exige d'elle d'autres crève-cœur. Et Aimee, par chance, ne le connaissait pas assez pour être malheureuse de sa disparition, contrairement aux enfants de Rod, à qui il avait fallu beaucoup de temps pour admettre que leur papa ne rentrerait plus jamais.

Il refusait de faire subir cela à sa fille. Ou à Charlie. Il risquait à tout moment d'être tué, point final.

Son cœur lui fit si mal qu'il craignit un infarctus. Se garant sur le bord de la route, il ouvrit la portière et respira à fond, attendant que la douleur se calme, conscient qu'elle ne disparaîtrait jamais totalement.

11

Trois semaines plus tard, en consultant les fiches de ses patients avant le début de ses consultations, Charlie tomba sur le dossier de Keisha, qui venait d'être opérée et commencerait son traitement dans un mois. Avec un frisson d'angoisse, elle pria pour que son amie se rétablisse. Une image lui revint de ses deux beaux garçons qui jouaient avec Marshall. Sept et huit ans, si petits encore pour affronter cette épreuve ! Certains enfants n'avaient pas de chance...

Aimee, bien que trop jeune pour comprendre, avait tout de même été privée de pas mal de choses : l'allaitement avait cessé, et son grand-père avait souvent dû la coucher à sa place parce qu'elle n'en avait pas la force. Elle soupira.

En dépit de tout, son adorable fille ne semblait pas avoir trop souffert, et à présent que Marshall s'était manifesté, tout se passerait encore mieux, du moins pour elle.

L'interrompant dans ses pensées, Gemma entra, posa un cappuccino sur son bureau et s'affala sur une chaise.

— Comment va ?

— Super ! Aimee parle beaucoup de son papa et adore son nouveau lit parce qu'elle peut en sortir quand elle veut ; quant à mon père, il part souvent à la pêche et a l'air de s'amuser.

Elle lui jeta un regard de biais.

— Mais je suis sûre que tu en sais plus que moi sur ce chapitre.

Gemma se contenta de sourire.

— Et Charlie, comment va-t-elle ?

Affreusement mal. Il ne semblait pas exister de remède pour les cœurs brisés. Pas fort, pour un médecin…

— Mieux. Je cours cinq ou six kilomètres par jour, maintenant. Mais toute seule, c'est un peu ennuyeux.

— Toujours pas de nouvelles de Marshall ?

— Un e-mail de temps en temps qui ne me dit pas grand-chose de ce qu'il fait.

Il y avait vingt-trois jours qu'il était parti…

Quand il lui avait promis de rester en contact, elle avait bêtement cru qu'il téléphonerait régulièrement ou appellerait par vidéotéléphone pour que sa fille puisse aussi le voir.

— Aimee ne va pas tarder à l'oublier.

— Et Charlie fera semblant de l'avoir oublié ?

— Il me manque tellement, Gemma !

Le fait de lui avouer son amour n'avait pas atténué l'intensité de ses sentiments… Au contraire, ses émotions étaient plus violentes, comme si le contraste entre sa présence et son absence s'était accentué.

— Malheureusement, je ne pense qu'à lui. Mais comment lui en vouloir ? J'ai toujours su qu'il repartirait et que je devrais l'aimer de loin.

Gemma se leva et jeta son gobelet dans la corbeille.

— Laisse-lui le temps. Je n'arrive pas à croire qu'il ne reviendra pas. Dans chacun de ses actes, son amour pour vous deux était évident. Peut-être ne le comprend-il pas encore, mais il y viendra.

Charlie haussa les épaules.

— Tu lis trop de romans. Même s'il s'en aperçoit, il ne quittera jamais l'armée… Et il n'est pas du genre à se fixer.

Elle visa la corbeille et lança son gobelet vide, réussissant son tir. C'était la première bonne chose de la matinée.

Elle se secoua. Il fallait qu'elle cesse de s'apitoyer sur son sort, qu'elle fasse des projets… Par exemple, ce soir en sortant du cabinet, elle emmènerait Aimee à la piscine.

Gemma consulta sa montre.

— Je te laisse commencer tes consultations. Qui vois-tu maintenant ?

Oubliant pour un temps sa peine, elle sourit.

— Faye Burnside m'amène Ryan. Tu pourras lui faire ses piqûres, après ?

Elle suivit l'infirmière dans la salle d'attente.

— Faye, vous venez ? Alors, ce petit bonhomme ?

Elle souleva sans effort le sac pesant de la jeune maman et le porta jusqu'à sa salle. Ses forces revenaient...

Faye s'affala sur la chaise en face du bureau.

— Il ne se réveille plus que deux fois par nuit, ouf ! Quand je pense qu'avant, je pouvais partir travailler le matin sans avoir dormi du tout...

— Vous ne faisiez pas la fête sept jours sur sept.

Elle sourit au bébé qu'elle prit dans ses bras.

— Alors, Ryan, tu es toujours sage ?

Des souvenirs d'Aimee à cet âge ravivèrent des émotions oubliées : la sensation incroyable d'avoir fabriqué un petit être parfait, l'amour immédiat et le besoin de protéger. Elle éprouva l'amer regret de ne pas pouvoir être mère de nouveau... Mais il était plus avisé de se contenter de sa fille, heureuse et en bonne santé.

— Il a un truc bizarre à l'estomac, comme une bosse sous les côtes.

— Je vais voir ça. Autre chose qui vous tracasse ? J'avais toujours des tonnes de questions à poser quand Aimee avait cet âge.

Faye sourit en déshabillant son fils.

— Pas pour le moment. J'ai déjà tout demandé aux infirmières de Plunket qui ont eu la patience de répondre. Ce sont elles qui m'ont conseillé de vous parler de cette boule.

— Elles ont fait leur travail puisque l'institution a été fondée pour aider les jeunes mamans !

— Là, vous voyez ?

Charlie palpa la bosse.

— C'est une légère hernie qui peut être opérée facilement.

— Quoi ? Mais il est si petit !

— C'est assez commun chez les bébés, et la procédure est très simple. Je vous envoie à un excellent chirurgien pédiatre, c'est lui qui décidera. Inutile de vous inquiéter.

Comme si Faye pouvait suivre ce sage conseil...

— Désolée, je suis idiote d'avoir dit ça. Je vais vous donner de la documentation que vous lirez avec le père de Ryan en rentrant.

La jeune maman avait pâli. Elle reprit son fils dans ses bras et le serra contre elle.

— Mais je n'ai pas l'impression qu'il souffre !

— C'est indolore, par chance. Asseyez-vous et posez toutes les questions qui vous passent par la tête.

Elle répondit patiemment tout en cherchant des renseignements sur internet qu'elle imprima et tendit à Faye.

— Voilà. Je fais une lettre pour le chirurgien de Rotorua, avec qui Molly va prendre rendez-vous pour vous. Plus tôt vous le verrez, plus vite vous serez rassurée. Vous pouvez aussi vous renseigner auprès du groupe de mamans qui ont accouché en même temps que vous. Si l'une d'elles a eu ce problème, je suis persuadée qu'elle vous tranquillisera.

Elle raccompagna Faye à la réception et sortit appeler son patient suivant.

— Beau, venez dans la salle de procédure.

Un jeune homme bondit sur ses pieds.

— D'accord. Comment allez-vous, docteur ?

— En principe, c'est plutôt à moi de demander ça !

— Je sais, dit-il en riant. Combien m'ôtez-vous de ces trucs aujourd'hui ?

— Trois.

— Je parie que vous ne laissez jamais votre petite fille au soleil sans crème protectrice !

Beau était sujet aux carcinomes, et après deux ablations, il avait choisi de se faire enlever toute grosseur paraissant anormale.

— En effet, je la tartine de la tête aux pieds au point qu'elle risque sans doute une carence en vitamine D.

Difficile d'équilibrer... Trop de soleil était mauvais, mais pas assez n'était pas conseillé non plus. Comme pour tout le reste, trouver le juste milieu n'était pas facile.

Assis à la table de la cuisine chez la veuve de Rod, Marshall but la dernière gorgée de sa bière glacée.

— Bon sang, qu'il fait chaud !

— Plus qu'en Nouvelle-Zélande ? demanda Karen en souriant.

— Oui.

Il regrettait un peu ses confidences. A son retour d'Afghanistan, il lui avait rendu visite un soir. Elle était encore sous le choc et désespérée de la mort de Rod. Incapable de prononcer des mots de consolation, il avait rempli les silences en racontant ce qui lui venait à l'esprit. Et comme il pensait à Charlie… Le comble, aujourd'hui, il lui avait confié qu'il rentrait de Taupo.

Karen le regarda par-dessus son verre de vin.

— Comment l'as-tu trouvée ?

Bien… Belle, sexy, aimante et sage. Et attendant beaucoup trop de lui.

— Surprise de me voir…

En colère, heureuse… et déçue. Il était parti le cœur lourd, mais sans une once de jalousie à la pensée qu'elle suivrait son conseil de se chercher un autre homme.

— Contente ?

— Hmm. Figure-toi que nous avons une fille, Aimee, qui a dix-huit mois et qui est adorable.

Et qui lui manquait autant que sa mère.

Karen eut l'air ébahie de cette nouvelle, et il sortit son portable pour lui montrer des photos.

— Elle est vraiment mignonne ! Elle a tes yeux. Et cette belle femme, c'est Charlie ? Quand me les présentes-tu ? Elles viendront te voir ici ?

Il repoussa sa chaise avec violence et se leva pour jeter sa bouteille.

— C'est un interrogatoire ?

— Qu'est-ce qui te prend, Marshall ? Si Rod était là, tu lui raconterais tout !

La voix de Karen s'étrangla, et il se sentit honteux de son éclat ridicule. Il la serra dans ses bras et la fit rasseoir.

— Pardon, Karen. Non, elles ne viendront pas, et je n'irai pas les rejoindre non plus. Je suis sans cesse par monts et par vaux, ce ne serait pas une vie pour elles.

— C'est l'avis de Charlie ?

— Pas du tout, c'est moi qui l'ai décidé. Ce ne serait pas supportable. Aimee aurait à peine le temps de me connaître que je devrais repartir.

— Toujours mieux que de ne pas te connaître du tout, non ?

— Sa mère trouvera sûrement un type bien qui sera un père présent pour elle.

Il ressentit un pincement au ventre. Un autre homme pour élever sa fille ? En fait, l'idée ne l'enchantait pas, pas plus que celle d'un inconnu qui partagerait le lit de Charlie.

Karen croisa son regard.

— Je n'aurais pas cru ça de toi. Que t'est-il arrivé ? Tu as laissé ta cervelle en Afghanistan ? Tu essaies d'échapper à ton devoir !

— Faux. Mon devoir, tu sais où il est. Je ne reste jamais à la même place plus de quelques mois, alors que Charlie, qui n'a quitté son pays que pour son stage à Hawaii, habite avec son père la villa où elle est née et exerce dans le même cabinet médical que lui. Nous sommes totalement incompatibles.

— Je ne t'ai jamais pris pour une poule mouillée, Marshall. J'ai perdu mon mari et mes enfants sont privés de leur père, mais nous nous souviendrons toujours de lui et de l'amour qu'il nous portait. Tu savais que Rod avait décidé de ne pas renouveler son contrat ? Il voulait que sa famille passe désormais avant son métier où il était conscient de ne pas être irremplaçable.

Il vit les larmes faire briller ses yeux.

— Tu crois que tu dois rester fidèle à l'armée pour te dédouaner de la mort de Rod ? Cesse de te ronger, Marshall. Il ne t'en rendrait pas responsable.

— Il ne m'a jamais dit qu'il laissait tomber !

Un frisson le parcourut. Bon sang, son ami avait été tué au moment où il décidait de s'en sortir... Quel manque de chance ! Et si lui-même se trompait du tout au tout ? Si ses hommes n'avaient pas besoin de lui, Marshall Hunter, mais simplement d'un officier compétent ? En revanche, personne ne pourrait être le père d'Aimee à sa place, bien qu'il ait affirmé le contraire à Charlie. Pouvait-il oublier ses convictions et recommencer de zéro ?

Karen lui posa une main sur le bras.

— Navrée, Marshall. Je suis très heureuse que tu sois là pour me rendre visite, mais je vois à quel point tu te fourvoies. Tu n'as pas envie d'être avec quelqu'un que tu aimes et qui t'aime plus que tout ?

Il était temps de reprendre la route.

— Merci pour le déjeuner, Karen. Appelle-moi si toi ou les enfants avez besoin de quelque chose.

Il lui posa un léger baiser sur la joue.

— Dis-leur au revoir de ma part.

Puis il sortit avant qu'elle parvienne à lui mettre d'autres idées farfelues en tête.

Hélas, ses paroles le poursuivirent dans l'allée. « Etre avec quelqu'un que tu aimes » ? C'était justement parce qu'il aimait Charlie qu'il restait loin d'elle ! Pourtant, il souffrait de ne pas avoir été présent pour l'aider à traverser la terrible épreuve de sa maladie. S'il avait un devoir envers l'armée et ses hommes, il en avait un plus grand envers Charlie et Aimee.

Que voulait-il vraiment ? Lui qui n'avait jamais fait de projets d'avenir, il devait peut-être commencer...

Dans sa chambre d'hôtel, il fixa son ordinateur portable. Et s'il les appelait par internet ? Soudain, il eut la certitude que si Taupo n'avait été qu'à quelques heures de voyage, il serait monté dans le premier avion pour aller les tenir dans ses bras et les serrer fort. Mais elles étaient à l'autre bout de la planète... Et elles lui manquaient.

Lorsque l'écran fut allumé, il cliqua sur l'icône du vidéotéléphone. Charlie pouvait être encore au cabinet médical, ou en train de donner son bain à Aimee. S'il voulait être certain de la trouver chez elle, il fallait qu'il convienne d'un rendez-vous.

Il sortit son portable, envoya un texto, et eut aussitôt sa réponse.

Elle était à la maison, et il devait appeler tout de suite s'il avait envie de parler à Aimee. Quelle rapidité ! Charlie guettait-elle son message depuis trois semaines, l'œil rivé à son téléphone ? L'idée le mit mal à l'aise. Peu importe, il devait se hâter.

En attendant la connexion, il alla prendre une bière dans le réfrigérateur et en avala une gorgée.

Puis, soudain, il les vit, emplissant son écran de leur sourire et de leur bavardage. Il regarda Charlie, se repaissant de son image. Ce sourire en coin et ces yeux tristes gonflèrent son cœur de tendresse et de désir.

Aimee lui faisait signe, et son petit visage apparut en gros plan.

— Papa !

Le cri emplit tout entière la pièce jusque-là vide. La bouteille lui glissa des doigts et s'écrasa sur le sol.

Elle venait de l'appeler « papa » pour la première fois.

— Papa ! répéta-t-elle sur le même ton, visiblement impatiente d'avoir une réponse.

Il avala la boule qui lui obstruait la gorge.

— Bonjour, Aimee !

Bravo ! songea-t-il, mécontent de lui. C'était tout ce qu'il trouvait d'original à répondre ?

Le visage inquiet de Charlie apparut à côté de celui de leur fille.

— Marshall ? Tu vas bien ?

Evidemment que non... Avait-elle appris à Aimee à dire « papa » pour le piéger ? Quelle idée ! Charlie n'était pas calculatrice.

Il s'affala sur une chaise.

— Oui, et toi ? Pas trop de travail, j'espère !

— Pas plus que d'habitude.

La déception — ou la contrariété ? — altérait sa voix, la rendant coupante.

— J'ai emmené Aimee à la piscine municipale ce soir. Un vrai dauphin... Je vais l'inscrire à des leçons de natation.

Son ton, sérieux, manquait de l'enthousiasme habituel avec lequel elle parlait de tout ce qui concernait leur fille.

C'était sa faute à lui... Il jura en silence puis rassembla ses forces.

— Aimee ? Tu m'entends ?

Les yeux de sa fille étincelèrent.

— Papa ? Tu es où ?

— Très loin, ma chérie. Tu as aimé la grande piscine ?

— Oui !

Encore un cri de joie perçant...

Pendant qu'Aimee babillait, il épiait l'expression de Charlie. Manifestement, elle n'était pas très heureuse de ce contact... Elle avait les joues rouges et les paupières gonflées.

Il écouta le bavardage d'Aimee avec patience... Quand elle disparut soudain de son écran, il en éprouva une déception inattendue, même s'il brûlait d'envie de questionner Charlie.

— Nous aurons peut-être une nouvelle associée au centre, un médecin d'Afrique du Sud qui espère pouvoir négocier sur place avec nous le mois prochain. Elle paraît très intéressée car elle préfère vivre dans une petite ville plutôt que dans une capitale.

Marshall eut l'impression qu'on venait de lui claquer la porte au nez. On lui avait offert d'être cet associé... Bien entendu, il avait refusé, mais cela n'empêchait rien.

— Brendon sera ravi, il pourra passer tout son temps à la pêche !

— Nous mangerons de la truite tous les jours.

Son sourire ne dissimulait pas la tristesse de ses yeux.

— Charlie ? Ce médecin ne te plaît pas ?

Elle haussa les épaules.

— Je ne la connais pas. Excuse-moi, je dois coucher Aimee.

Elle se leva, s'éloignant de son écran.

— Attends ! Tu as pleuré ? Pourquoi ? Dis-moi, ma chérie.

Il craignit qu'elle ne disparaisse totalement, mais elle se rassit lentement.

— Keisha a été opérée.

Il sentit son sang se glacer en revoyant cette femme splendide. Inutile d'être dans une zone de combat pour recevoir une bombe...

— Une tumeur agressive. Le traitement commence bientôt, et ce sera très dur.

Les larmes se mirent à ruisseler sur ses joues.

— Ces pauvres petits, Marshall... Ils ont besoin de leur maman, ils sont trop jeunes pour affronter ça !

Et Charlie avait besoin que quelqu'un la tienne dans ses bras, lui permette de pleurer sur son épaule... L'épreuve que traversait

Keisha réveillait sa terreur de devoir abandonner Aimee, sans parler du vide laissé par la perte de sa propre mère.

— Ma chérie, murmura-t-il en plaquant la main sur l'écran. Mets ta main sur la mienne, je t'envoie mon amour. Tu sais que je t'aime, n'est-ce pas ? Nous nous en sortirons. Je suis là pour toi.

Elle s'exécuta.

— Merci. Je ne suis peut-être pas assez forte pour exercer dans cette ville où je connais tout le monde.

— Tu fais un travail formidable ! Je parie que Keisha préfère que ce soit toi qui la suives plutôt qu'un inconnu.

Il avait toujours eu ce sentiment quand il soignait ses hommes. Ils lui étaient familiers, eux et leurs proches, et il savait ce qu'ils attendaient de lui.

Comme un généraliste.

Son sourire tremblait un peu, mais elle souriait.

— Tu as peut-être raison.

— J'en suis convaincu. Comment parler de ce genre de problème avec un étranger ?

— Keisha me pose des questions difficiles parce que j'ai subi ça avant elle...

— Et tu as les réponses justes. Tu ne diras pas de bêtises.

Il eut un large sourire.

En fait, leurs métiers n'étaient pas si différents... Pouvait-il troquer son uniforme contre une tenue plus décontractée, et accepter de disposer de week-ends de congé ?

En pensée, il remercia Karen de lui avoir ouvert les yeux : il devait plus à Charlie qu'à l'armée.

En arrière-fond, il entendit le hurlement d'Aimee. Charlie eut l'air déçu.

— Il faut que j'y aille, sinon Teddy passera au lave-vaisselle. Tu me rappelles ? Bientôt ?

— Demain ?

Il aurait pu parler toute la nuit... Demain, c'était loin. Pourrait-il attendre vingt-quatre heures ?

— D'accord. Tu ne m'as rien dit de toi. Je t'aime.

Elle lui envoya un baiser et disparut, le laissant seul devant son écran vide.

Charlie mit Aimee au lit et l'embrassa sur la joue.

— Bonne nuit, ma chérie.

— Où est papa ? Je veux le voir.

Son cœur chavira. *Moi aussi*, pensa-t-elle. Elle ne s'attendait pas à cette question. Sa fille était trop jeune pour comprendre...

— Il travaille très loin, et il ne peut venir que lorsqu'on lui donne des vacances.

— Ah, d'accord...

Aimee se glissa sous la couette en bâillant.

— Bonne nuit, ma chérie.

Après un second baiser, elle sortit en refermant la porte derrière elle. A ce rythme-là, que demanderait sa fille quand elle aurait l'âge de l'école ?

Après avoir enfilé une veste légère, elle alla se préparer une tasse de thé pour la boire sur la terrasse, dans l'air plus frais du soir. Le crissement incessant des cigales avait cessé à la tombée de la nuit. Au loin, des moteurs ronflaient sur la grand-route, et un avion s'apprêtait à atterrir. Sinon, la soirée était calme.

Ainsi, il avait appelé. Elle se sentait mieux depuis qu'elle lui avait parlé de Keisha. Il semblait la comprendre, trouver les mots justes... Bon sang, qu'il lui manquait ! Elle donnerait tout pour pouvoir se blottir dans ses bras.

Son père s'assit à côté d'elle.

— Alors ?

— Eh bien... J'espérais chaque jour qu'il me téléphone, et tous les soirs je me suis couchée déçue et en colère. Et maintenant ? Je devrais sauter de joie parce qu'il m'a enfin contactée... Mais plus j'en obtiens, plus j'en veux.

— Peut-être que tu es trop pressée ?

Pourquoi son père prenait-il toujours la défense de Marshall ?

— Je ne m'attends pas à une demande en mariage, figure-toi.

— Bien sûr que non, ma chérie. Mais tu aurais sans doute souhaité le voir plus souvent.

Son ton raisonnable lui fit honte, et elle se sentit mal à l'aise. Il n'était pas responsable.

— Marshall a été très clair à ce sujet, mais je ne peux pas m'empêcher d'espérer. Je l'aime, papa.

— Inutile de le préciser.

— Je le lui ai dit avant qu'il parte parce que ça me semblait important. Comment peut-il ne pas en tenir compte ?

Il l'aimait aussi, mais pour une raison quelconque, il était persuadé qu'Aimee et elle vivraient mieux sans lui...

— Sois patiente, Charlotte. Tu es en bonne santé, tes forces sont revenues, et Aimee a besoin de toi. Tu voulais trouver Marshall pour le cas où il t'arriverait quelque chose, et tu as réussi.

Faux, elle l'avait cherché parce qu'elle l'aimait.

— Il y a cinq semaines, il ignorait qu'il avait un enfant, poursuivit Brendon. Laisse-lui le temps de réfléchir, il n'est pas du genre à agir impulsivement.

Cette fois, au moins, son père ne lui conseillait pas d'« envoyer des ondes »...

Elle se leva.

— J'ai la certitude qu'il ne viendra jamais vivre ici. Je me suis monté la tête en envisageant que c'était possible.

— Tu pourrais aller vivre aux Etats-Unis ?

— Pas question. Quitter ma maison, mon travail ? Toi ? Jamais. Non, papa, non.

— Je disais ça comme ça...

— Eh bien, ne le dis plus.

Elle était perplexe : cet homme, le plus sensé qu'elle connaisse, ne parlait jamais en l'air. Où avait-il pris cette idée ? Pensait-il vraiment que celle-ci était bonne, ou était-ce son sens de l'abnégation qui le poussait ? Ou alors... se pouvait-il qu'il ait envie de profiter enfin d'une vie qui ne soit pas centrée sur elle ?

— Papa, tu es le meilleur père du monde, mais je marche toute seule, maintenant. Il est grand temps que tu commences à réaliser tes rêves.

Pour le libérer, elle accepterait que ce médecin d'Afrique du Sud entre au cabinet médical... Même si le nouvel associé n'était pas Marshall, elle vivrait dans la maison de son enfance et enverrait Aimee à la même école qu'elle pour en faire une petite Kiwi. Etait-elle chauvine ? Avait-elle aussi peur du changement que lui ? Il faudrait qu'elle y réfléchisse...

— L'Amérique n'est qu'à douze heures d'avion.

— Laisse tomber, papa.

Mais une fois couchée, elle ne parvint pas à se débarrasser de cette idée folle. Pourquoi ne pas s'expatrier ? Elle avait aimé son séjour à Hawaii... où elle n'avait passé que quelques semaines. Difficile d'envisager l'avenir ailleurs que dans sa ville natale, de quitter les gens qu'elle avait toujours connus. Mais Marshall serait à ses côtés... Une partie du temps, du moins. Il participerait à ses projets, partagerait l'éducation d'Aimee, et sa vie à elle, au lieu de l'appeler de temps en temps par internet. Il existait donc des arguments en faveur de cette solution.

Elle récapitula : un, elle aimait Marshall de tout son cœur ; deux, puisqu'il était le père d'Aimee, ils devraient vivre ensemble ; trois, Marshall l'aimait.

Et, quatre : elle pouvait être médecin n'importe où sur la planète, en remplissant quelques paperasses.

Mais pouvait-elle quitter tout ce qu'elle connaissait pour l'homme à qui elle avait donné son cœur ?

Ses doigts se refermèrent et sa main retomba. De toute façon, Marshall ne serait jamais d'accord.

12

Marshall gara le SUV le long du trottoir à gauche et coupa le contact. Il sourit en voyant la voiture de fonction de John réparée et repeinte, stationnée au même endroit que la première fois, un peu plus haut dans la rue.

— Je parie que, s'il avait été prévenu de mon arrivée, il l'aurait déplacée !

Il poussa la portière d'un coup d'épaule, sortit et regarda la villa, les mains sur les hanches. Il avait le souffle court, la bouche sèche et les yeux humides. Toutes les nuits depuis son départ, il revoyait cet endroit en pensée. S'il avait été romantique, il aurait dit qu'il avait laissé son cœur à Taupo, à cette adresse précise, dans cette maison qui ne demandait qu'à se remplir d'enfants et de rires, d'adultes heureux et de bons moments entre amis autour du barbecue.

Les fenêtres n'étaient plus grandes ouvertes comme en janvier, mais le mois d'avril était plus frais. En venant d'Auckland, s'il avait remarqué que la végétation commençait à prendre des couleurs automnales, les arbres immenses du jardin semblaient faire exception.

La petite piscine d'Aimee avait disparu. Personne sur la terrasse, bien que le canapé soit toujours à sa place. Puisque la voiture de Charlie était rangée le long du trottoir en face du portail, elle devait être à l'intérieur... Il n'aurait su dire s'il était satisfait ou déçu de ne pas la retrouver au même endroit.

Il était venu lui parler, lui annoncer ses projets. Pourquoi tremblait-il, soudain ? Il avait choisi. Jusque-là, il ne doutait pas qu'elle soit heureuse de la décision qu'il avait prise et, tout à coup, il était saisi d'une étrange peur : et si elle estimait vraiment qu'elle était mieux sans lui ? D'ailleurs, rien ne l'assurait qu'elle n'avait pas rencontré un autre homme...

Mais si elle l'aimait, elle ne le remplacerait pas si facilement... D'après ce qu'il avait vu des relations entre les membres de la famille Lang, ils étaient fidèles. Il lui suffisait de les accueillir dans son monde.

Trop tard, ils y étaient déjà entrés par effraction... Et, de toute façon, la vie sans eux ne valait pas la peine d'être vécue.

— Papa !

Une adorable voix d'enfant cria, quelque part derrière la clôture. Son estomac se serra et son cœur battit à coups redoublés. Il traversa la rue.

— Papa ! Prends-moi dans tes bras !

Du massif où elle plantait des oignons de jonquilles, Charlie sursauta.

— Aimee ? Viens ici !

Elle devait la préserver de la déception qui suivrait sa joie quand elle s'apercevrait de son erreur. Marshall était dans le Kansas...

Depuis leur première conversation par internet, Aimee parlait de lui, le cherchait dans les placards et sous les lits, et Charlie souffrait chaque fois que sa fille lui annonçait :

« Papa est parti. »

— Charlie !

Elle crut que son cœur s'arrêtait.

— Marshall ?

Cette voix grave, veloutée, ressemblait bien à la sienne... Elle leva la tête lentement, redoutant de se trouver face à un étranger. Les cuisses moulées dans le jean serré lui étaient pourtant familières, les hanches étroites, le large torse recouvert d'un pull-over de jersey... Elle déglutit, et regarda plus haut. Des yeux verts étaient posés sur elle, et une main hésitante cherchait la sienne.

— Marshall…

Incapable de poursuivre, elle mit sa main souillée de terre dans la sienne et accepta son aide pour se relever. La seule chose qu'elle voyait, c'était l'homme qui possédait son cœur. Un mirage ? Cette main semblait réelle, ainsi que le bras qui soutenait Aimee.

— Tu es venu… pour longtemps ?

— Je ne pouvais plus attendre. Charlie, je te demande pardon d'avoir été si long à comprendre. J'étais vraiment persuadé que je devais te quitter pour que tu aies une vie meilleure. Quel imbécile !

— Pas plus que moi, qui pensais que je pouvais te laisser partir sans me battre !

Il passa un bras autour de ses épaules et l'attira à lui.

— Vous m'avez manqué, toutes les deux. Vous n'avez pas idée…

Lui aussi leur avait manqué…

— Marshall… Embrasse-moi, je veux une preuve que je ne rêve pas.

— D'accord.

Tandis qu'il se penchait, une tension et une chaleur familières l'envahirent. Plus de doute, son corps le reconnaissait.

Puis il s'écarta d'elle et croisa son regard.

— Je suis revenu pour toujours, Charlie. J'ai quitté l'armée, emballé mes maigres possessions que j'ai fait expédier ici. Je me suis renseigné pour m'inscrire au conseil de l'ordre des médecins de Nouvelle-Zélande.

Incapable de parler, elle le laissa poursuivre.

— Ce ne sera pas facile. Je ne me suis jamais arrêté assez longtemps au même endroit pour y passer deux Noël consécutifs. Je n'ai jamais soigné de patients sur le long terme, et je n'ai non plus aucune idée de la vie avec une famille aimante. Mais je veux faire de mon mieux.

— Alors tout ira bien.

— Tu sais que je t'aime, n'est-ce pas ?

Décelant l'incertitude dans sa voix, elle se frappa la poitrine à l'endroit du cœur.

— Je sens ton amour tout le temps, là.

Elle se haussa sur la pointe des pieds et lui tendit ses lèvres qu'il frôla des siennes avant de s'écarter.

— Attends, je n'ai pas fini !

— J'espère que c'est intéressant, Marshall Hunter, parce que ma patience est à bout.

Il fit la grimace, comme s'il se retenait de rire, et cala Aimee sur sa hanche.

— Je t'embrasserai à volonté quand tu auras répondu à ma question.

Il leva le bras pour lui repousser une mèche de cheveux.

— Charlotte Lang, veux-tu m'épouser, être ma compagne pour la vie et mon point d'ancrage ? Partager l'éducation de ta fille avec moi ?

Soudain, le doute s'insinua, tempérant l'espoir fou qui venait de naître en elle.

— Tu te rappelles que je suis incapable de te donner d'autres enfants ?

Elle le vit froncer les sourcils et poursuivit sans attendre.

— Tu y as bien réfléchi ?

Il eut un sourire éblouissant.

— Ma chérie, Aimee et toi me suffisez largement. J'ai déjà tout ce que je pouvais désirer pour être heureux.

En entendant ces mots, elle sentit son cœur se gonfler de bonheur. Ses jambes ne la portaient plus et la chaleur l'avait envahie de nouveau tout entière. Marshall voulait partager sa vie...

— Au cas où tu aurais soudain des problèmes d'audition, je répète : Charlotte Lang, me feras-tu l'immense honneur de m'épouser ?

Elle dégagea sa main et lui saisit le bras.

— T'épouser. Oh, oui ! Oui, Marshall, mon chéri, mon amant et le père de mon enfant, j'accepte volontiers de devenir Mme Charlotte Hunter.

Elle se remit sur la pointe des pieds.

— Et maintenant, peux-tu m'embrasser ?

Ce fut un baiser extraordinaire, paradisiaque, qui semblait les avoir attendus depuis leur première rencontre à Honolulu pour atteindre enfin sa puissance maximale. Idéalement composé de passion et de désir, d'engagement et de dévouement, il parlait de leur avenir commun.

De leur histoire d'amour.